글누림비서구문학전집
프랑쎄파의 향기

12
글누림비서구문학전집

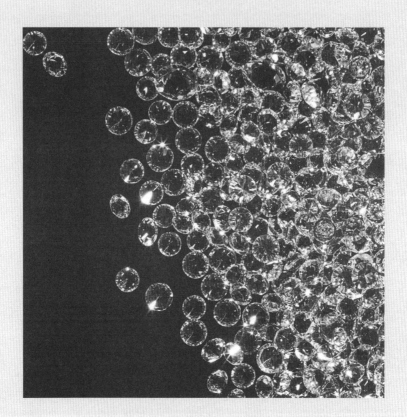

프랑쎄파의 향기

·

프랜시스 B. 니암조

고인환 옮김

한국의 독자들에게

저의 소설 『프랑쎄파의 향기(A Nose for Money)』가 한국의 독자들을 만나게 되어 너무나 기쁩니다. 소설을 번역해 준 소중한 친구, 고인환 교수에게 무한한 감사의 인사를 드립니다. 그리고 출판에 도움을 준 많은 사람들에게 고마운 마음을 전합니다.

저는 2018년 1월 남한을 처음 방문했습니다. 제1회 세계 젊은 작가포럼에 초청을 받아서였지요. 이 포럼은 2018년 평창 동계 올림픽과 패럴림픽을 앞두고 '평화'를 기원하기 위해 개최되었습니다. 우리는 올림픽 개막을 불과 몇 주 앞두고 평창을 방문하기도 했습니다.

하지만 저는 이미 오래전부터 남한을 알고 있었습니다. 카메룬 사람으로서, 저는 한국과 카메룬이 7%의 경제성장률로 빠르게 발전하는 나라 명단에 들었던 1980년대 중반을 기억하고 있습니다. 이를 접하고 뿌듯해했던 기억이 아직도 생생합니다. 이후 카메룬은 그 대열에서 뒤쳐졌지만 남한은 꾸준하게 성장했습니다. 남한의 경제 성장의 증거는 제가 살고 있는 남아공 케이프타운에서 요하네스버그로 가는 비행기 안에서 삼성 태블릿으로 이 글을 작성하고 있다는 점에서도 잘 드러납니다.

저는 영국 레스터 대학에서 소통사회학 분야로 박사학위를 받았습니다. 그때 몇몇 한국 사람들과 함께 공부했습니다. 그들 중 일부는 친구가 되기도 했습니다. 그들을 통해 저는 한국의 문화, 특히 음악과 역사에 대해 알게 되었습니다. 이를 바탕으로 저는 『환멸의 아프리카인』에서 식민주의가 끼친 영향의 한 사례로 한국의 모습을 제시한 적이 있습니다. 물론 피상적인 이해에 머물렀지요.

저의 소설이 한국의 독자들에게 다소 낯설게 다가올 수도 있다고 생각합니다. 하지만 저는 이 『프랑쎄파의 향기(A Nose for Money)』가 품고 있는 내용이 따뜻한 연대의 감수성을 바탕으로 한국의 독자들과 무수한 소통과 연결의 통로를 만들어 내었으면 합니다.

독서(공부)와 여행(이주)은 연대에 대한 우리의 감수성과 호기심을 활성화시킵니다. 독서(공부)와 여행(이주)은 우리가 마주치는 낯선 세계를 친숙하게 받아들일 수 있도록 돕습니다. 또한 우리를 일상 너머의 세계로 인도하기도 합니다. 다른 사람들과 생산적인 대화를 나눌 수 있게도 합니다. 우리는 낯선 사람과 마주치고 대화하는 과정에서 스스로의 자아가 확장되는 특별한 경험을 합니다. 타자와의 만남을 통해 보다 나은 삶에 대한 희망을 품는다는 것은 인간 삶의 충만함을 몸소 체험하는 일이겠지요.

저의 삶은 독서(공부)와 여행(이주)으로 이루어졌다 해도 과언이 아닐 것입니다. 저는 독일과 영국에 의해 차례로 식민화된 카메룬의 북서부 지역에서 태어났습니다. 태어난 해인 1961년, 제가 살던 영어권 지역과 프랑스어권 지역이 통합되었습니다. 오늘날과 같은 '통일된' 카메룬을 만들기 위해서였지요. 저는 카메룬의 안팎에서 조국의 통일을 위해 열심히 노력해 왔습니다. 공부에 대한 열망은 저를 조국 카메룬은 물론 영국까지 나아가게 했습니다. 저는 직업을 찾기 위해 보츠와나에서 세네갈을 거쳐 남아프리카공화국까지 아프리카 곳곳을 떠돌았습니다. 이렇게 세계 여러 곳을 여행한 경험은 인간적인 가치의 소중함과 신성함을 깨닫게 해 주는 소중한 계기가 되었습니다.

이러한 모든 경험들이 여러분들이 읽으려고 하는 이 소설의 자양분이 되었다고 생각합니다. 저의 소설이 우리가 물려받은 이 매혹적이고 다차원적인 세계에서 '인간적으로 살아간다는 것이 무엇을 의미하는지'에 대해 아프리카인들과 나누는 유익한 대화의 시작이 되기를 기원합니다.

감사합니다.

2019년 3월 4일
프랜시스 B. 니암조

구미중심적 세계문학에서 지구적 세계문학으로

괴테가 옛 이란인 페르시아에서 아주 유명하였던 시인 하피스의 시를 독일어 번역을 통해 읽고 영감을 받아서 그 유명한 『서동시집』을 창작한 것은 아주 널리 알려진 일이다. 괴테는 비단 하피스뿐만 아니라 페르시아의 역사 속에 등장하였던 숱한 시인들에 대해서도 공부하고 일일이 설명하는 노고를 그 책에서 아끼지 않을 정도로 동방의 페르시아 문학에 심취하였다. 세계문학이란 어휘를 처음 사용한 괴테는 히브리 문학, 아랍 문학, 페르시아 문학, 인도 문학을 섭렵한 후 마지막으로 중국 문학을 읽고 난 후 비로소 세계문학이란 말을 언급했을 정도로 아시아 문학에 깊이 심취하였다. 괴테는 '동양 르네상스'의 전통 위에 서 있었다. 16세기에 이르러 유럽인들이 고대 그리스 로마의 정신적 유산을 비잔틴과 아랍을 통하여 새로 발견하면서 르네상스라고 불렀던 것을 염두에 두고 동방에서 지적 영감을 얻은 것을 '동양 르네상스'라고 명명했던 것이다. 동방의 오랜 역사 속에 축적된 문학의 가치를 알게 되면서 유럽인들이 좁은 우물에서 벗어나 비로소 인류의 지적 저수지에 합류한 것이다.

그러나 중국에서 생산된 도자기와 비단 등을 수입하던 영국이 정작 수출할 경쟁력 있는 상품이 없다는 것을 깨닫고 인도와 버마 지역에서 재배하던 아편을 수출하며 이를 받아들이라고 중국에 강압적으로 요구하면서 아편전쟁을 벌이던 1840년대에 이르면 사태는 근본적으로 달라졌다. 영국이 산업화에 어느 정도 성공하면서 런던에서 만국 박람회를 열었던 무렵인 1850년대에 이르러서 비로소 유럽이 전 세계를 지배하게 되는 움직임이 시작되었다. 13세기 베네치아 출신의 상인 마르코 폴로와 14세기 모로코 출신의 아랍 학자 이븐 바투타가 각각 자신의 여행기에서 가난한 유럽과 대비하여 지상의 천국이라고 지칭하기도 했던 중국이 유럽 앞에서 무너지는 것을 보면서 예전의 방식은 더 이상 통하지 않게 되었고 새로운 세계상이 만들어져 가기 시작하였다. 유럽인들은 유럽인들이 만들고 싶은 대로 이 세상을 만들려고 하였고, 비유럽인들은 이러한 흐름에 저항한다는 것이 거의 불가능하다는 것을 알아차린 이후에는 유럽의 잣대로 세상을 보는 방식을 배우기 위해 유럽추종에 혼신의 힘을 쏟았다. '동양 르네상스'의 기억은 완전히 사라지고 그 자리에 들어선 것은 '문명의 유럽과 야만의 비유럽'이란 도식이었다. 유럽의 가치와 문학이 표준이 되면서 유럽과의 만남 이전의 풍부한 문학적 유산은 시급히 버려야 할 방해물이 되기도 하였다. 처음에는 유럽인들이 이러한 문학적 유산을 경멸하고 무시하였지만 나중에서 비유럽인 스스로 앞을 다투어 자기를 부정하고 유럽을 닮아가려고 하였다. 의식과 무의식 전반에 걸쳐 침전되기 시작한 이 지독한 유럽중심주의는 한 세기 반을 지배하였다. 타고르처럼 유럽의 문학을 전유하면서도 여기에 함몰되지 않고 자신의 전통과의 독특한 종합을 성취했던 이들이 없었던 것은 아니지만 주된 흐름을 바꾸기에는 역부족이었다.

유럽이 고안한 근대세계가 내부적으로 많은 문제점들을 드러내자 유럽 안팎에서 이에 대한 비판이 이루어졌고 근대를 넘어서려고 하는 노력들이 다방면에 걸쳐 행해졌다. 특히 그동안 유럽의 중압 속에서 허우적거렸던 비유럽의 지식인들이 유럽 근대의 모순을 목격하면서 자신의 과거를 돌아보는 성찰의 시간을 가지면서 사태는 달라지기 시작하였다. 유럽중심주의를 넘어서려는 이러한 노력은 많은 비유럽의 나라들이 유럽의 제국에서 벗어나는 2차 대전 이후에 이르러 본격화되었다. 정치적 독립에 그치지 않고 정신적 독립을 이루려는 노력이 문학을 중심으로 광범위하게 이루어졌던 것이다. 구미중심주의에 입각하여 구성된 세계문학의 틀을 해체하고 진정한 의미의 지구적 세계문학으로 나아가기 위해서는 두 가지의 인식 전환이 필요하였다. 하나는 기존의 세계문학의 정전이 갖는 구미중심주의를 분석하고 비판하는 것이다. 현재 다양한 세계문학의 선집이나 전집 그리고 문학사들은 19세기 후반 이후 정착된 유럽중심주의의 산물로서 지독한 편견에 젖어 있다. 특히 이 정전들이 구축될 무렵은 유럽이 제국주의 침략을 할 시절이기 때문에 이것은 더욱 심하였다. 아무리 뛰어난 재능을 가진 유럽의 작가라 하더라도 제국주의에서 자유로운 작가는 거의 없기에 그동안 별다른 의심 없이 받아들여졌던 유럽의 세계문학의 정전들을 가차 없이 비판하고 해체하는 작업은 유럽중심주의를 넘어서기 위해서 반드시 거쳐야 할 과정이었다. 하지만 이는 필요조건이지 충분조건은 아니었다. 서구문학의 정전에 대한 비판에 머무르지 않고 비서구 문학의 상호 이해와 소통이 절실하다. 비서구 문학의 상호 소통을 위해서는 비서구 작가들이 서로의 작품을 읽어 주고 이 속에서 새로운 담론들을 만들어 내는 것이 필요하다. 기존 정전의 틀을 확대하는 것은 임시방편일 뿐이고 근본적인 전환일 수 없기에 이러한 작업은 지구적 세계문학의 구축을 위해서는 반드시 거쳐야 한다. 비서구문학전집은 이러한 인식의 전환을 위한 새로운 출발이다.

글누림비서구문학전집 간행위원회

일러두기

---

1. 이 책은 『A Nose For Money』(2006), E.A.E.P(East African Educational Publishers Ltd)를 우리
   말로 옮긴 것이다.
2. 본문 각주는 원문에는 없던 것으로 모두 옮긴이 주이다.
3. 본문의 이텔릭체는 원문을 그대로 옮긴 것이다. 저자는 프랑스 말이나 용어를 이
   텔릭체로 표기하였는데, 주로 서구 중심의 문화(특히, 프랑스)를 선망하는 태도에
   대한 풍자의 의미를 담고 있는 경우가 많다. 간혹 카메룬의 고유한 전통 용어를
   이텔릭체로 표기하기도 하였다.

작가의 말 : 한국의 독자들에게

　　　　　　 : 프랜시스 B. 니암조　/　5

간행사　　 : 구미중심적 세계문학에서 지구적 세계문학으로　/　8

프랑쎄파의 향기　　1부　/　17

　　　　　　　　　 2부　/　145

차 례

작품해설 : 카메룬의 속살, '영어'와 '프랑스어'의 긴장

　　　　　 : 고인환　/　325

이야기 만들기의 장인(匠人),

어머니를 위해

1부

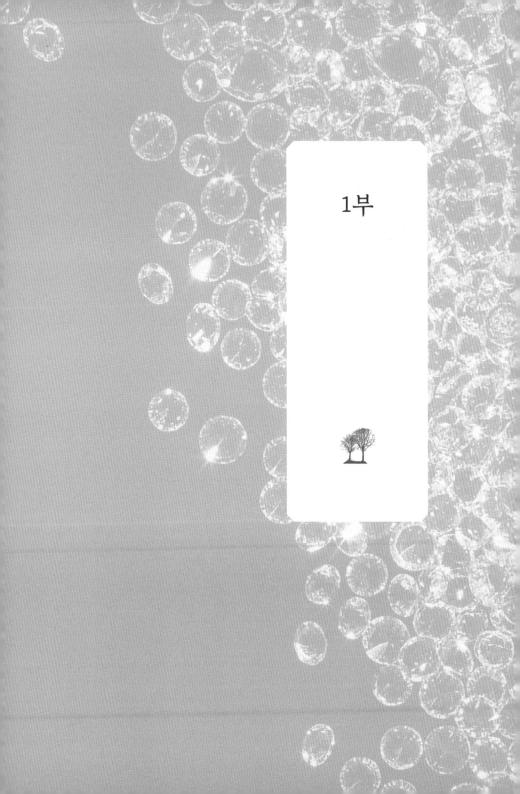

1

프로스페르(Prospère)는 무림 강을 가로지르는 긴 도나페림 다리를 건넌 후 차를 세웠다. 일 년 중 이맘때의 도로 사정이 가장 나빴다. 비라도 오는 날이면 부츠와 삽 없이 빅토리아로 운전해 가는 것은 무모한 일이었다. 장마철 장거리 운전에는 어려움이 많다. 도로는 진흙투성이고 미끄러워서, 운전자는 때때로 구덩이에 빠진 차를 빼내기 위해 다른 사람들의 도움을 요청해야 했다. 특히 프로스페르와 같은 트럭 운전자에게 이와 같은 상황은 그야말로 악몽이었다. 그는 트럭에서 내려 하늘을 오랫동안 바라보았다. 비구름이 태양을 둘러싸고 있었다. 하늘은 굶주린 배에서 나는 듯한 소리를 내며 소용돌이쳤다. 그는 맑고 푸른 하늘의 화창한 오후를 기대하는 것이 불가능하다는 사실을 직감했다. 곧 폭우가 쏟아질 것 같았다. 선택의 여지가 없었다. 그는 장화와 삽을 가지러 집으로 돌아가기로 결심했다. 도심에 있는 집으로 돌아가면서, 그는 로즈(Rose)의 경고에 주의를 기울이지 않은 것을 후회했다. 아내의 현명한 조언을 따랐다면 지금처럼 다시 집으로 돌아가지 않아도 되었을 것이다. "다음번에는 꼭 로즈의 말을 들어야지." 프로스페르는 중얼거렸다.

늘 그렇듯이 정오의 교통은 혼잡했다. 도로는 정오 휴식을 취하기 위해 서둘러 귀가하는 공무원들이 울려대는 경적소리로 가득 찼다. 차들은 울퉁불퉁한 도로에서 조금이라도 틈이 보이면 끼어들려고 여기저기서 아우성이었다. 프로스페르는 기어가는 차들 때문에 화가 나서 참을 수가 없었다. 오래되고 낡은 노란색 택시들은 다른 차들은 아랑곳하지 않고 도로와 인도 양쪽을 오가며 멈추고 출발하기를 반복했다. 경찰들은 이러한 택시들의 불법 운전을 막기 위해서가 아니라 하루 일당을 벌기 위해 이들을 세우고 돈을 받았다. 사실상 불법운전을 방조하고 있는 것이다. 퇴근하는 길에 차가 막혀 정체되는 것만큼 짜증나는 일도 없었다. 자신의 눈앞에서 버젓이 돈과 신호위반 딱지를 교환하고 있는 택시 운전사와 경찰을 보며 갑자기 화가 치밀었다. 그는 돈을 벌기 위해 열심히 일했다. 그는 조금 빨리 가기 위해 법을 집행하는 경찰관에게 돈을 지불할 생각이 추호도 없었다. 다른 길로 가기 위해 여러 번 시도해 보았지만 상황은 그다지 나아지지 않았다. 자신의 성급함을 탓하거나 다른 사람을 비난하는 것 외에 뾰족한 수가 없었다. 차들은 코팀에 있는 밈보랜드 개발공사 고무 재배지의 촘촘한 나무들보다 빽빽했다. 이동 속도는 장례 행렬보다 느렸다. 운전자들의 70%가 교통 법규에 대해 거의 무지했다. 이는 교통 상황을 악화시키는 요인 중 하나였다. 사왕은 그야말로 차로 들끓는 험악한 도시이다. 최소한 그에게는 교통 상황이 아주 좋을 때조차 운전이 즐겁지 않다.

프로스페르는 밈보랜드 맥주 회사(MBC)의 배달 기사로 일하고 있다. 일을 시작한 지 다섯 달이 되었다. 그는 빅토리아와 서부 밈보랜드 지역 일대에 일주일에 세 번 맥주를 배달했다. 프로스페르는 맥주 배급업자로서의 일을 그다지 좋아하지 않았다. 사랑하는 아내 로즈와 보낼 수 있는 시간이 거의 없었기 때문이다. 막 결혼한 남자가 아내와 많은 시간을 보내고 싶어 하는 것은 인지상정이다. 게다가 신부가 갓 스무 살의 아름다운 청춘이고, 신부 가격이 유난히 비싼 포망 출신이라면 말이다. 그는 집과 가까운 지역에서 일하고 싶었다. 사왕 시내나 그 주변을 배당받기 위해 뇌물까지 주면서 노력했지만 허사였다. 회사 규정상 주말에는 근무가 없었다. 하지만 주중에 일이 끝나는 경우가 거의 없었기 때문에 주말에도 근무해야 하는 경우가 많았다. 주말에도 로즈와 함께 하기 어려운 형편인 것이다.

로즈 또한 그의 직업을 좋아하지 않았다. 그래서 자주 불평을 하곤 했다. 그러나 그들이 실제로 할 수 있는 일은 거의 없었다.

도시의 삶은 힘들었다. 그 시절 대부분의 사람들은 입에 풀칠하기도 어려웠다. 아내와 의논한 후, 프로스페르는 새로운 일자리를 찾아보기도 했다. 하지만 일자리도 없었을 뿐더러 조건 또한 탐탁지 않았다. 프로스페르는 제대로 된 교육을 받지 못했다. 그가 가진 기술과 능력은 모두 스스로 체득한 것이었다. 그는 아내의 걱정을 이해했다. 갓 결혼한 신부가 남편이 바쁘게 맥주를 배달하는 동안 집에서 하루종일 홀로 지낸다는 것은 쉽지 않은 일이다. 그녀는 크게 내색하지는 않았지만 내심 불만을 가지고 있었다. 따라서 그들은 서로가 함께 하는 시간이 많아지는 방법을 빨리 찾아야 했다.

프로스페르는 헐떡이는 개처럼 포망 지역의 한 집으로 달려갔던 기억을 떠올렸다. 그는 쫓기는 신세였다. 그때 로즈는 그를 어머니 침대 밑에 숨겨 주었다. 로즈와의 운명적인 만남이었다. 공포에 휩싸인 상황이었지만, 그는 관목 계곡에 우뚝 솟은 거대한 흑단 나무 같은 그녀의 아름다움에 넋을 빼앗겼다. 한동안의 소요가 가라앉은 후 그는 선물을 가지고 로즈를 다시 찾았다. 로즈 또한 자신에게 호감을 가지고 있다는 사실을 알고 뛸 듯이 기뻤다. 그들의 결혼은 일사천리로 진행되었다. 둘은 힘을 합쳤다. 사위를 향한 장인, 장모의 엄정한 검증을 무사히 통과했다. 처음에는 가족이 없는 그를 탐탁지 않게 생각했던 로즈의 부모님(마이클과 이베트)도 고아인 그가 신부 값을 넉넉하게 지불하는 모습을 보고 칭찬을 아끼지 않았다. 꼬리를 잃은 암소의 피부에 앉은 파리를 신께서 손수 쫓아준다(하늘은 스스로 노력하는 자를 돕는다.)는 속담을 어찌 잊을 수 있겠는가? 어쨌든 프로스페르는 로즈 부모님들의 선입견이 틀렸다는 사실을 증명하게 되어 기뻤다.

그는 그녀의 아름다운 모습에 반했다. 군인들에게 반역자로 찍혀 도망치던 그를 보살펴 준 따뜻한 마음씨 또한 잊을 수 없었다. 그는 신부 값으로 큰돈을 지불했지만 후회하지 않았다. 그만큼의 가치가 충분히 있었기 때문이다. 다만 그녀와 보내는 시간이 충분치 않다는 점이 아쉬울 따름이다. 결혼을 한 지 다섯 달이 되었지만 그들 사이에 아직 아이가 없다는 사실도 이와 무관하지 않을 것이다. 하늘을 봐야 별을 따고, 님을 봐야 뽕을 따는 법이다. 그는 적절한 타이밍이 부족했다고 생각했다.

집이 가까워지고 있었다. 3킬로미터 오는 데 한 시간이 넘게 걸렸다. 해도 해도 너무 했다. 도로 사정도 나빴지만, 교통 정체가 없었다면 이 정도 거리는 십 분도 채 걸리지 않았을 것이다. 더구나 그는 큰 트럭을 몰았기 때문에 도로에서 융통성을 발휘하기 어려웠다. 그는 "유럽에서 중고차를 더 이상 수입하지 말아야 한다."고 생각했다. "유럽을 깨끗이 하다." 그는 중고차에 대해 언급하는 일부 논평가들의 주장을 들은 적이 있다. 유럽인들은 "오래되어 엄청난 매연을 뿜어내는" 중고차들을 해외로 수출하고 싶어 안달이라는 것이다. 다른 한편으로 그는 자신의 논리를 비웃었다. 교통 체증을 해결하기 위해 자동차 소유를 제한하는 것은 말도 안 되는 어리석은 주장이었다. "유럽에서 수입한 그 중고 자동차를 탐내지 않는 사람이 어디 있단 말인가?" 너무 단순한 생각이었다. 자신도 유럽산 자동차를 갖고 싶어 하지 않는가? "사람들이 공감할 수 있는 최선의 해결책은 도로를 새롭게 건설하는 것이다. 최소한 도로 곳곳에 파인 구멍은 메워야 한다." 그는 보다 합리적인 결론을 내리고 난폭한 운전자들의 대열에 합류했다.

사왕에서, 도로를 누비며 고함을 지르는 행상인들은 교통 혼잡을 악화시키는 주범이다. 아이들은 온종일 먼지버섯, 아카라콩, 옥수수, 빵 등의 음식을 머리에 이고 거리를 휘젓고 다녔다. 젊은이들은 배관 장비, 전기 기구, 플라스틱 캐리어 가방 등 가정용품을 몸에 걸치고 좀비나 허수아비처럼 거리를 배회하면서 사람들의 관심을 끌어 모았다. 이른 아침에서 밤까지, 시도 때도 없이 각양각색의 여인들이 뜨거운 음식을 가득 실은 행상을 거리에 펼쳐 놓았다. 그들은 지나가는 행인들에게 허기진 배를 채우라고 소리치며 호객 행위를 하고 있었다. 또한 교묘한 상술로 고객들을 호리는 건장한 체격의 청년들이 거리를 배회하고 있었다. 이들은 주로 중고나 짝퉁 제품을 팔았다. 서구나 타이완 혹은 이웃한 쿠티 공화국에서 수입한 물건은 보통 사람들이 사기에 너무 비쌌다. 이들은 중고품이나 가짜 상품을 통해 현대의 화려한 문명에 사로잡힌 소시민들의 욕구를 대리만족시켜 주었다. 이를 통해 가난한 사람들은 부자들의 삶의 방식을 모방할 수 있는 기회를 얻곤 했다.

　이러한 대담한 행상인들은 '구조대원'이라 불린다. 프로스페르는 정말 잘 지은 호칭이라는 생각이 들었다. 그들은 손목시계, 금과 은으로 도금된 목걸이, 팔찌, 귀걸이, 선글라스, 질병 치료를 위한 약품(알약과 연고), 서구 팝스타의 카세트테이프, 짝퉁 위스키, 색깔이 바랜 와인과 브랜디 등 다양한 물품들을 거리의 한 귀퉁이에 풀어 놓고 전시했다. 이러한 선한 사마리아인들의 상품들이 없다면 수천 명의 사왕 시민들은 어떻게 살아갈 수 있을까? 그들은 매일매일 목숨을 걸었다. 항구에서 배를 훔치고, 슈퍼마켓의 물건을 슬쩍했으며, 부잣집을 골라 털었다. 쿠티 공화국(짝퉁의 천국)을 오가는 아슬아슬한 보트 여행을 하기도 했다. 프로스페르는 주로 그들에게서 물건을 샀다. 이러한 거리의 메시아들로부터 물건을 구할 수 없었을 때 비로소 정식 상점에 갔다. 그는 겉만 번지르르한 상점에 가는 것을 좋아하지 않았다. 그는 행상인들이야말로 국가와 도시의 헛된 약속으로부터 짓밟히고 소외당한 민초들의 유일한 희망이라고 생각했다. 사왕의 교통문제를 해결하기 위해 행상인들을 쫓아내는 정책은, 아무리 강한 힘을 지닌 권력자라도 결코 실행하지 못할 것이다. 이러한 정책은 대규모 파업의 구실을 제공할 것이다. 이 파업은 1940년대 후반 프랑스 식민지를 심각하게 위협한 파업, 즉 자동차 연합의 엔지니어들을 국가의 적으로 만든 그것보다 훨씬 더 격렬할 것이다. 하지만 프로스페르는 밈보랜드 정부가 전혀 다른 이유로 행상인들을 보호하고 있다는 사실을 알지 못했다. 그들은 행상인들을 유용한 정치적 무기로 이용했다. 우선 행상인들은 도시의 가난한 사람들에게 유용한 물건을 제공한다. 그뿐만 아니라 이들의 고달프고 파란만장한 삶은 개인의 사리사욕을 채우기에 여념이 없는 부자들의 시선을 다른 곳으로 돌릴 수 있게 해 주었기 때문이다. 이런 식으로 가난한 사람이나 부자나 모두 정부에게 그 어떤 심각한 골칫거리도 안겨 주지 않았다.

프로스페르는 어제 사고자 했던 물건, 즉 섬세한 무늬가 수놓아진 아름다운 허리띠를 팔고 있는 키 크고 호리호리한 남자를 발견했다. 그는 다양한 종류의 옷감을 실은 대나무 행상을 끌고 있었다. 콜라 열매 얼룩이 묻은 누르스름한 송곳니가 굳게 다문 작은 입술 사이로 돌출해 있었다. 그는 시끄러운 행상인 무리들과 섞여 있었다. 프랑스어 발음으로 보아 교전지역 혹은 북부 밈보랜드 출신으로 보였다. 프로스페르는 이 남자가 이렇게 아름다운 옷가지들을 어디서 '구했는지' 궁금했다. 일부 여성들에 따르면, 그가 파는 의류는 백화점에서도 구하기 힘든 물품들이었다. 그는 인도네시아나 아프리카의 전통 원단을 탁월하게 가공하는 네덜란드 헬몬트 지역의 유명 제조업체로부터 수입한 것이라고 선전했다. 하지만 가격이 너무 비싸 정이 떨어질 정도였다. "이 사람이 내 이빨을 뽑아 돈을 내라고 했어!" 프로스페르는 어제의 흥정을 회상하며 소리쳤다.

"자, 와서 보세요. 진짜 쌉니다. 여기요, 여기요. 자! 막 줍니다. 하나를 사면 둘을 줍니다. 원 플러스 원." 분명 고객의 관심을 끌려는 상술이었다. 프로스페르와 같이 세상 물정에 어두운 사람들은 그들의 주된 표적이었다. 하지만 이러한 프로스페르조차 그가 부른 가격이 시내의 고급 상점보다 더 비싸다는 사실을 금방 알아차렸다. 우리는 가끔 부자들로부터 훔친 물건을 부자들에게 파는 가격보다 더 비싼 가격으로 가난한 사람들에게 파는 대담한 행상인들을 보곤 한다.

그 남자는 '나의 남편은 능력 있는 남자입니다.'라는 표어를 미끼로 프로스페르의 관심을 끌려고 노력했다. 프로스페르는 뭇 여성들의 부러운 시선과 수많은 남성들의 찬사를 한몸에 받으며, 이 옷을 멋지게 입은 아내의 모습을 상상해 보았다.

프로스페르는 옷을 유심히 살펴보았다. 전문가가 아닌 자신의 눈에도 매우 고급스러워 보였다.

"얼마죠? 친구!" 프로스페르가 가격을 물었다. 그의 말대로 정말 '원 플러스 원'이었다면 사랑스런 아내를 위해 그 물건을 샀을 것이다. 그녀에게는 이런 옷이 필요했다. 그는 너무나 오랫동안 로즈의 볼품없는 옷들을 방치해 왔다. "가난한 아내라고 해서 능력 있는 남편을 둔 부유한 여자들을 질투하지 않는 것은 아니다. 또한 가난한 자신의 처지를 불평하지 않는 것도 아니다. 시대착오적인 촌뜨기만이 그렇게 믿을 것이다." 내면의 목소리가 아내를 기쁘게 하는 쪽으로 그를 떠밀었다. 여자들은 지갑이 비어 있는 남자를 좋아하지 않는다. 지갑이 얇은 거인도 그를 난쟁이 취급하며 떠나는 여자에게 할 말이 없는 법이다.

그 남자는 가격을 묻는 프로스페르에게 곧바로 대답하지 않았다. 고객에게 옷의 우수한 품질을 알리는 것이 먼저였다. "이 옷은 사왕 어디에서도 구할 수 없습니다. 그것은 사실입니다. 정말입니다. 맹세코! 파리, 코토누(아프리카 서부, 다오메 공화국 동남부의 항구 도시), 아비장(코트디부아르의 예전 수도)에서……." 그는 외국의 도시를 끊임없이 나열했다. 프로스페르는 그의 서투른 프랑스어 실력에 놀랐다. 사내는 오래된 왕국을 찬양하는 음유시인처럼, 옷에 대한 눈부신 아첨의 말을 쏟아냈다. "네덜란드제, 영국제, 쿠티 공화국제 옷감, 진짜 보증된 옷감……. 그렇습니다! 맹세합니다! 네덜란드제 옷 다맥스를 모르는 여자가 있습니까? 유럽의 옷은 여성을 최고로 만듭니다. 나는 진짜 물건만 팝니다. 진품입니다. 모조품에 주의하세요. 이 옷은 탈색도 되지 않습니다. 열대의 태양 아래서도 시들지 않는 꽃입니다. 장담합니다. 직접 만져 보고 느껴 보세요. 저는 거짓말쟁이가 아닙니다. 물건이 이렇게 좋은데 왜 거짓말을 하겠습니까? 여러분 사실이 그렇지 않습니까? 여성에게 영원한 미소를 선물하세요. 자, 원 플러스 원……." 그의 커다란 목소리 주위로 점점 사람들이 모여들었다.

"부인을 위해 고른 것이 이것인가요?" 마침내 그가 프로스페르에게 관심을 기울였다.

프로스페르는 고개를 끄덕였다.

"8천 프랑입니다. 알다시피, 비싼 것은 아닙니다."

"이보세요, 너무 비싸요! 2,500으로 합시다. 8,000은 너무 비싸요." 프로스페르가 항의했다.

"뭐가 비싸요? 하지만 정말로 이 옷을 사고 싶다면 5,000까지는 해 줄게요. 이것이 마지막 가격입니다."

"2,500밖에 없어요. 팔든지 말든지 마음대로 하세요."

그들은 오 분 동안이나 실랑이를 벌였다. 사내는 한 걸음 물러나 자신이 팔 수 있는 최후의 금액을 제시했다.

"진짜 원한다면 4,000에 줄게요. 맹세코 마지막 가격입니다." 행상인은 최종 가격을 제시했다.

하지만 프로스페르는 "딱 2,500밖에 없다고 했잖아요."라고 주장했다. "아니면 어쩔 수 없고요."

"어떻게 당신은 영어 사용권 사람같이 흥정을 합니까?" 사내는 프로스페르를 영어권 주민과 비교하며 쏘아붙였다. 독일은 제1차 세계대전에 패배하자 자신들이 점령하고 있던 지역을 영국에 넘겨주었다. 이 영어권 밈보랜드인들은 대체로 인색하다는 평가를 받았다. "물건이 이렇게 싼데 그 무슨 불만이 그렇게 많습니까? 이게 도대체 무슨 매너입니까? 영국인의 매너입니까? 그렇다면 그만두세요. 당신은 정말 짠돌이야." 사내의 말에 구경꾼들이 웃음을 터뜨렸다. 동시에 영어권 밈보랜드인 몇몇은 행상인의 선입견을 탓하며 자리를 떴다. 이는 영어권 사람들과 프랑스어권 주민들 사이의 긴장된 공존을 보여 주는 수많은 고정관념들 중 하나였다.

프로스페르는 사내의 말에 기분이 상했지만 침착함을 유지하려고 노력했다. "돈이 없다고 분명히 말했잖아요. 진짜란 말이에요." 그는 밈보랜드에서 벌어지고 있는 언어 주도권 싸움에서 영어를 물리친 프랑스인에게 단호하게 말했다.

"이보슈. 돈은 결코 주머니에서 소리치지 않아요."라고 사내는 쏘아붙였다. 주위에서 큰 웃음이 터져 나왔다. 프로스페르는 수치심을 느끼며 자리를 떠났다.

결국 프로스페르는 로즈의 옷을 사지 못했다. 돈에 관한 행상인의 말이 머릿속에 맴돌았다. 과연 적절한 말일까? "사람의 겉모습만 보고는 돈이 있는지 없는지 알 수 없다." 그는 동의했다. "돈은 주머니 속에서 '나 여기 있어, 나 여기 있어!'라고 소리를 지르지 않는다." 그는 쓴 웃음을 지으며 운전을 계속했다. 얼마나 타당한 말인가! 도시에서 정장을 한 트럭 운전사나 육체노동자를 쉽게 볼 수 있다. 반면 청바지에 셔츠만 입고 가는 백만장자를 볼 때도 있지 않은가! 돈이 많은 사람들이 부를 과시하지 않는 경우도 종종 있다. 반면 아무것도 없는 사람들이 모든 것을 가진 것처럼 행동하기도 한다. 그래. 사내의 말이 옳다. 오늘날에는 옷이나 외모만 보고 그 사람이 돈이 많은지 적은지를 쉽게 판단할 수 없다.

집으로 돌아가면 로즈와 점심을 같이 힐 수 있을 것이다. 요리에 필요한 돈을 넉넉하게 주지 못해 아쉬웠지만, 그녀가 요리한 음식을 먹는 일은 항상 즐거웠다. 로즈는 훌륭한 요리사였다. 남편도 잘 챙겼다. 그는 늘 배불리 먹었다. "당신은 요즘 제대로 된 음식을 먹지 못한 것 같아." 그녀는 피곤해 보이는 남편을 안쓰러운 눈으로 바라보며 말할 것이다. 그녀는 회사(MBC)에서 매월 제공하는 차가운 맥주를 건네면서 "그냥 거실에 앉아서 쉬어."라고 말할 것이다. 그는 보퍼트 맥주를 주로 마셨다. 하지만 그것에 그렇게 집착하지는 않았다. "당신을 위해 최고의 포망 요리를 준비할게." 처음 만난 순간 그를 얼어붙게 만든 바로 그 매혹적인 미소를 지을 것이다. "허니, 오래 걸리지는 않을 거야." 그리고 고향의 전통 음식을 요리하기 위해 부엌으로 들어갈 것이다.

그렇다. 로즈는 스물다섯 살의 남편이 "너무나 매력적인 작고 귀여운 것"이라고 부르는 그런 사랑스럽고 다정한 아내였다. 그녀는 완벽했다. 미친 남편이 아니라면 절대 바람을 피워 그녀에게 상처를 주지 않을 것이다. 그는 결혼을 한 후 다른 여자들을 거들떠보지도 않았다. 결혼 전의 무분별한 이성 관계를 완전히 청산했다. 로즈에 대한 그의 헌신은 완벽했다. 그는 지금보다 더 많은 시간을 그녀와 함께 보내고 싶었다. 또한 가사에 필요한 돈뿐만 아니라 그녀 자신을 가꾸기 위한 여분의 돈도 주고 싶었다. 하지만 돈에 대해서는 비교적 엄격했다. 아내에게 돈을 줄 때 여유가 있을 때조차 다시 한 번 생각해 보았다. 어쨌든 로즈는 가정을 잘 꾸려 나갔다. 그의 마음속 깊은 곳에는 오래 전부터 탐욕, 혹은 부자가 되려는 야망 같은 것이 자리 잡고 있었다. 이러한 욕망은 그녀가 자신이 주는 적은 돈으로 가정을 어떻게 꾸려나가는지에 대해 묻는 것을 꺼리게 했다.

프로스페르의 마음은 트럭보다 앞서 달렸다. 마음은 벌써 집에 도착했다. 그는 아내의 작고 아름다운 얼굴에 깃들 승리의 미소를 떠올리며 빙긋 웃었다. "그러게 내 말을 들었어야지." 그녀가 오늘 날씨에 관해 말했던 것을 떠올렸다. 어떻게 대답할까? 남성우월주의자 흉내를 내볼까? 남편의 뜻을 거스르는 아내가 되지 말라고 낮은 목소리로 말할까? 닥치고 당신이 "속한 곳"인 부엌으로 돌아가라고 할까? 아니, 그것은 좋지 않다. 그런 부당한 대접을 받기에 로즈는 너무나 사랑스럽고 온화하다. "내가 어리석었어. 다음부터는 당신 말에 더욱더 주의를 기울일게."라고 말할 것이다. 그는 자신이 옳지 않았다는 사실을 인정하는 남자가 더 로맨틱할 수도 있다고 생각했다. 이는 아내의 자존감을 상승시켜 그들의 사랑을 강화하는 데 도움이 될 것이다. 결혼한 지 얼마 되지 않아 아직 그런 일은 없었지만, 가정의 평화를 위해 잘못하지 않은 일에 대해서도 사과해야 할 필요가 생길 수 있다. 이는 단지 로맨틱한 분위기를 위한 문제만이 아니다. 그는 로즈의 간지럼 잘 타는 귀에 자신의 잘못을 속삭이기로 다짐했다. '당신이 여러 번 반복해서 말한 '예방이 치료보다 낫다.'는 말에 동의해.' 그는 마음속으로 속삭였다. "나의 사랑스러운 작은 로즈." 그는 마법사가 말하는 방식으로 읊조리며, 늘 하던 방식대로 앞차에 끼어들었다. 화난 운전자들의 야유와 욕설이 쏟아졌다. 그러든 말든 상관하지 않았다. 도심의 도로에서 운전자들은 좀처럼 양보를 하지 않고, 서로에게 분노와 좌절감만을 표출했다.

프로스페르는 늘 하던 대로 집에서 200여 미터 떨어진 곳에 주차했다. 큰 트럭이 주차하기에 집 근처의 도로는 너무 좁았다. 트럭에서 내려 문을 잠그고, 크고 늘씬한 몸의 긴장을 풀기 위해 잠시 동안 긴 팔을 뻗어 스트레칭을 했다. 로즈에 의하면, 그의 크고 호리호리한 외모는 허약함을 상징한다. 밈보랜드의 일반적 전통에 따르면, 육중한 몸은 건강과 풍요를, 마른 몸은 병약함과 결핍을 의미한다.

마르케 라고스로 쇼핑하러 가는 이웃집 아주머니가 지나갔다. 그는 길섶의 구불구불한 진흙길을 따라 걸었다. 아담한 방 두 개짜리 나무 함석집이 나타났다. 마마 로사는 두터운 검정 가

운과 스카프를 둘렀다. 고무신은 십대 때부터 앓아온 병 탓에 늘 부어 있는 작고 통통한 발을 감싸고 있었다. 그녀는 항상 이렇게 차려 입었다. 심지어 수백 미터 떨어진 술집에서 파는 구운 생선을 사러 갈 때도 말이다. 그녀는 고향 마을의 마법사들로부터 자신의 목숨을 구하기 위해 남편을 팔아넘겼다는 소문에 시달리고 있었다. 하지만 프로스페르는 그녀가 남편을 매우 사랑했다는 사실을 알고 있었다. 그녀가 프로스페르에게 자주 한 말에 따르면, 그녀의 남편은 뛰어난 사업가였으며, 그들 부부는 이 도시에서 앞날이 창창했었다. 이제 아들인 장-피에르가 그녀의 모든 것이 되었다. 그녀는 아들을 교육시키기 위해 열심히 일했다. 그들은 짧은 미소를 교환했고, 프로스페르는 집으로 향했다. 마마 로사는 그의 집에 대한 쓸데없는 간섭으로 프로스페르를 성가시게 하곤 했다. 때문에 그녀가 잠시 멈춰 서서 집으로 향하는 그를 보면서 동정심 어린 표정으로 고개를 흔들었다는 사실을 알아챘다면 그는 분명 당황스러웠을 뿐만 아니라 짜증이 났을 것이다.

현관문은 잠겨 있었다. 하지만 열쇠를 가지고 있었다. 로즈는 아마도 부엌에서 음식을 만들고 있을 것이다. "2인분을 만들면 좋겠다." 그는 열쇠꾸러미에서 필요한 키를 골라내며 미소를 지으며 혼잣말을 했다. 그는 열쇠를 구멍에 넣고 시계 방향으로 세 바퀴 돌렸다. 그는 문을 열고 거실을 가로질러 화장실과 붙어 있는 집 뒤의 작은 공간인 부엌으로 향했다. 로즈는 없었다. 그

녀의 이름을 크게 부르고 싶은 충동을 억제했다. 놀래 주고 싶었
다. 그녀는 뒤에서 살금살금 다가가 손바닥으로 눈을 가리고 누
구냐고 물어 보는 게임을 좋아했다. 그녀는 이런 놀이를 즐겼다.
벌써 점심을 먹고 낮잠을 자기 시작했나? 그러기엔 아직 시간이
이르다. 그는 돌아와 침실로 가 보기로 했다. 침실에도 없다면
시장에 갔을 것이다. 그런 경우라면, 굳이 점심을 먹기 위해 집
에 있을 필요가 없을 것이다.

　침실 문은 삐거덕거리며 열렸다. 방에 들어서자 놀란 쥐가 도
망가는 듯한 소리가 들렸다. 그는 쥐약을 사려고 했던 일이 떠올
랐다. 프로스페르는 돈을 매트리스 밑에 보관하였다. 거기에 일정
정도의 돈이 모이면 은행에 가지고 갔다. 쥐들이 자신의 돈을 갉
아먹을 수도 있기 때문이었다. 그는 주변을 더듬어 문 뒤에 있는
몽둥이를 들었다. 쥐를 때려죽일 만반의 준비를 하고 불을 켰다.

　주위가 밝아졌다. 로즈가 발가벗은 채로 침대에 앉아 있었다.
그녀의 옆에는 프로스페르보다 훨씬 나이가 많아 보이는 건장한
남자가 있었다. 군인 같아 보였다. 그의 한쪽 다리는 바지 안에,
다른 쪽 다리는 바깥에 나와 있었다. 프로스페르의 침범에도 불
구하고 미처 욕정을 가라앉히지 못한 듯 그의 성기는 잔뜩 부풀
어 올라 있었다. 성인식을 치르지 않은 성기였다. 프로스페르의
고향에서 그러한 성기는 열등감의 상징이었다. 남자는 미처 속
옷을 찾을 겨를이 없었다. 그는 시트를 끌어 당겨 몸을 가렸다.

창문으로 도망가려고 했지만 그가 탈출하기에는 너무 작았다. 게다가 프로스페르가 손에 몽둥이를 들고 문 앞에 당당하게 서 있지 않은가!

프로스페르는 침대 위 로프에 매달려 있는 침입자의 얼룩무늬 군복 셔츠를 발견했다. 로즈와 침입자는 깜짝 놀라 최대한 그의 눈을 피했다. 하지만 프로스페르 또한 그들의 눈을 보지 않았다. 프로스페르는 자신이 받은 정신적 충격을 전시라도 하듯 방의 나머지 부분을 잠시 훑어 보았다. 그리고 천장을 오랫동안 응시했다. 끓어오르는 분노를 억눌러 가슴에 담기 위해 노력했다. 결코 쉬운 일이 아니었다. 그의 손에서 몽둥이가 떨어졌다. 둔탁한 소리가 났다. 군인은 공포에 휩싸였다. 바로 그때 침대 아래에서 쥐 한 마리가 나와 프로스페르의 다리 사이를 지나 거실로 빠져나갔다. 하지만 아무도 그것을 알아채지 못했다. 심지어 프로스페르는 자신의 손에서 몽둥이가 미끄러져 떨어진 사실조차 인식하지 못했다. 절망적 분노가 그를 마비시켰다.

두려움으로 얼어붙은 두 남녀에게 영원으로 느껴지는 순간이 지나간 후, 마침내 프로스페르는 고통스러운 혼수상태에서 깨어났다. 그는 천천히 침대로 다가갔다. 아내와 군인은 자신들에게 오는 줄 알고 바짝 긴장했다. 하지만 그렇지 않았다. 프로스페르는 자신이 무엇을 하고 있는지 의식하지 못했다. 침대 밑의 장화를 찾았다. 침대 끝에 걸터앉아 신발을 벗고 장화로 갈아 신었다. 동시에 방문이 열렸고 군인이 빠른 속도로 사라졌다. 프로스페르는 문을 닫고 미끄러지듯 침실을 빠져나왔다. 그리고 트럭으로 돌아와 시동을 걸고 출발했다.

* * *

프로스페르는 자신의 반응이 놀라웠다. 우선, 자신이 그와 같은 방식으로 감정을 억제했다는 사실이 믿기지 않았다. 어떻게 충동을 통제할 수 있었는지는 그 자신도 잘 이해되지 않았다. 앞으로도 이해되지 않을 것이다. 다음으로, 그는 자신이 그렇게 행동했다는 것이 만족스러웠다. 어디에서부터 시작해야 할까? 자신은 상처를 받지 않으면서 로즈에게 고통을 주는 방법은 무엇일까? 그는 결정적인 순간에 인내심을 발휘하여 침묵함으로써 스스로를 제어하는 데 성공했다. 그는 이러한 방식으로 자신의 모습과 상반되는 로즈의 부도덕한 행위를 심문했다. 앞으로 이 문제에 대해서는 한 마디도 하지 않을 것이다. 심지어 로즈가 먼저 이야기를 꺼내거나 사과를 해도 말이다.

로즈는 애초에 최악의 사태가 발생할 줄 알았다. 그녀는 남편이 자신을 때리고, 모욕하고, 저주를 퍼부으며 친정으로 쫓아낼 줄 알았다. 그럴 준비가 되어 있었다. 자신이 옳지 못한 행동을 했기 때문이다. 하지만 최악의 상황은 일어나지 않았다.

프로스페르는 집에 돌아와서 마치 아무 일도 없었던 듯이 행동했다. 로즈에게 아무런 원한도 품지 않은 듯 보였다. 로즈는 요리를 했다. 프로스페르는 음식을 먹고 고맙다고 인사를 했다. 그녀는 따뜻한 물을 욕조에 받아 주었다. 그는 늘 하던 식으로 평온하게 목욕을 했다. 그의 생각과 감정은 표정이나 행동에 전혀 드러나지 않았다. 마음속으로는 배신감과 모욕감을 느꼈더라도 겉으로 표현하지 않았다. 돈 많은 구두쇠가 공개적으로 부를 과시하지 않듯이, 프로스페르도 내면의 감정을 마음의 주머니에 꾹꾹 눌러 담았다. 로즈는 이러한 남편의 태도를 이해할 수 없었다. 밤이 되자 그들은 평소처럼 함께 침대에 누웠다. 로즈는 거의 뜬눈으로 밤을 보냈다. 하지만 프로스페르는 푹 잤다. 그녀는 이러한 비정상적인 상황을 도저히 이해할 수 없었다. 상상할 수도 없었던 반응이었다.

이틀, 나흘, 일주일, 이주일. 같은 방식의 삶이 지속되었다. 프로스페르는 여전히 아무 일도 없었던 듯 행동했다. 이러한 행동은 아내에게 수많은 근심과 잠 못 이루는 밤을 가져다주었다. 그녀는 마음에 쌓이는 죄책감을 떨쳐 버리기 위해 사과하려 노력했으나 그마저도 여의치 않았다. 그녀의 마음은 죄책감으로 가득 찼다. 버림받았다는 생각이 들었다. 괴로웠다. 냉혹한 사냥꾼과 사나운 개들에 쫓겨 벼랑 끝에 몰린 나약한 사냥감이 된 듯한 느낌이 들었다. 하지만 프로스페르는 요지부동이었다. 그녀는 더 이상 참을 수 없었다. 그녀는 마침내 부모님이 있는 포망으로 달아났다.

부모님은 깜짝 놀랐다. 밤에 비행기를 타고 온 이유가 궁금했다. 로즈는 창피해서 사실을 말하지 않았다. "남편이 너무 나만 쳐다봐서 힘들어요." 실제로 보이는 것보다 강물은 더 깊은 법이다. 부모님은 딸이 말한 것과는 다른 중요한 이유가 있을 것이라 생각했다. 그들은 로즈의 말을 믿지 않고 몇 주 동안 계속해서 그녀를 압박했다.

한 달, 두 달, 세 달이 흘렀다. 그동안 프로스페르와 로즈 사이에는 어떠한 연락도 없었다. 4월 중순 프로스페르는 로즈에게 편지를 쓰기로 결심했다. 그는 읽고 쓰는 능력이 턱없이 부족했다. 간단한 셈법으로 장부를 기록할 정도는 되었지만, 문장을 자유자재로 쓸 수준은 아니었다. 그래서 장-피에르, 즉 마마 로사의 아들에게 도움을 청했다. 요점만 적은 간단한 편지였다. 잘못을 진정으로 뉘우쳤다면 집으로 돌아오라는 내용이었다. 하지만 로즈는 답장을 하지 않았다. 그녀는 남편을 진심으로 사랑했고 그의 따뜻한 사랑을 받으며 살았다. 하지만 이번에 새롭게 발견한 남편의 그 불길한 모습과 함께 살 자신이 없었다. 프로스페르 자신은 계속해서 그것과 함께 살아야 할 것이다.

2

프로스페르는 로즈를 잊는 데 오랜 시간이 걸렸다. 사랑하는 여자를 잊기란 쉽지 않다. 로즈의 끔찍한 행동이 그를 괴롭혔음에도 불구하고 프로스페르는 그녀를 사랑했다. 처음에는 로즈가 곧 돌아올 거라고 생각했다. "그녀는 그저 체면을 지키려는 거예요." 그는 자신을 걱정하는 직장 동료들에게 말하곤 했다. 프로스페르는 구겨진 자존심을 조금이라도 되찾으려는 모습이 불합리하다고 생각하지 않았다. 그녀가 진정으로 자신의 행동을 뉘우친다면 기꺼이 용서하고 "잊어버릴" 생각이었다. 그와 로즈는 아직 젊기 때문에 모든 것을 다시 시작할 수 있다. 다시 예전처럼 살지 못할 이유가 있겠는가? 결혼 생활을 오래 한 사람들은 그들의 사랑과 헌신을 재확인하기 위해서 사소한 가정불화나 스캔들이 필요하다고 말하곤 했다. "사랑의 나무는 생명력을 유지하기 위해 때때로 다툼과 대립이라는 영양분을 필요로 한다." 누군가가 그에게 말하기도 했다.

그는 앞으로 어떻게 해야 하는지에 대해 조언도 들었다. 시골에서든 도시에서든 세련된 남편은 항상 집에 들어오는 시간을 아내에게 알린다는 것이다. 이는 가정의 조화를 위해 필수적이다. 집에서 얼마 떨어지지 않은 곳에 도달했을 때 큰 소리로 노래를 부르거나, 휘파람을 불며 혹시라도 있을지 모를 '상상의 친구들'에게 인기척을 해야 한다. 노래나 휘파람 자체가 목적이 아니다. 이는 아내에게 자신의 연인을 빨리 보내고, 가정의 우두머리이자 합법적인 주인을 맞을 준비를 하라는 신호이다. 아내들에게 보내는 사전 경고인 셈이다. "이봐, 친구! 명심해. 여자들은 악마의 화신이니 절대로 믿어서는 안 되네." 프로스페르의 사연에 관심을 보이는 결혼한 직장 동료가 말했다. 갑자기 모든 남자들이 저마다 여자와 관련된 비통하고 안타까운 사연을 가지고 있는 듯이 보였다. 아내들과 그렇게 심각한 문제들을 지닌 남편들이 왜 이혼을 하지 않는지 궁금했다. 그의 일이 잘 되기를 바라는 몇몇 경험 있는 조언자들에게서 얻은 가장 최선의 답변은 "필요악이지. 여자들은 필요악이라 할 수 있네."였다. 하지만 이러한 답변도 그들이 왜 그런 여성들과 결혼했는지를 명쾌하게 설명해 주지는 못했다.

프로스페르는 로즈와의 문제를 해결하기 위해 포망을 여러 번 방문했다. 그녀의 부모님을 만나 사정을 설명하고 도움을 요청했다. 하지만 로즈는 너무나 두려워서 그에게로 돌아갈 수 없었다. 그녀는 부모님께 그 일 이후의 시간이 지옥보다 더 고통스러웠다고 고백했다. 프로스페르는 사랑보다 더 위험했다. 겉으로 보이는 평온함은 그 어떤 것보다 그녀를 불안하게 했다. 다시는 그러한 생활을 하지 않을 것이다. 그녀는 여전히 남편을 존경했다. 그는 확실히 착하고 잘생긴 멋진 남자이다. 하지만 넘을 수 없는 심리적인 장벽이 그들을 가로막고 있었다. 더 이상 동반자로서의 편안함을 느낄 수 없었다. "다시 합치는 것은 불가능해. 당신과 한 지붕 아래 산다는 것은 이제 상상도 할 수 없는 일이야!" 그녀는 머리를 격렬하게 흔들며 울음을 터뜨렸다. 로즈는 자신의 행동에 대한 그의 이상한 반응을 도저히 이해할 수 없었다. 부모님은 점차 그녀의 편이 되어 주었다. 그녀의 부모님을 자신의 편으로 끌어들이려는 프로스페르의 노력은 결국 결실을 맺지 못했다. 로즈는 프로스페르와 직접 만나는 것을 완강하게 거부했다. 그는 이제 아무것도 할 수 없었다. 그는 상식적으로 행동하지 않았다. 이 때문에 로즈는 당황하고 겁을 먹었다. 수없이 많은 시도가 좌절되었다. 마침내 프로스페르는 로즈를 포기했다. 로즈와의 결혼 생활은 이렇게 마무리되었다.

프로스페르는 그의 운명을 받아들였다. 처음에는 고통스러웠지만 차차 "너무나 매력적인 작고 귀여운 것"이 없는 삶에 익숙해졌다. 신부 비용으로 지급했던 돈을 돌려받아 침대 매트리스 밑에 넣어 두었다. 그 돈을 은행에 저축하고 싶지는 않았다. 거의 1년 동안 외톨이로 지냈다. 회사 일로 어쩔 수 없이 만나야 하는 사람들이 아니면 누구도 만나지 않았다. 꼭 필요한 경우가 아니면 외출도 하지 않았다. 웨스트 밈보랜드로 맥주 배달 나갈 때를 제외하고는 거의 집안에 틀어박혀 있었다. 이웃인 마마 로사로부터 구운 생선이나 카사바 뿌리를 구할 때 혹은 길 건너 가게에서 빵과 정어리 통조림을 사야 할 때 조용히 집을 나서곤 했다. 물건을 구입한 후에는 곧장 집으로 돌아왔다. 집에 와서는 산수와 문자를 공부했다. 성공한 사업가가 되기 위해서는 읽고 쓰는 능력과 돈을 계산하는 방법을 익혀야 했기 때문이다.

사람들은 결국 어떠한 충격도 극복하기 마련이다. 젊고 야심에 찬 프로스페르 또한 예외가 아니다. 그는 앞으로의 사업을 계획하면서 로즈의 부모님으로부터 돌려받은 신부 비용을 은행에 예금했다. 헤어진 지 채 2년이 되지 않아 로즈는 그의 관심에서 사라졌다. 그는 사랑의 의미에 대해 새롭게 생각하게 되었다. 몇년 간 독신으로 지내며 거리의 여자들과 즐겁게 지낼 것이다. 여자들이 악마이든 아니든, 만일 다시 결혼하게 된다면 그 전에 여자들의 정신세계를 깊이 탐구할 필요가 있다고 생각했다. 로즈와의 불상사는 그의 순진함 때문에 발생한 일이다. 너무 이른 나이에 결혼했고, 한 여자에 너무 집착했던 것이다. 앞으로 이와 같은 과오는 피하고 싶었다. 최선의 방법은 당분간 로즈를 잊고 관심이 가는 여성들과 부담 없이 즐기는 것이다. 그러면서 인생의 교훈을 터득할 것이다.

그는 2년 동안 아주 즐겁게 지냈다. 로즈를 만나기 전의 삶의 방식으로 돌아갔다. 돈 많은 여자들이 취향에 따라 옷을 쉽게 바꾸듯이, 그도 여자 친구들과 주위의 많은 지인들을 수시로 바꾸었다. 하지만 돈을 많이 쓰지는 않았다. 그는 도시의 여성들 사이에서 유명인사가 되었다. 어떤 여성들은 잘생긴 외모와 즐거움을 추구하는 성향 때문에 그를 좋아했다. 동시에 몇몇은 그를 이용하려는 자신들의 욕구가 좌절되었을 때 프로스페르를 싫어했다. 좋은 때도 있었고 나쁜 때도 있었다. 그는 인기도 있었지만 악명도 높았다. 그는 돈을 낭비하지 않으면서 최상의 즐거움을 찾기 위해 노력했다. 바에서 술을 마시고 있는 프로스페르에게 한 여자가 다가온다고 가정해 보자. 그는 우선 자신의 술 한 잔을 권한 후, 그 다음부터는 그녀의 술을 얻어먹는다. 이를 알아챈 여자는 경멸조로 쏘아붙인다. "도대체 무슨 남자가 그래요? 술 한 잔 권하고 그것으로 끝이에요? 그런 남자가 도대체 여자에게 무엇을 해 줄 수 있단 말인가요?" 거의 아무것도 해 주지 않는다는 것이 정답이다.

프로스페르는 삶이 산산조각 난 한 직장 상사의 쓰라린 사연을 통해 자신의 방탕한 행동을 정당화했다. 문제의 상사 피상은 자신만을 위한 삶을 살았다. 결혼하기 전 그는 많은 여자들과 관계를 맺었다. 피상이 결혼을 하기로 결심했을 때 많은 사람들이 놀랐다. 그가 결혼 생활을 잘할 수 있을지 의구심을 가졌다. 그와 결혼한 여자는 매우 아름답고 정숙했으며 내성적이었다. 그녀는 공무원이었다. 결혼하기 전 피상은 충실하고 자상한 파트너로 보이기 위해 노력했다. 그리고 이에 성공했다. 하지만 오래 가지 않았다. 결혼식을 한 바로 그날 그는 외박했다. 아내가 임신한 사실을 알았을 때는 "매일 플랜테인(바나나의 일종)만 먹"게 되었다고 불평을 늘어놓았다. 또한 어떤 일이 있어도 그녀에게 "충분한 휴식"을 제공하겠다고 강조했다. "당신을 방해하고 싶지 않다."라는 핑계로 마음대로 행동했다. 밤 12시 전에는 거의 들어오지 않았다. 집에 들어와서 제일 먼저 한 일은, 아내가 지켜보든 그렇지 않든 욕실로 들어가 성기를 씻는 일이었다. 여자 친구들을 집에 불러들여 함께 지냈다. 아내에게는 친척들이라고 속였다. 기회가 있을 때마다 그녀들과 잤다. 아내가 의심을 하면 다음과 같이 황당한 말로 변명을 했다. "나는 지금까지 300명이 넘는 여자들과 잠자리를 같이 했어. 그러니 당신은 의심하지 말아야 해." 세 명의 아이가 생기자 그의 태도는 더욱 악화되었다. 아내와 아이들을 위한 최소한의 생계비에도 관심을 가지지 않았다. 그들이 불만을 표출하기라도 하면 가차 없이 폭력을 행사했다. "당신 아버지라면 이 집구석에서 조금이라도 즐거움을 얻을 수 있을 것 같아? 당신은 나 같은 남편을 만난 걸 행운이라고 생각해." 피상은 술과 여자로 돈을 탕진했다. 늘 술에 취해 들어왔다. 점점 난폭해졌다. 한 번은 아내에게 "당신은 내가 돈을 어떻게 벌고 어떻게 쓰는지 알 권리가 없어."라고 말하기도 했다. 술집에서는 종종 '다음 차례의 술은 내가 낸다.'고 소리쳤다. 이러한 행동 때문에 '멋진 *아저씨*'라는 별명을 얻기도 했다. 피상은 직장에서 쫓겨났다. 직장을 잃었지만 그에게는 약간의 돈이 남아 있었는데, 이 돈조차 여자 친구에게 갖다 바쳤다. 친구들은 그를 버렸다. 여자 친구들도 떠났다. 그는 매우 비참하고 절망스러운 상황에 처했다. 길거리에서 우연히 마주치기라도 하면 모든 이들이 그를 피했다. 이후 피상은 "내 사랑"(아내)의 품으로 다시 돌아가려 했지만, 이미 때는 늦었다. 아내는 스스로 아이들을 돌볼 수 있게 되었다. 가족사진 안에 더 이상 그가 들어설 자리는 없었다.

프로스페르는 이러한 피상의 이야기를 여자 친구나 매춘 여성들에 대한 자신의 인색함을 합리화하는 방식으로 이용했다. 그는 이런 여성들에게 거의 돈을 쓰지 않았다. 그들을 부도덕한 여성으로 낙인찍었다. 프로스페르는 한 푼도 쓰지 않고 그들을 조종하고 통제하려고 했다. 돈도 아끼고 재미도 보는 일석이조의 전략이었다.

몇몇 여자들은 옛 사랑 로즈와 같이 아름답고 순수해 보이기도 했다. 젊은 여성들은 문명사회의 달콤함을 찾아 시골에서 도시로 이주하기도 한다. 프로스페르는 운 좋게 이러한 순박하고 친근한 여성들을 만나 사랑을 나누기도 했다. 하지만 이러한 여성들은 도시에 도착한 지 얼마 되지 않아, 기대에 훨씬 못 미치는 냉혹한 현실에 직면하게 된다. 자신들의 사랑, 솔직함, 자존감에 대한 감수성은 물질적인 가치에 대한 추구로 선락하고 만다. 그들은 도시 생활에 적응하는 방식을 다시 터득해야 한다. 그리고 결국에는 희망과 절망이 교차하는 근대성의 도시 사왕에서 가난한 사람들이 들끓는 성병의 온상지 올드-벨리의 수렁에 빠진 자신을 발견하게 될 것이다. 이러한 여성들 중 한 명이 번화한 도심가의 상점에 가자고 떼를 쓴 적이 있다. 프로스페르는 그녀에게 원하는 옷을 마음대로 고르라고 했다. 여자는 가장 비싼 옷을 골랐다. 프로스페르는 "옷이 마음이 들지 않는데. 이 옷은 어때?"라며 보다 저렴하고 싼 티가 나는 옷을 골랐다. 실망한 여성은 경멸조로 말했다. "무슨 남자가 그래요? 말도 안 돼. 헛소리 집어치우고 그냥 이 옷을 사 줄 생각이 없다고 말하세요." 그와 쇼핑을 할 때마다 여자들은 절망감에 빠지거나 퇴짜를 맞을 것이다. 그가 만난 모든 여자들은 인간 됨됨이보다 그가 가진 돈에 관심을 가지고 있었다. "돈을 가지고 침실로!"라는 말은 도시의 닉네임이 되었다. 프로스페르는 여자에게 낭비할 돈이 없다고 생각했고, 여자들은 그의 인색함에 대해 끊임없이 불평했다.

이러한 인색함은 그의 삶에서 지속성을 앗아갔다. 그는 값이 싼 경우를 찾아 이리저리 이동했다. 도시에서는 온갖 종류의 방법으로 성매매를 할 수 있었다. 성매매를 원하는 남자들도 많았다. 도시로 유입된 많은 시골 처녀들이 일자리를 구하지 못해 노숙자로 전락했다. 하지만 그들은 여전히 도시 생활의 매혹에서 쉽게 벗어나지 못했다. 일부 여성들은 범죄로, 혹은 성매매로 자신들의 욕구를 충족시키려 했다. 도시에는 추하고 외설적인 성매매를 공개적으로 비난하는 남성들이 많았다. 하지만 개인적으로는 성매매에 관대했다. 프로스페르와 같이 정규적인 섹스 파트너가 없는 싱글들이 성매매의 주 고객이었다. 그들은 순간적인 쾌락을 위해 여성들을 찾는다. 아내들이 먼 시골 마을에 가 있는, 기러기 아빠들도 성매매를 원하는 고객들이다. 사왕이 제공하는 즐거움을 찾는 관광객들도 고객이 될 수 있다. 아내나 여자 친구에게 싫증이 난 남자일 수도 있다. 정규적인 파트너에게서 얻을 수 없는 다양한 성적 판타지를 구하기 위해 성매매를 하는 것일 수 있다. 성매매 여성은 이들을 위해 존재한다. 대부분의 남성들은 성매매에 대해 양면적인 태도를 지니고 있다. 그들은 공개적으로 비난하지만 사적으로는 승인하는 태도를 취한다. 많은 성매매 여성들이 직업적 자부심을 갖지 못하고 어둠 속으로 내몰리게 되는 이유도 여기에 있다.

프로스페르는 사왕의 성매매 지도, 즉 다양한 성매매 방식과 매춘 여성을 알아보는 방법, 그리고 성매매가 구체적으로 이루어지는 장소 등을 오래 전부터 꿰차고 있었다. 그는 행인들이 붐비는 도시의 주요 거리, 나이트클럽 근처, 술꾼들로 붐비는 술집 주위 등에서 영업하는 성매매 여성들을 잘 알고 있었다. 그들은 눈에 띄는 옷차림을 하고 있었다. 늘씬하고 농염한 허벅지와 풍만하고 둥그런 엉덩이를 뽐내는 짧은 치마나 쇼트팬츠, 배꼽을 노출시키고 젊음을 선포하는 듯한 봉긋 솟은 가슴을 간신히 가린 반소매 블라우스 등은 그녀들의 영업소를 탐험하려는 모험심을 작동시켰다. 프로스페르와 같은 단골손님은 그들이 주로 머무는 지역이 어딘지 잘 알았다. 술집을 나와 거리를 걸으면 가로등 아래에서 그들을 발견할 수 있다. 그녀들은 지나가는 남성들을 향해 휘파람을 불거나 요란한 웃음을 흘리며 유혹의 손짓을 보낸다. 남성다움을 증명하고 싶은 수컷들의 자존심을 자극하는 것이다. 이러한 여성들은 다양한 종류의 섹스, 쇼트타임, 기분전환 등 소비자가 원하는 모든 서비스를 제공한다. 이러한 여성들은 가장 비용이 적게 드는 경우이다. 하룻밤 화대가 오백에서 천오백 프랑쎄파(FCFA)* 정도이다. 이는 맥주를 두 잔에서 여섯 잔 정도 마실

---

* 프랑쎄파(FCFA)는 1945년 프랑스에 의해 만들어져 아프리카 14개 국가에서 통용되고 있는 화폐이다. 쎄파프랑이라고도 한다. 세네갈, 토고, 코트디부아르, 카메룬, 콩고 등 주로 구 프랑스령 국가에서 사용되고 있다. 세네갈에서 발권되는 통화는 XOF로, 카메룬에서 발행되는 것은 XAF로 표기된다. 1Euro = 약 655프랑쎄파(FCFA)의 고정 환율이 적용되고 있다.

수 있는 돈이다.

프로스페르는 이들을 가장 자주 찾는다. 비용이 제일 저렴하기 때문이다. 이 거리의 매춘부들이 성매매 여성의 대부분을 차지하고 있다. 그들은 출신 성분도 다양하다. 시골 출신의 실직자나 노숙자는 물론, 결혼한 여성도 있고 그렇지 않은 여자도 있다. 또한 중고품이나 훔친 물건을 팔던 행상인 출신도 있다. 그들 중 일부는 길거리에서 가난한 노동자들에게 구운 생선, 코코얌, 플랜테인, 자두 등 여러 가지 음식을 파는 사람일 수 있다. 또다른 이들은 직업훈련을 위한 교육지원을 제대로 받지 못한 미숙련공일 수 있다. 밤에는 몸을 팔고 낮에는 학교에 다니는 학생들도 있었다. 프로스페르는 학생들이 가진 지식을 부러워했다. 성매매는 이들이 가진 다른 활동에 대한 보충의 성격을 지녔기 때문에 주말에 가장 만연했다. 프로스페르는 이러한 여성들을 따라 집에 가 본 적이 있다. 그들의 방은 침대, 작은 요리용 등유 난로, 낡은 옷장이나 트렁크, 흔들의자, 금이 간 바닥, 바퀴벌레가 있는 벽, 쥐들로 시끄러운 천장 등 소박한 모습이었다. 하지만 고객을 데리고 온 바깥의 거리와 비교해서는 비교적 깨끗해 보였다. 프로스페르는 그들을 자신의 집으로 데려오기도 했다. 물론 그가 원했을 경우였다. 그들은 고객이 가고자 하는 장소라면 어디든 따라갔다. 학교나 혹은 다른 직업 훈련을 마치고도 성매매를 그만두지 못한 여성들은 비슷한 동네에 방을 임대하기도 했다. 시간이 지나면서 그들의 거주지역이 유명한 성매매 여성들의 이름을 따서 명명되기도 했다. 엔케인, 니안기, 아사우, 아콰라, 울로우스……. 이 지역에서는 성매매 여성들이 거리 전체를 차지하고 있었다. 그들은 단칸방 아니면 방이 두 개 있는 집에서 살았다. 일반적으로 경험이 많은 매춘부가 성매매 사업의 질서와 공동체 의식을 유지해 주는 역할을 했다. 섹스에 굶주린 남성들은 길가에 버려진 고기 조각을 찾은 파리 떼처럼 이곳을 어슬렁거렸다.

프로스페르와 같은 구두쇠 고객이 많았기 때문에 성매매 여성들은 큰 수입을 얻지 못했다. 이러한 형편없는 수입에도 불구하고 쓸 데는 많았다. 고객들에게 콘돔을 사용하라고 요구하지만, 고집 센 고객들은 이를 쉽게 무시하곤 했다. 그녀들은 건강 검진을 받을 여유가 없었다. 그들은 여러 질병에 시달리게 되었다. 결국 성매매 여성들은 자신들이 걸었던 거리와 점령한 지역과 더불어 온갖 종류의 *사랑의 질병*이 만연하는 저수지가 되고 만다.

프로스페르는 이들과 질적으로 다른 성매매 여성들이 있다는 사실을 알았다. 고급 콜걸들이었다. 프로스페르는 그녀들과 거의 만나지 않았다. 고급 술집이나 호텔, 레스토랑 등의 비싼 술값을 감당할 수 있다면 그들을 부를 수도 있을 것이다. 그들의 명함은 사랑에 굶주린 고객들을 노리는 여행사에서 제공했다. 콜걸들은 도심의 호텔 직원들과 긴밀하게 연결되어 있었다. 이들의 성매매는 사전 예약제로 운영되었다. 호텔 종업원들은 어떤 계층, 어떤 지위의 사람들이 이 도시를 오고가는지에 대한 중요한 정보를 지니고 있었다. 콜걸들은 최고급 호텔에서 엄청난 돈을 받고 고객들과 즐겼다. 프로스페르라면 틀림없이 거절했을 만큼 큰돈이었다. 그만큼의 돈이라면 다른 여성들을 골라, 지저분한 올드-밸리와 멀리 떨어진 그들의 집에 가서 즐기기를 수십 번 반복했을 것이다.

콜걸들은 절대 고객들을 집으로 들이지 않았다. 일은 일이고, 집은 집이었다. 길거리의 성매매 여성들같이 결혼을 한 경우도 있다. 가정주부가 대부분이었다. 이들 중 다수는 비서나 안내원으로 일했다. 일부는 집에서 소규모 사업을 운영하기도 했다. 상당수는 교육 수준이 높고 사업 수완이 뛰어났다. 길거리의 성매매 여성으로 시작하여 스스로의 능력과 경쟁력을 높임으로써 매춘의 사다리를 오른 경우도 있었다.

이들은 자신의 명함을 가진 최고의 매춘부였다. 그들은 최상위 계층 남성의 후원을 받았다. 그들 중 일부는 고객들의 다양한 성적 취향을 구별할 수 있을 정도였다. 그들은 엄격하게 콘돔의 사용을 주장했다. 그들의 빼어난 외모와 높은 화대 때문에 상대적으로 고객이 적었지만, 정기적으로 많은 돈을 벌었다. 그들은 자신들이 고위 관리들과 사귀고, 정부를 위해 외국의 고위층을 접대한다는 사실을 자랑스러워했다. 권력의 은밀한 뒷골목을 누구보다 잘 알고 있었다. 침실에서 고개 숙인 남성들이 공개적인 석상에서 우쭐대는 모습을 보고 쓴웃음을 짓기도 했다.

프로스페르는 한때 이러한 콜걸에게 접근하는 실수(?)를 저질렀다. 그녀는 멜라니라는 이름의 대학 중퇴생이었다. 멜라니는 프로스페르의 삶의 방식을 강하게 비난했다. "넌 내 스타일이 아니거든." 그녀는 경멸조로 쏘아붙였다. "난 사왕의 시장과 3일 동안 잠자리를 같이 했어. 그는 십오만 프랑쎄파(FCFA)짜리 옷도 사 줬어."

프로스페르는 이러한 경험을 통해 모든 성매매 여성이 같지 않고, 지위와 수준에 따라 다양한 층위가 존재한다는 사실을 깨달았다. 콜걸들은 확실히 그와 어울리지 않았다. 이후 프로스페르는 거리의 여성들이나 캠프 매춘부들과 어울리기 시작했다. 과도한 돈을 요구하는 상류층 매춘부들은 피했다.

그는 부자가 되고 싶었기 때문에 돈을 모아야 했다. 여자들에게 돈을 낭비하고 싶지 않았다. 하지만 여자들은 자신들의 파이를 탐내는 남자들을 좋아하지 않았다. 여자들은 고급 식당으로 데려가 비싼 음식과 고급 와인을 사 주는 남자들을 좋아한다. 호텔 레스토랑에서 프랑스산 샴페인과 와인을 마시며 파리 사람들 못지않은 행복을 누릴 수 있게 하는 남자를 선호했다. 그들은 최신 유행의 드레스나 다양한 종류의 화장품과 향수, 헤어 오일 등을 살 수 있게 해 주는 돈 많은 남자들을 원했다. 즉, 드라이브를 하면서 해방감을 느끼게 하고, 프로스페르가 살고 있는 올드-벨리와 같은 타락한 빈민촌의 절망으로부터 벗어나게 해 주는 남자를 원했다. 간단히 말해, 여성들은 물질적인 욕망을 충족시킬 수 있는 남성들을 원했다. 그들이 원하는 남자는 사하라사막을 열대우림 지역으로 바꿀 수 있는 전지전능한 사람들이었다. 프로스페르는 그러한 부류의 남자가 아니었다. 이것이 문제였다. 프로스페르는 훤칠하고 잘생겼으며 매력적인 남성이다. 그의 깨끗하고 밝은 피부는 뭇 여성들의 꿈이었다. 하지만 여성들은 항상 말한다. "*사랑을 먹을 수는 없다.*" 철학이나 원칙, 이상 같은 것은 세상을 변화시킬 수 없다. 세상을 돌아가게 하는 것은 배꼽(물질적 욕망)과 그것을 향한 야망이다.

때때로 사람들은 잘못된 선택을 할 수도 있다. 프로스페르의 경우가 그렇다. 그는 돈 때문에 끼니를 건너뛰기도 했다. 이 때문에 건강이 위태롭게 되기도 했다. 그는 돈을 아끼기 위해 여러 번 성병을 무시했다. 치료를 받으려고 돌팔이 의사를 찾아갔다. 병원보다 치료 비용이 저렴했기 때문이다. 또 덜 부끄럽기도 했다. 그는 주위 사람들에게 들리는 큰 소리로 떠드는 병원 간호사들을 좋아하지 않았다. 만성 임질에 걸린 프로스페르의 성기를 보고 한 간호사는 다음과 같이 말했다. "*그것이 흘러내리나요?*"

처음이자 마지막으로 병원을 방문했던 때를 떠올렸다. 그때 다시는 병원에 오지 않겠다고 결심했다. 한 친구가 *사랑의 병*을 병원에서 고칠 수 있다고 조언했다. 의사를 만나고 검진 결과를 기다리는 과정의 번거로움은 정말 참기 힘들었다. 그는 이러한 고통스러운 상황에 절망한 환자들의 대화를 회상했다.

"병원의 상황이 나아질 수 있을까요?" 누군가 말했다.

"병원의 무성의함 때문에 죽는 경우가 다반사죠." 다른 이가 동의했다.

"보세요. 우리는 지금 6시간 가까이 의사를 기다리고 있어요. 의사는 어디 갔는지 코빼기도 안 보여요." 또 다른 이가 맞장구를 쳤다.

"그리고 젠장, 우리를 쓰레기 취급하는 간호사들은 말 한 마디 없어요." 프로스페르가 덧붙였다.

마침내 의사가 나타났다. 하지만, 의사는 환자들에게 11시 30분에 예약 환자를 보러 가야 한다고 말했다. 하루에 3시간을 근무하면 병원을 떠나도 된다는 말도 안 되는 규정 때문이었다. 의사에게는 개인적인 용무가 있거나 부유한 환자들을 위한 특별 진료가 기다리고 있을 것이다. 인내심이 폭발한 한 환자가 소리쳤다.

"어찌하여 그 약속만 중요한가?" 그가 소리쳤다. "우리의 약속은 병이라도 걸렸나?"

"시간 낭비 하지 마세요." 간호사가 쏘아붙이고 자리를 떴다. 화가 난 환자는 간호사를 그냥 내버려 두지 않았다.

"일개 간호보조원 주제에. 당신은 우리에게 말할 자격이 없어." 그는 그녀를 모욕했다.

"당신이 지금 말한 간호보조원이 대체 누군데요?" 그녀가 경멸조로 말했다.

"당신. 공개적인 마약 도둑." 그가 비난했다.

"이래봬도 나는 프랑스에서 교육 받은 정식 간호사입니다. 지금 이 병원에서 어떻게 의사를 만나고 치료를 받아야 하는지 알려드리지요. 당신 말 잘했어요. 자신이 얼마나 추한지 보세요. 당신은 의사에게 진료 받을 자격이 없어요." 그녀가 날카로운 어조로 말했다.

"한 마디만 더 하면 죽여 버릴 거야." 그는 간호사를 쏘아보며 협박했다.

이때 누군가가 끼어들었다. 그는 의사와의 면담 기회를 놓치지 않기 위해 화가 난 환자를 진정시키려 했다. 오후 5시, 프로스페르는 마침내 의사를 만났다. 다른 환자들은 기다리다 지쳐 부글부글 끓고 있었다.

"내일 전통 치료사에게 갈래요. 병원은 맞지 않는 것 같아요." 화가 난 환자가 자리를 떠났다.

"어디가 아파서 왔나요?" 의사가 프로스페르에게 물었다.

"바늘로 콕콕 찌르는 것같이 아픕니다." 그가 설명했다.

"소변은 무슨 색깔이에요?"

"노란색인데 조금 붉어요." 프로스페르가 대답했다.

"이 증상이 얼마나 되었나요?"

"한 달 정도요."

"*심각하네요.*" 의사는 그를 세균 검사실로 보냈다. 이틀 후 결과를 보러 오라고 했다.

프로스페르는 검진 결과를 보러 병원에 가지 않았다. 의사는 성관계를 맺은 여자와 함께 오라고 했다. 이 말을 듣는 순간 병원에 다시 오고 싶은 마음이 싹 가셨다. "하룻밤 같이 잔 여자를 어떻게 병원에 데려올 수 있단 말인가?" 그는 의사의 요구에 강한 의구심을 느꼈다. 이제 프로스페르는 전통 치료사와 돌팔이 의사를 찾아다니게 되었다.

그때 이후로 프로스페르는 자기-처방이 건강에 미치는 악영향에 대해 깊이 생각하게 되었다. 예를 들어, 임질이 관성화되면 불임에 이를 수 있으며, 매독을 적절하게 치료하지 않으면 정신적, 신경계적 장애를 일으킬 수도 있다. 하지만 그에게 그런 일은 일어나지 않았다. 그는 미래가 방탕했던 과거를 결코 용서하지 않는다는 사실을 알지 못했던가? 사람들은 자신들이 저지른 악행으로 끊임없이 고통 받는다는 사실을 그는 깨닫지 못했는가? 아마도 그는 스스로를 신이 선택한 예외적인 존재로 여겼을 것이다.

주위의 친구들과는 달리 프로스페르는 돌팔이 의사를 너무 믿었다. 그는 그들이 처방한 항생제를 남용했다. 또한 자본의 논리로 무장한 돌팔이 의사들에게 자신이 이용당할 것이라고는 생각조차 하지 않았다. 돌팔이 의사들은 수단과 방법을 가리지 않고 돈을 탐했다. 그들은 도시에 만연된 일확천금의 욕망에 눈이 멀어 있었다. 마치 마법에 걸린 듯했다. 거의 불치병에 가까운 수준이었다. 그들은 순진무구한 환자들에게 유효기간이 지난 약들을 팔았다. 프로스페르도 그런 환자들 중 하나였다. 영악한 사기꾼들은 앞에서 웃고 농담하면서 뒤에서는 음험한 미소를 지었다.

프로스페르는 누구보다 열심히 일했다. MBC에서 받는 월급이 만족스럽지는 않았다. 하지만 불평하는 아내도 없었기 때문에 더 나은 직장을 구할 때까지 계속 다니기로 했다. 다달이 받는 월급 외에 여분의 돈을 벌 수 있는 기회도 다양했다. 그중 하나는 트럭을 이용해 사람들을 이동시켜 주는 것이다. 그는 사왕에서 서부 밈보랜드로, 혹은 한 지역에서 다른 곳으로 이동하려는 사람들을 공공요금보다 싼 가격으로 태워 주었다. 또한 멀리 떨어진 시골에서 대량의 식료품을 싼 가격으로 구매했다. 이렇게 산 물품을 도시에서 비싼 가격으로 팔았다. 특히 이동 식당을 운영하는 여성들에게 환영받는 사람이 되었다. 그들은 트럭을 알아보고, 도나페림 다리 위에 서서 그를 반갑게 맞이했다. 그는 또한 내륙지역에서 헐값에 산 목탄을 도시의 재봉사나 디자이너들에게 제공했다. 이런 방식을 통해 그는 보다 많은 돈을 저축할 수 있었다. 돈은 그의 야심과 만족감을 부풀어 오르게 하는 원동력이었다.

웨스트 밈보랜드에서 돌아오던 날이었다. 한 사건이 프로스페르의 삶을 송두리째 변화시켰다. 그는 빅토리아 해안 마을에 고객을 내려준 후 사왕으로 돌아오고 있었다. 이른 오후였다. 한 낮의 더위에 땀이 연신 흘렀다. 그는 속도를 줄였다. 빅토리아와 우팅우닝 사이, 옴방 마을 인근의 길게 뻗은 도로는 속도에 굶주린 운전자들에게 가장 유혹적인 장소였다. 최고 속도의 푸조 404가 그를 추월했다. "도대체 왜 저렇게 빨리 달리는 거야?" 그는 궁금했다. "저런 사람들은 너무 무모해. 저 안에 있는 사람의 인생은 기네스 맥주처럼 쓰디쓸 거야." 그는 중얼거렸다. 그는 젖은 손수건으로 연신 얼굴을 닦는 동시에 다리 사이 근육 끝(성기)의 염증을 애써 무시하며 계속 속도를 줄여 운전했다.

또다시 그 끔찍한 병에 걸린 것 같아 두려웠다. 며칠 전 집에 데려온 그 여자 때문일 것이다. 그녀가 병을 옮겼음에 틀림없다. 그렇지 않다면, 이 통증을 어떻게 설명할 수 있단 말인가? 하지만 그녀는 그런 타입의 여자 같아 보이지 않았다. 그는 믿고 싶지 않았다. "성병을 옮기는 사람들이라고 말하기는 쉽다." 그는 스스로를 안심시키려고 노력했다. "하지만 그것이 얼굴에 쓰여 있는가 말이다. '치명적인 감염자를 조심하라! 매독, 임질…….' 그러면 왜?" 그는 확실히 당황했다. 그녀는 청순해 보였으며 꽤 세련된 취향을 가지고 있었다. 배불뚝이 장관이나 재계의 거물들에게 어울릴 법한 그런 종류의 농익은 아름다움이었다. 그녀는 개인 병원의 간호사 같았다. 물론 그가 잘못 봤을 수도 있다. 어떻게 그러한 청순한 새가 그렇게 더러운 병을 옮길 수 있단 말인가? "빌어먹을!" 그는 화가 났다. 왜 관계를 하기 30분 전에 항생제 먹는 것을 잊어버렸을까? 때때로 그랬다. 항상 휴대하거나 트럭에 두고 다녔다. 항생제는 의약품을 파는 행상인으로부터 정기적으로 공급받았다. 너무 자만했던 것이 문제였다. 드물긴 하지만, 서비스에 대한 비싼 대가를 치를 때가 있다. 2,000프랑! 이런 식으로 보상 받기 위해 자신의 원칙을 깼다고 생각하면 더욱 울화가 치민다. "앞으로 이러한 여자들을 절대 믿지 않을 것이다. 좋은 교훈임에 틀림없다. 여자는 외모로 판단할 수 없다는 사실을 기억하자. 그녀는 절대 그렇게 보이지 않았다."

조만간 약 파는 자를 만나야 할 것이다. 엉덩이에 페니실린 주사를 몇 대 맞고 알약도 먹어야 했다. "그것으로 충분할 거야." 스스로를 안심시켰다. 만일 자신의 상황이 호전되지 않는다면, 즉 병균의 독성이 너무 강해서 백인들의 마술(서양 의약품)에 내성이 있다고 밝혀지면, 올드-밸리에 사는 허브치료사 토튼 응암베를 찾아갈 것이다. 토튼 응암베는 사왕시에 사는 사람들에게 널리 알려진 허브치료사였다. 그는 강력한 약초 혼합물로 세균을 치료할 수 있을 것이다. 허브 치료가 가장 저렴했다. 하지만 전통 약초 혼합물의 역겹고 쓴 맛은 악명이 높았다. 막바지까지 간 사람들만이 토튼 응암베가 처방하는 약을 마시거나 씹는 고역을 견딜 수 있었다. 자기-치료의 환상에 빠진 대부분의 사람들은 확인할 수 없는 특효를 선전하는 이동식 행상 약재상을 선호했다. 그녀를 다시 만난다면 산 채로 잡아먹을 것이다. "그녀의 벌집(올린 머리)을 잘라 버리고 말거야." 그는 무자비한 이발사가 된 자신을 상상하며 되뇌었다. 그리고 나서 세 번째 다리 끝의 날카로운 통증을 떨쳐 버리고 운전에 집중하기 시작했다.

그는 우텐규네르그에서 빵 한 덩어리와 정어리 통조림을 사기 위해 잠깐 정차했다. 상점의 여종업원이 그를 알아보고 윙크하며 인사했다.

"선생님! 별일 없죠?" 그녀는 영어권 사람들의 공용어인 혼종 영어로 물었다.

"네. 부인! 늘 그렇듯이!" 그는 돈을 건네며 대답했다.

가게 주인은 빵과 정어리 통조림을 건넸다. 그는 주인에게 감사 인사를 하고 다시 트럭으로 돌아왔다. 빵과 정어리 통조림을 보니 흥겨워졌다. 전 부인 로즈를 떠올리게 하는 음식들이다. 로즈는 그가 빵과 정어리를 먹는 것을 탐탁찮아 했다. 이러한 패스트푸드는 궁핍과 고난에 직면한 군인들에게나 적합한 음식이라는 것이다. 남편을 잘 돌보는 아내가 있는 안정된 남자에게는 어울리지 않았다. 그는 울창한 산림지역에서 프랑스의 국가 이념을 지키기 위해 싸웠던 레지스탕스, *마키**처럼 마른 빵과 정어리를 씹을 필요가 없었다. 그녀는 그를 장난스럽게 "와미"라 불렀는데, 이는 돈에 대한 집착이 누구보다 강한 밈보랜드 북서부 주 출신의 적극적이고 진취적인 사람들을 칭하는 용어였다. 와미들은 자신에게 돈을 빌린 자가 진짜 죽었는지 확인하려는 경우가 아니면 다른 밈보랜드 주 사람의 장례식에 절대 참석하지 않는다고 했다. 낯선 사람에게 높은 이율로 수백만 달러를 빌려준 한 와미는 채무자의 죽음에 충격을 받아 영안실에서 시체를 끌어안고 그가 다시 살아나기를 밤새워 기도했다고 한다. 소문에 따르면, 시체와 함께 있는 동안 이 백만장자는 영원히 죽기 전에 깨어나 자신의 빚을 갚으라고 애원했다고 한다.

프로스페르는 많은 와미들을 알고 있었다. 그들은 진취적이고 금욕적이며 검소한 유형의 사람들이다. 극빈층의 사람들처럼 마른 카사바와 물만 먹었다. 반면, 엄청난 양의 돈을 연대 저축 금융이나 일종의 공동체 은행에 저축했다. 농담으로 들릴지 모르겠지만, 안정된 와미 사업가는 너무 부유해서 자신의 돈을 킬로그램 단위로 센다고 한다. 또한 그들이 열심히 일해서 번 것 이상의 재산을 가지고 있다는 소문도 많았다. 그들은 세금 내는 것을 싫어한다. 또한 *함랑*이라고 알려진 마법을 통해 가족이나

---

* 제2차 세계대전 중 독일에 대항해 싸운 프랑스 유격대, 혹은 그 대원.

친구들을 노예처럼 일하는 좀비로 바꾼다는 소문도 있다. 프로스페르는 웃으며 트럭에 올라탔다. 자신이 정말 와미 같았을까? 그는 신경 쓰지 않았다. 중요하다고 생각하지도 않았다. 그는 생각을 떨쳐 버리고 음식을 운전대 앞에 놓았다. 오늘의 점심이다. 로즈가 떠난 이래로 하루에 한 끼만 먹었다. 그는 "건강을 유지하고 덜 나른해지기 위해서"라고 주위의 사람들에게 설명했다. 식사 후 마실 음료수 살 돈이 없다고 생각하기보다는, 식민지 시기 밈보랜드를 동서로 나눈 라웅엄 강에서 물을 마시기 위해 멈추었다고 자위했다. 그는 과거의 식민 지배자들처럼, 영국이나 프랑스와 관련된 역사적 이야기에서 찾아낸 에피소드들을 떠올리며 자신의 비참한 현실을 합리화하려고 노력했다. 그러고 나서 그는 트럭을 출발시켰다.

코팀을 지난 어딘가에서 그는 푸조를 다시 보았다. 고속도로 갓길에 주차되어 있었다. 그 옆에 두 명의 낯선 중년 남성이 서 있었다. 그들은 트럭을 세우기 위해 모자를 흔들었다. 그들의 서류 가방은 세련되고 고급스러워 보였다. 프로스페르는 차를 멈추며 휘발유가 떨어져 태워 달라는 것이라고 생각했다.

"차에 문제가 생겼나요?" 프로스페르가 트럭에서 내리며 물었다. 그는 마지막 빵조각을 입으로 털어 넣고, 손에 묻은 기름을 더러운 청바지에 닦았다. 그가 빵을 우적우적 씹는 방식으로부터 누군가는 사업 성공의 선행조건인 일정한 정도의 탐욕을 발견할 수도 있었을 것이다.

"기름이 떨어졌어요." 둘 중 키가 큰 남자가 완벽한 프랑스어로 대답했다. 그의 얼굴은 넓적했으며 무성한 수염으로 덮여 있었다. 그는 험악해 보였고, 마음만 먹으면 남을 해칠 수도 있다고 여겨졌다. 그의 안경 뒤에서 교활한 눈매가 번득였다. 매우 강렬한 눈매였다.

"도와주시겠어요?" 다른 남자가 약간 불안해 보이는 프로스페르를 안심시키려는 미소를 지어 보이며 물었다. "휘발유를 좀 살 수 있을까요." 그가 제안했다. "물론 좀 있다면요." 프로스페르의 어깨를 다정하게 두드리며 그가 덧붙였다. 그는 동료보다 덩치가 컸으며, 얼굴은 그리 넓지 않았다. 안경을 쓰지는 않았다. 그의 눈빛 또한 교활해 보여서 웃음이 완전히 순수해 보이지는 않았다. 하지만 이 친구가 확실히 덜 위험해 보였다.

그들이 사용하는 프랑스어에 영어 억양이 드러나지 않는다는 사실은 이들이 서부 밈보랜드 사람이 아니라는 점을 보여준다. 프로스페르는 프랑스어를 듣고도 그들이 영어 사용자인지 아닌지를 구별할 수 있었다. 이 두 친구는 무슨 일로 빅토리아에 갔을까? 옴뱅에서는 왜 그렇게 속도를 내어 나를 추월했을까? 왜 코팀이나 우텐규네르그에 들러 휘발유를 채우지 않았을까? 이들은 왜 이렇게 서두르고 있는 것일까? 그는 갑자기 의심이 들었다. 그는 이들이 훔친 차를 운전 중인 것은 아닌지, 혹은 빅토리아에서 심각한 범죄를 저지르고 현지 경찰로부터 쫓기고 있는 것은 아닌지 의구심이 들었다. 아마도 이들의 통행증은 불법일 것이다. 도움을 주었다가 엄청난 혼란에 빠질 수도 있다. 그는 함정에 빠진 표범을 구하려고 꼬리를 내려 주었던 순진한 원숭이 이야기를 떠올렸다. 구덩이에서 나온 표범은 배은망덕하게도 원숭이를 잡아먹으려고 으르렁거렸다. 어떻게 해야 하나? 싫다고 말하고 도망쳐야 하나?

프로스페르는 두려움에도 불구하고 그들에게 기회를 주기로 결정했다. 운전자들은 서로 도와야 한다. 기계적 결함이나 연료 문제로 어려움에 처해 있는 운전자들을 도와주지 않는다면 다음번에는 자신이 그런 일을 당할 수 있다. 선행은 선행을 낳는다. 이렇게 도로 사정이 좋지 않은 곳에서 어떻게 다른 사람의 도움 없이 안전하게 운전할 수 있겠는가? 비라도 오는 날이면 더더욱 그렇다. 이러한 이유 외에도 외모를 보고 사람을 잘못 판단한 경험, 즉 그에게 영광스러운 세균을 감염시킨 여자의 경우 또한 이러한 판단을 하는 데 주요한 역할을 했다. 이들은 좋은 녀석들일 것이다.

"죄송하지만 여분의 휘발유는 없습니다. 하지만 사왕까지는 태워드릴 수 있습니다. 거기서 필요한 만큼 연료를 사서 돌아오는 것이 어떠세요?" 그가 제안했다.

"친절을 베풀어 주셔서 감사합니다." 키 큰 턱수염이 말했다.

"타도 될까요?" 다른 쪽이 물었다. 그는 초조하고 서두르는 듯했다. 프로스페르는 다시 망설여졌다. 옳은 일을 하고 있는지 확신이 서지 않았다. 또한 이 친구가 마치 금덩이로 가득 차 있기라도 하듯이 왜 그렇게 서류가방에 집착하는 지에 대한 의구심을 떨쳐 버리기 어려웠다. 호기심은 점점 커졌다. 하지만 그들에게 기회를 주기로 했다. "타세요." 그가 말했다.

그들이 트럭에 타자, 그는 자기를 소개했다. "나는 프로스페르입니다." 그가 시동을 걸며 말했다. "이름이 무엇입니까? 신사 양반들!" 그가 물었다.

"장-클로드." 키 큰 턱수염이 말했다.

"장-마리." 다른 쪽이 대답했다.

"밈보랜드에 사나요?" 프로스페르가 물었다.

"아뇨." 장-클로드가 답변했다.

"그럼 어디 출신인가요?" 프로스페르의 호기심이 발동했다.

"출발하시죠." 장-마리는 초조해 보였다. "가면서 얘기해 줄게요. 급해서 그래요." 그가 덧붙였다.

"머뭇거릴 시간이 없어요." 다른 쪽이 말했다.

3

장-클로드와 장-마리는 자신들의 비밀에 대해 말하지 않았다. 그들은 여러 해 동안 화폐를 위조하고 돈을 불리는 사업을 해 왔다. 그들은 모든 사람들을 불신하고 경계했다. 법의 망에 걸리는 가장 쉬운 방법은 상대를 신뢰하는 데서 시작된다는 사실을 너무나 잘 알고 있었다. 그들이 5년 동안 마마웨즈 당국의 감시를 피할 수 있었던 것도, 아주 불가피한 경우를 제외하고는, 아무도 믿지 않았기 때문이었다. 그들의 고용주이자 총 본부장, 즉 밈보랜드에 사는 와미 부족들에게는 보스로 알려진 그는 자기 이름의 전용 비행기를 가진 거물이었다. 그들에게 화폐 위조와 관련된 사업의 황금률을 가르쳐준 인물이었다. 이 아이디어의 핵심은 고객들에게 위조지폐를 진짜라고 믿게 만드는 것이었다. 사람들에게 특수 화학 물질과 특별한 종이를 사용하여 진짜 화폐를 복제할 수 있다는 환상을 심어 주는 것이다. 그들은 사람들의 내면에 도사린 부에 대한 욕구, 즉 가장 쉽게 재산을 불릴수 있다는 욕망을 자극했다. 그들의 슬로건은 단순하고 명쾌했다. "두 배의 부자가 되자. 새로운 차원의 부자 되기 프로젝트를경험하라. 부자가 되는 지혜를 얻자!"

그랜드 마스터(Grand Master)는 젊은 시절 소박한 규모로 사업을 시작했다. 처음에는 마을 사람들과 상점 여종업원들을 속이는 지역 규모로 출발했다. 다음에는 공무원, 농장 노동자들, 평생모은 예금으로 사업을 시작한 소규모 상인들을 유혹하는 국가적차원으로 나아갔다. 그 다음에는 과대망상증에 시달리는 독재자의 부정축재 자금에 초점을 맞춤으로써 대륙적인 규모로 발전했다. 오늘날 그는 모든 대륙에 지점을 갖고 있다. 또한 표준화되고 자동화된 시스템을 구축하여 다국적 기업의 형태를 갖추었다. 이 사업은 필요한 장비를 제공하는 사장에게 번 돈의 40%를수수료로 지급한다. 이 수수료를 받는 대리인들이 전 세계 각지에 존재한다. 위험 부담이 높은 사업이라 무엇보다 보안이 중요했다. 또한 그만큼 대리인의 역할이 컸다.

장-클로드와 장-마리는 뛰어난 성적으로 현장 연수를 마쳤다. 그랜드 마스터는 그들의 성과에 깊은 인상을 받았다. 아프리카 전역에서 가장 신뢰를 받는 팀이 되었다. 그랜드 마스터는 자신의 영업지 파리는 물론 각 대륙의 현장 곳곳에서, 필요에 따라

순환 근무하는 "소년들"(그는 그렇게 부르는 것을 좋아했다.)을 모니터링하고 접촉했다. 그는 실수를 용납하지 않았다. 장-클로드와 장-마리가 마마웨즈 지역에서 5년 동안 영업했다면, 그것은 그 지역 보스의 수하로서의 역할을 잘 수행했다는 증거였다. 신중함과 무자비함은 그의 사업을 위한 표어였다. 신중함 없이 국가의 수뇌부나 사업가들을 바보로 만들 수 없었다. 손수 모든 대륙을 다닐 수도 없었다. 장-클로드와 장-마리는 그랜드 마스터의 기술을 배우고 훈련했다.

하지만 그들이 누구에게도 말하지 않는 것이 있다. 위조지폐를 어디서 어떻게 진짜 지폐로 교환했는가 하는 것이다. 그것을 발설했다면 보스는 그들을 즉시 죽였을 것이다. 그것은 절대 용서받을 수 없는 일이었다. 위조화폐 사업의 성패는 제작과 유통의 비밀을 지키는 것에 달려 있기 때문이다. 따라서 장-클로드와 장-마리가 근거지를 두고 있는 사바지빌에서, 보스가 제공한 육중한 위조지폐 기계에 대해 알고 있는 사람은 아무도 없었다. 그것은 도시 변두리의 지하 터널에 은밀하게 숨겨져 있었다. 밈보랜드, 이로코, 마호가니, 에보니, 산다, 오지지, 이롬바 등은 마마웨즈와 같이 프랑쎄파(FCFA) 통화를 사용하는 지역이다. 장-클로드와 장-마리는 그들의 위조화폐를 사용할 엄청난 시장을 가지고 있는 것이다. 위조지폐에 대한 이 지역의 요구는 세계 다른 지역의 코카인 수요만큼 많았다. 그들은 사바지빌에 있는 본부에서 다양한 종류의 위조지폐를 찍었다. 그들은 어디에서건 위조지폐를 팔았고, 심지어 이를 팔기 위해 뇌물을 주기도 했다. 5년 동안 거의 모든 지역에서 완벽한 성공을 거두었다. 파리에 있는 보스는 그들의 성공을 축하하는 놀라운 이벤트를 준비하고 있었다. 지금 큰돈을 벌게 해 주고 있으니, 아마도 그들을 동등한 사업의 파트너로 인정해 주는 것이 아닐까 싶다. 아무튼 기다려 봐야 알 수 있을 것이다. 보스는 성급하게 나서는 것을 싫어했다. 그들이 어떻게 꼿꼿한 치안 유지 군대의 감시를 피할 수 있었는지는 구체적으로 말하기 어렵다. 하지만 카드놀이를 하거나 느긋하게 술을 마실 때조차도 그들은 경찰에게 조그마한 단서를 줄 만한 어떠한 흔적도 남기지 않았다.

그렇다면 그들은 어떻게 찾아낼 수 있었을까? 이것이야말로 보스가 신입사원들의 훈련을 시작하고 끝내는 지점이다. 전체 사업의 성패를 결정하는 핵심적이면서도 섬세한 요소이다. 훈련 프로그램의 막바지에서 에이전트로 살아남느냐 그렇지 않느냐를 결정하는 것도 바로 이것이다. 보스에 의해 당신은 뽑힐 수도 탈락할 수도 있다. "내 사업에서 더러운 입을 놀리는 변절자가 그렇게 많을 필요는 없다." 능력을 인정받은 자는 "사업가"라는 세례를 받고, 사업을 시작할 지역이나 나라를 배정받는다. 하지만 사기당한 사람들은 이들을 "페이먼(사기꾼)"이라 부를 것이다.

고객은 우연히 선택되는 법이 없다. 그들은 매우 신중하게 고려한 후 접근한다. 페이먼은 절대로 서두르지 않는다. 일단 큰 물고기를 발견하면 충분한 시간을 갖는다. 희생자들(개인 혹은 회사)은 가상의 회사 로고가 찍힌 가상의 주소로부터 편지를 받는다. 페이먼은 화폐를 찍는 기계와 특수 지폐를 우연히 발견하게 되었음을 설명한다. 혹은 엄청난 양의 외화(그들은 미국 달러를 선호한다.)를 아프리카나 다른 분쟁 지역에서 얻게 되었다고 말한다. 그들은 항상 설득력 있는 논리를 갖추고 있다. 많은 양의 외화를 사기거리로 삼아 보낸 편지는 아래와 같다.

　　　선생님께,

　　　도움을 간곡하게 요청합니다.

　　　제가 보낸 편지를 읽고 놀라실 거라는 건 알지만, 절실한 도움이 필요한 가족으로부터 온 편지라고 생각해 주세요. 먼저 제 소개를 하겠습니다. 저는 장-이마누엘 맘바입니다. 고인이 된 마마웨즈의 자유 투사 조셉 마항구의 첫째 아들입니다. 저는 현재 밈보랜드의 임시 거주지에 살고 있습니다. 이렇게 연락한 이유는 당신이 저와 저의 가족에게 도움을 주실 수 있을 것 같았기 때문입니다.

　　　제가 가족을 대표하여 당신에게 연락한 이유는 돌아가신 아버지로부터 물려받은 1,270만 달러를 당신 혹은 당신의 회사 계좌로 옮기는 데 도움을 요청하기 위해서 입니다. 아버지가 돌아가시기 전, 그가 속한 민족주의 단체인 마마웨즈 독립을 위한 민족 연합(NUTIM)은 피에르-폴 노밤 은쿠루 대통령의 독재정권을 물리치기 위해 끈질긴 투쟁을 벌여왔습니다.

아버지는 죽기 전(여러 군데의 총상으로 심하게 고생하셨습니다.) 저에게 밈보랜드 보안회사 금고에 맡긴 돈에 대해 말씀 하셨습니다. 보안회사 금고에 보관되어 있는 1,270만 달러에 대한 정보는 나중에 아버지의 유언장에서 구체적으로 확인되었습니다. 아버지의 유언을 인용해 보겠습니다. "사랑하는 아들아, 내가 이 글을 쓰는 이유는, 우리의 소중한 조직이 지난 한 달 동안 겪었던 여러 가지 고난과 관련하여, 최근 버림받은 처지에 놓이게 되었다는 사실 때문이다. 앞으로 무슨 일이 벌어질지 모르겠구나. 내가 죽고 난 후 마마웨즈 정부의 탄압 때문에 우리 가족이 어려움을 겪을 것이라는 사실을 잘 알고 있다. 이 쓸데없는 고난을 피하기 위해 가족을 데리고 밈보랜드로 가거라. 나의 오랜 친구 롱스타이 모우 모우 대통령이 우리 가족을 도와주고 보호해 줄 것이다. 또한 다이아몬드를 팔아 모은 돈을 보안회사에 맡겨 두었다. 나의 장례식이 끝나면, 수단과 방법을 가리지 말고, 적당한 외국인 파트너를 찾아 보안회사에 있는 돈을 투자 자금으로 전환할 수 있도록 도움을 요청해라. 돈은 너의 이름으로 맡겼다. 보안 코드를 알고 있는 오직 너만이 돈을 찾을 수 있다. 너의 어머니가 관련된 모든 서류를 가지고 있다. 어머니, 형제자매들을 잘 돌보아라."

앞에서 말한 바와 같이, 우리 가족의 삶과 미래는 이 자금에 달려 있습니다. 결론적으로 당신이 우리를 도와주셨으면 좋겠습니다. 우리는 정치적 망명자로서 밈보랜드에 임시 거주하고 있습니다. 밈보랜드의 경제법은 망명자에게 그렇게 많은 돈에 대한 경제적 권리를 허용하지 않고 있습니다. 이에 따라 밈보랜드 안에서는 이 돈을 사용할 수 없습니다. 따라서 이 돈을 밈보랜드 밖으로 송금할 수 있도록 당신의 도움을 요청하는 것입니다.

도와주신다면, 당신에게 일정 비율의 금액을 지불하겠습니다. 편지지 위에 표시된 사서함, 전화 또는 팩스 번호로 연락 주십시오. 당신의 전화번호와 팩스 번호를 알려 주시면 고맙겠습니다. 마지막으로 돈의 송금 방식에 대해서는 우리 사이의 신뢰와 믿음이 확립된다면 그때 알려드리겠습니다. 빠른 답신 부탁드립니다. 그리고 비밀을 지켜 주세요.

그럼 안녕히 계세요,
장-이마누엘 맘바

대부분의 경우, 사기의 주안점은 위조지폐나 돈 세탁이 필요한 외환에 관한 것이다. 예를 들어, 도망치는 독재자나 장관들은 위조지폐 기계나 위조 종이, 그리고 미국, 영국, 프랑스 돈이 가득 든 박스들을 버리고 떠났다. 페이먼들에게는 너무 지저분해 즉각적으로 사용할 수 없는 외국 돈(달러, 파운드, 프랑 등)을 깨끗하게 만들거나, 돈을 위조할 수 있는 용액을 만들기 위한 특수 화학 물질이 필요하다. 보는 것이 믿는 것이다. 그래서 몇몇 까다로운 고객들을 위해 "예전에 쓰고 남은 약간의 화학 용액"을 가지고 돈을 위조하거나 깨끗하게 하는 방법을 실제로 보여 주기도 한다. 의심이 많은 고객들에게는 그들이 선택한 은행에 테스트를 요청하기도 한다. "이 돈은 진짜입니다."가 변함없는 판결이다. 이러한 과정을 거치면 고객들은 모든 의심을 날려 버리고 새로운 차원의 부를 탐험할 준비를 시작한다. 이제 고객들은 특별한 화학 물질을 사거나 돈을 위조하는 사업에 자본을 아낌없이 투자한다. 이 시점에서 다음의 두 가지 중 하나가 발생한다. 페이먼들이 거래의 과정에서 사라지거나, 아니면 문제의 고객에게 위조지폐가 실제로 배달된다. 사기를 당했다는 사실을 알았을 때 고객들은 스스로가 이중 곤경에 처했다는 사실을 깨닫게 된다. 피해를 입은 고객들은 해명해야 할 사실들이 너무나 많고 또한 그 과정에서 스스로도 비난을 피할 수 없다는 사실을 잘 알고 있기에 경찰서에 고발할 수 없다. 피해자들 중 일부는 위조지폐를 진짜 돈과 섞어 은행에 유통시키려는 시도를 하기도 한다. 성공한 사람은 거의 없다. 대부분은 적발된다.

"당신들은 마마웨즈 출신이죠, 그렇죠?" 프로스페르는 차를 몰면서 두 남자를 주의 깊게 관찰하며 무심한 척 물었다. 마음속으로 장-클로드와 장-마리에 대한 약간의 정보를 정리하려고 노력하는 중이다.

"예. 정확합니다. 우리는 마마웨즈 사람입니다." 장-클로드가 대답했다. "그런데 그걸 왜 묻는 거죠, 친구?" 그가 호기심이 어린 복잡한 표정으로 프로스페르를 쳐다보았다.

프로스페르는 장-클로드의 말이 위협적으로 느껴져서 약간 불안했다. "그냥 궁금해서요." 프로스페르가 대답했다. "친구니까 서로를 알아 두는 것이 좋지 않을까 해서요." 그가 빙긋 웃었다.

"하지만 장-마리가 아까 당신에게 말했잖아요, 안 그래요?"

"미안해요." 프로스페르는 사과했다. "불편하게 할 생각은 없었어요. 그냥 아무 생각 없이 물은 거예요." 그가 덧붙였다. "그런데 이곳 밈보랜드에서 무슨 일을 해요?" 잠시 어색한 순간이 지난 후 프로스페르가 물었다.

"우리는 중고차 딜러입니다." 장-마리는 페이먼답게 민첩하게 거짓말을 했다.

"그리고 우리는 일부 도시와 마을에 지사를 설립할 수 있는지 알아보기 위해 밈보랜드에 왔습니다." 장-클로드가 덧붙였다.

"중고차요? 차라고요?" 프로스페르는 깜짝 놀라 거의 트럭을 통제할 수 없어 사고를 낼 뻔 했다. 그는 중고차에 관심이 많았다. "당신들이 가지고 온 중고차 샘플이 있나요?" 프로스페르는 대답할 시간도 주지 않고 물었다. "샘플?" 장-클로드는 프로스페르가 보이는 흥분된 반응에 놀라며 반복했다. "우리가 두고 온 차를 보지 않았나요?"

프로스페르는 고개를 끄덕였다. 그는 푸조 404를 마음속에 떠올려보았다. 속도 때문에 꿈꾼 차였다. 그 차는 장거리 운전 시간을 줄여 주기 때문에 많은 이들로부터 사랑을 받았다. 그러나 속도에 탐닉하는 운전자들을 무모하게 만드는 경향이 있기 때문에 가장 위험한 차이기도 했다. 이 특별한 모델의 차와 관련된 사고로 사망하는 사람들이 다른 모든 종류의 자동차를 합한 사고 사망자보다 많았다. 이 차는 주술 치료사와 마녀라는 쌍둥이를 임신한 여성에 비유할 수 있다. 하지만 주술 치료사의 천리안만을 타고 났다거나, 마녀의 사악한 힘만을 지니고 있다고 말할 수는 없다. 푸조 404는 위험만큼 안전에 대한 대비책도 갖추고 있다. 주술 치료사가 안전에 관심이 있는 만큼, 마녀는 위험에 관심이 있다. 쌍둥이 중 마녀를 지도자로 선택한 마을은 부주의한 운전으로 위험에 처한 운전자와 같이 불운을 맞을 것이다.

"그것은 우리가 가지고 온 여러 중고차 중 하나입니다." 장-클로드는 장-마리의 동조를 얻기 위해 윙크하며 대답했다. "차에 관심이 많으신가 봐요?”

“차를 갖고 싶어 하지 않는 사람이 있나요?” 프로스페르는 크게 웃으며 대답했다. “가격은 얼마나 매력적인가요?” 그가 물었다.

“정말로 매혹적이죠.” 장-마리가 대답했다.

“돈은 얼마나 있나요?” 장-클로드가 물었다.

“많지는 않아요. 싼 중고차 한 대는 살 수 있을 만큼이요.” 프로스페르는 웃으며 말했다. 그는 자신이 확실히 겸손해졌다고 생각했다. 지금까지 자신이 모은 돈이 정확히 얼마인지는 알 수 없지만, 적어도 새 차를 사서 2~3년 동안 놀고먹을 수 있을 정도는 된다고 생각했다. 오직 자신의 땀과 노력으로 부자의 문턱에 이르렀던 것이다.

장-클로드와 장-마리는 잠시 동안 그들의 모국어로 대화를 나누었다. 도통 무슨 말인지 알아들을 수 없었다. 그들은 프로스페르를 고객으로 끌어들일지를 고심하고 있었다. 돈이 많아 보이지는 않았다. 하지만 겉모습만으로는 판단할 수 없다는 결론을 내렸다. 의외로 부자일 수 있었다. 그렇다면 돈을 얼마나 가지고 있는지 정확하게 파악할 필요가 있었다. 이게 바로 돈을 버는 방법이다.

“친구, 우리는 결정했어요.” 장-마리가 말했다.

프로스페르는 차를 갖게 된다는 생각에 빠져 들고 있었다. 마음은 벌써 MBC를 그만두고 작은 사업을 시작하는 상상으로 달려가고 있었다. 천 리 길도 한걸음부터다. 결코 돈을 낭비하는 것이 아니다. 차는 그가 하려는 사업을 활성화시킬 것이다.

"장-클로드와 나는 우리의 푸조 404를 반값에 넘기기로 결정했어요. 사왕에 머무르는 이틀 동안 당신 집을 우리의 사무실로 이용하도록 해 주신다면요. 그동안 운전도 좀 해 주시고요." 장-마리가 설명했다. "어때요? 괜찮아요?" 이미 예정된 답변을 기대하는 물음이었다. 장-마리는 답변을 기다리며 담배에 불을 붙였다.

장-클로드는 담배 연기에 대해 심하게 불평했다. 하지만 장-마리는 늘 그랬듯이 그의 말을 무시했다. 장-클로드는 담배 연기에 대해 매우 민감하게 반응하는 비흡연자였다. 장-마리가 피우는 담배 BB는 특히 역겹고 자극적인 냄새가 났기 때문에 더더욱 짜증이 났다. 장-마리는 마치 놀리려는 듯 장-클로드 쪽으로 담배 연기를 훅 내뱉었다. 그러자 장-클로드는 더 이상 불만을 표출하지 않았다.

장-마리의 제안에 프로스페르는 깜짝 놀랐다. 다음날 회사에 가서 양해를 구해야 함에도 불구하고, 그는 좋다고 소리쳤다.

"우리 집을 사용하는 것은 전혀 문제가 없습니다." 프로스페르는 흥분해서 말했다. "그것이 당신들에게 꼭 필요하다면요." 그가 재빨리 덧붙였다. 그는 불결하고 좁은 자신의 집을 떠올리며, 집을 보고 나면 오히려 그들이 취소할지도 모른다고 생각했다. 그래서 마음의 준비를 할 수 있도록 선수를 쳤다. "미리 말하지만 사실 우리 집은 매우 누추합니다. *네, 정말 그렇습니다. 그리고 저는 결혼하지 않았습니다.*" 그는 어색한 웃음을 지으며 말했다. 뒤의 말은 자신이 들어도 조금 어색했다. 결혼하지 않았다는 말이 왜 갑자기 튀어나왔을까? 그는 계속했다. "문제는 제가 일을 계속해야 한다는 것입니다. 일을 그만둔다면 웨스트 밈보랜드 사람들은 맥주를 마실 수 없게 됩니다. 맥주가 없어진다면 어떤 일이 벌어지겠습니까?" 그는 집은 빌려줄 수 있지만, 운전은 힘들다는 사실을 이렇게 우회적으로 표현했다. 즉, 집을 사용하는 대가만으로 차를 반값에 달라는 것이었다.

장-마리는 곰곰이 생각해 보니, 프로스페르가 운전을 해 줄 수 없다고 말하는 것 같았다. 장-마리는 뚱해 있는 장-클로드와 그들의 말로 상의한 후, 프로스페르를 돌아보며 말했다. "알겠습니다. 당신의 말을 이해했습니다. 우리는 당신의 집을 사무실로 사용하겠습니다. 그리고 이틀 후 떠날 때 차를 넘기겠습니다. *됐죠?*"

"차 값은 얼마인가요?" 프로스페르가 물었다.

"물론 반값이지요." 장-클로드가 웃으며 대답했다.

"그 차의 원래 가격은 얼마입니까?"

"*백만 프랑쎄파(FCFA).*" 장-마리가 말했다. 가격을 너무 높이 부르면 프로스페르가 살 수 없을 것이다. 이 나라의 경찰은 정말 철두철미했다. 술에 취했거나 뇌물을 받았을 경우가 아니라면, 절대 경계를 늦추지 않았다. 그들은 사람들의 관심을 피해 은신

할 수 있는 장소를 찾지 못했다. 프로스페르의 집은 경찰의 추적을 따돌리고 은신하기에 적당할 것이다. 그들은 마마웨즈에서 가져온 엄청난 양의 위조지폐를 숨겨야 했다. 호텔은 위험하다. 그 지역의 모든 호텔은 경찰의 감시를 받고 있었다. 또한 장-마리는 자신들의 차(물론 그들도 이 차를 직접 사지 않았다.)를 오십만 프랑쎄파(FCFA)에 파는 것도 그리 나쁘지 않은 거래라고 생각했다. 친구도 동의하며 고개를 끄덕였다.

"그럼 오십만에 살 수 있다는 거지요?" 프로스페르가 불안한 심정으로 물었다.

"거래가 성사되었네요." 장-클로드가 말했다.

"예. 좋습니다!" 프로스페르가 기분 좋게 소리쳤다. 뜻밖의 행운이 항상 찾아오는 것은 아니다. 오늘 아침 횡재의 운을 가지고 눈을 떴음에 틀림없다. 고향 사람들은 맨손으로 살아 있는 영양을 잡았다고 부러워할 것이다.

"자, 그럼 운전을 계속하시지요." 장-마리가 프로스페르의 백일몽을 깼다.

"걱정 마십시오. 한 시간 안에 사왕으로 모셔다 드리겠습니다." 프로스페르는 가속 페달을 밟았다. 그는 진흙투성이가 된 미끄러운 도로를 이리저리 옮겨 다니며 다시 운전에 집중했다.

막 코팀에 있는 거대한 MDC 고무 농장을 지나고 있을 때였다. 식민지 시기 독일이 관리하던 농장이었다. 독일이 제1차 세계대전에서 패배한 후에는 국제연맹의 후원 아래 영국에 양도되었다. 예상대로 장-클로드와 장-마리는 고무 농장에서 나는 고약한 냄새에 불평을 늘어놓았다. 처음 지나는 사람이라면 누구도 피해갈 수 없는 통과의례였다.

"이거 누구 방귀 냄새야?" 장-클로드가 불쾌함이 묻어나는 목소리로 말했다. 악취를 도저히 참을 수 없었다.

"그래, 누군가가 공기를 오염시켰군." 장-마리가 손수건으로 콧구멍을 막았다. 그는 재빨리 담배에 불을 붙였다. "끔찍해. 냄새가 정말 지독해!" 장-마리가 역겨운 투로 소리쳤다.

"속이 썩은 사람의 방귀 냄새일거야." 장-클로드가 차창 밖으로 침을 뱉으며 말했다. 악취는 담배 연기와 뒤섞여 최악의 냄새를 풍겼다.

프로스페르는 웃음을 참을 수 없었다. 그는 갑자기 크게 웃기 시작했다. 웃음은 장-클로드와 장-마리를 더욱 짜증나게 했다.

"젠장. 도대체 뭐가 문제야." 장-마리가 소리쳤다. "이봐 친구, 사과는커녕 웃다니 이게 무슨 예의야. 말이 돼?" 프로스페르의 잔인한 유머감각이 도통 이해가 되지 않았다. 어처구니가 없었다. 야만적인 밈보랜드 사람들은 어쩔 수 없었다. 약속을 잡아놓고, 그 전날 런던으로 떠난, 예의라고는 눈곱만치도 없는 빅토리아 사업가가 떠올랐다. 그와 이 미개한 트럭 운전사가 겹쳐졌다. 장-마리는 프랑스가 밈보랜드를 너무 성급하게 떠났다고 생각했다. 문명화의 길이 요원해 보였기 때문이다.

"누가 방귀를 뀌었나요?" 프로스페르는 여전히 킥킥거리며 물었다.

"누가 방귀를 뀌었다니?" 장-마리가 되물었다. "우리가 바보인 줄 아세요?" 그는 정말로 화가 났다.

프로스페르는 상황이 더 악화되기 전에 멈춰야겠다고 생각했다. 그는 고무에서 지독한 냄새가 난다고 설명했다. 방귀 냄새로 오인한 그 악취는 사실 농장에서 흘러나오는 고무 냄새였다. 고무를 가공하는 농장 어디서나 그런 냄새가 났다. 오해가 풀리자, 그는 여러 해 전 이 곳을 지나면서 고무 냄새를 방귀 냄새로 오인하여 운전기사를 해고한 어느 백인의 이야기를 들려주었다. "이 깜둥아, 니 뱃속의 그 썩은 냄새를 어떻게 주인의 콧구멍으로 집어넣을 수가 있단 말이냐?" 프랑스인은 분노를 쏟아내며 운전기사에게 소리쳤다고 한다. 장-클로드와 장-마리는 실제로 그런 일이 일어났다고 믿지는 않았지만, 매우 흥미로운 이야기라고 생각했다. 하지만 '어둠의 심연'이었던 아프리카가 문명화되는 과정에서 만들어진 백인들의 그렇고 그런 모험 이야기는 이제 지긋지긋했다.

로운곰강에 닿을 때까지 별다른 일은 없었다. 다리가 놓여지기 바로 직전, 두 개의 밈보랜드를 하나로 통합하려는 움직임에 반대하는 과격 영어사용자들은 새로운 영어 간판을 세웠다. 그들은 프랑스와 관련된 모든 것을 부정했다. 이 운동의 지도자들은 추종자들로부터 은밀한 보호를 받았기 때문에 겉으로 드러나지 않았다. 오직 정부의 가슴에 테러에 대한 공포를 확산시키는 그들의 행동만이 눈에 보일 뿐이었다. 새로운 이정표가 굵은 글씨체로 새겨져 있었다.

모든 외국인들에게: 서부 밈보랜드를 방문해 주셔서 감사합니다. 당신들이 우리 앵글로-색슨인들의 환대와 호의를 즐기기를 바랍니다. 앞으로 수많은 위험이 도사리고 있는 공화국으로의 여행이 부디 잘 마무리되길 기원합니다. 우리는 그들의 야만적인 행위로부터 당신을 보호할 수는 없지만, 당신을 위해 기도하겠습니다. 그들의 약탈에서 살아남는다면 다시 오십시오.

"저 표지판은 본 적이 없는데. 빅토리아를 지날 때 저런 표지판이 있었나?" 장-클로드는 영어로 된 표지판을 더듬더듬 읽으며, 옆에 있는 동료 쪽으로 고개를 돌렸다.

"거기에는 없었어요. 확실해요." 프로스페르가 끼어들었다. "웨스트 밈보랜드 해방운동이라는 베일에 싸인 단체의 소행입니다. 구성원이 누구인지, 무엇을 해방시키려고 하는지 아무도 모릅니다. 장담하건대 내일이면 저 표지판이 사라질 겁니다. 경찰들이 처리하겠지요. 그러나 그 단체의 사람들은 또 다시 표지판을 세울 겁니다. 그들은 주로 밤에 작업을 합니다."

프로스페르는 장-마리가 "그만하지요. 정치와 관련된 이야기는 그것으로 충분합니다. 이제 계속 운전이나 하시지요."라고 말할 때까지 계속했다.

사왕에 도착했다. 프로스페르가 기름 값을 내겠다고 나섰다. 또한 같이 가서 새 차를 구경하고 싶다고 말했다. 마마웨즈인들은 굳이 말리지 않았다. 그들은 대중교통을 이용해, 이틀 후 새 주인을 맞을 푸조 404가 있는 곳으로 향했다.

4

도시 대성당의 종이 다섯 시를 알렸다. 두 명의 마마웨즈인들은 프로스페르의 집 현관문을 두드렸다. 고급스러워 보이는 정장 차림이었다. 세련된 장신구를 걸쳤다. 얼굴을 덮을 만큼 모자를 기울여 쓰고 있었다. 사람들의 눈길을 피하기 위해서였다. 그들이 각자 입고 있는 옷과 장신구의 가치는 약 십만 프랑 정도 될 것이다. 그들은 가능한 한 교양 있게 보이려 했다. 캐주얼한 복장은 금물이었다. 고객들의 돈을 두 배로 불려 줄 믿음직한 사업가로 보이지 않을 것이기 때문이다. 고객들은 외양으로 판단하는 경향이 있다. 장-클로드와 장-마리는 파리의 사업가들처럼 옷을 입었다. 지금까지 그렇게 받아들이지 않은 사람은 없었다.

프로스페르는 아직 잠이 덜 깬 상태로 더듬더듬 출입문으로 기어갔다. 눈을 비비며 문을 열고 두 남자를 보았다. 그들의 복장이 너무 멋져 보였다. 나중에 사업가로 성공하면 그들처럼 옷을 입어야겠다고 다짐했다. 그들의 모습에 본능적으로 매료되었지만, 프로스페르는 이내 감정을 감추고 신중한 태도로 대했다. 자신은 이 마마웨즈 사람들이 누구인지 잘 모른다. 그들의 사업에 무심한 척해야 한다. 차차 알아 가면 된다.

"어서 오세요." 프로스페르는 태연하게 보이려고 노력했다. "잘 잤어요?" 그가 물었다. "가방은 이리 주세요." 두 사람이 미처 인사도 하기 전에 프로스페르가 손을 내밀었다. 각자 양손에 서류 가방을 들고 있었다. 서류 가방을 두 개씩 들고 다니는 것이 좀 이상했다. 소중한 물건이 담긴 고급스런 가방을 과시하는 듯한 인상을 주었다.

"괜찮아요." 장-마리가 말했다. "우리가 할게요." 그는 침실 문쪽으로 걸음을 옮겼다.

그동안 장-클로드는 의심의 눈초리로 프로스페르를 응시했다. "어제 당신의 침실 열쇠를 다 준 것이 확실하지요?" 그가 심란한 표정으로 물었다.

"내가 왜 그 방의 열쇠를 가지고 있겠어요?" 프로스페르는 장-클로드의 도전적인 눈빛을 마주보며 쏘아붙였다. 눈빛이 마주쳤을 때, 그는 자신이 장-클로드의 적수가 되지 못한다는 사실을 깨달았다. 수많은 범죄 경력으로 단련된 장-클로드의 눈빛은 이미 프로스페르의 그것을 압도하고 있었다.

"나는 다만 당신의 침실을 우리만 사용할 수 있었으면 해서요. 그걸 확인하고 싶었을 뿐이에요." 장-클로드가 말했다. "우리를 우습게 보다가는 큰코다칠 테니 수작부릴 생각은 아예 하지 않는 게 좋을 것입니다." 그가 경고했다. 프로스페르는 장-클로드가 덜 위험한 사람이라고 여긴 것이 실수였다고 생각했다. 요점을 말한 후 그는 침실로 들어갔다. 침실에서는 이미 그의 파트너가 두툼한 만 프랑짜리 지폐 뭉치들을 꺼내고 있었다. 정오까지 고객에게 건네야 할 돈을 정확히 세야 한다. 진땀깨나 흘려야 할 일이다.

프로스페르는 순진함과는 거리가 먼 그들의 외모에 대해 경계를 늦추지 않았다. 그는 그들을 처음 만났을 때 이러한 사실을 단숨에 알아차렸다. 그는 순진해 보였기 때문이 아니라, '운전자들의 연대'라는 신념 때문에 그들을 도운 것이다.

장-클로드는 침실로 들어가 문을 잠그고, 열쇠구멍에 키를 그대로 꽂아 두었다. 혹 열쇠구멍을 통해 방 안을 엿볼 수도 있기 때문이었다. 그들은 또한 프로스페르의 방문 바로 앞에 와서 그를 불렀다.

"아침 먹고 일하러 가도 됩니다." 장-클로드가 지시했다. "현관문은 꼭 잠그고 나가고요."

"아침 같이 하시겠습니까?" 프로스페르는 로즈와의 아침 식사 장면을 떠올리며 최대한 정중하게 제안했다. 만일 그들이 "예." 라고 말한다면, 3년 만에 처음으로 아침 식사를 할 수 있을 것이다. 운 좋게도 그들은 거절했다.

"우리 걱정은 마세요." 장-클로드가 다소 퉁명스럽게 말했다. "먹고 가세요. 우리는 우리가 알아서 할게요." 그의 목소리에는 초조함이 묻어 있었다. 프로스페르가 좋아하지 않는 억양이었다.

"네. 회사에서 오늘 맥주 배달을 해야 한다고 하면 내일 오후에나 볼 수 있겠네요." 프로스페르는 장-클로드의 오만함을 무시하기로 결심했다. 이 이상한 족속의 인간들보다는 앞으로 갖게 될 차에 더 관심을 갖기로 했다.

"그럼 내일 봅시다." 장-클로드는 무시하는 투로 말했다. 그들은 일을 빨리 마무리 짓고 싶었다. 그들에게는 오전 안에 세어야 할 엄청난 양의 돈이 있었다. 고객이 수백만 프랑의 위조지폐를 주문했던 것이다. 그들은 오전 10시까지 일을 마무리하고, 남은 시간에 위스키를 마시며 카드 게임을 할 생각이었다.

위스키는 긴장을 풀어 주는 효과가 있어 고객들에게 믿음을 주는 데 도움이 된다. 그들은 오늘 정오에 가스통 씨를 만날 예정이다. 약속 장소는 이곳에서 에딘 쪽으로 10킬로미터쯤 떨어진 곳의 한 방갈로이다. 그들은 위조지폐 4억 프랑쎄파(FCFA)를 서류가방 네 개에 담아 넘길 것이다. 그리고 그 절반인 진짜 지폐 2억 프랑쎄파(FCFA)를 받을 것이다. 일이 끝나면 즉시 이곳으로 돌아와, 프로스페르의 침실에 그 돈을 숨길 것이다. 그리고 호텔로 가서 체크아웃을 할 예정이다. 이후 가스통 씨의 마음이 바뀌기 전에 도시를 떠나면 끝이다. 밈보랜드 사람들은 여간 변덕스러운 사람들이 아니다.

"오후 1시 30분이라고 했나요?" 프로스페르는 약속시간을 다시 한 번 확인했다.

"네. 맞아요." 장-클로드는 그때는 이미 자신들이 사왕을 떠난 후라는 사실을 알면서도 짐짓 모른 체하며 자신 있게 대답했다. 프로스페르의 50만 프랑이 눈에 아른거렸다. 하지만 이곳에서 조금이라도 더 지체한다면 모든 것을 잃을 수도 있었다. 밈보랜드는 매우 위험한 도시이기 때문이다. 이곳은 반체제 인사를 관리하는 최상의 보안 시스템을 자랑하고 있다. 이곳의 경찰들은 범죄자들을 흉포하고 야만스럽게 다룬다는 평판을 가지고 있다. 장-클로드와 장-마리가 이 지역에서 작업하기를 꺼린 이유도 여기에 있다. 밈보랜드 출신인 그랜드 마스터가 파리를 사업의 근거지로 선택한 이유도 이와 무관하지 않다. 다시 프로스페르의 50만 프랑이 아까웠다. 하지만 밈보랜드 정보요원들의 촘촘한 그물망을 피해 일을 마무리하고 달아나기 위해서는 사소한 욕심에 연연하지 말아야 했다.

"시간을 꼭 지켜야 합니다." 장-마리가 말했다. 너무나 가식적인 목소리였다. "조금이라도 늦거나 빠르면 차를 갖지 못할 겁니다." 그가 프로스페르에게 말했다. "알겠어요?"

"네. 내일 봐요. 오후 1시 30분 정각에."

다음 날 아침, 프로스페르는 따뜻한 물을 양동이에 담아 욕실
로 옮겼다. 목욕을 하기 위해서이다. 그는 양동이를 한쪽 구석에
내려놓고 조그마한 변기의 뚜껑을 열었다. 변기 구멍 속에서 나
온 파리 떼들이 윙윙 소리를 내며 이리저리 날아다녔다. 몇 마리
는 벽에 앉았고, 몇 마리는 그의 다리에 붙었다. 어떤 놈들은 변
기 구멍 속으로 다시 들어갔다. 그는 변기 구멍으로 들어간 놈
들을 쫓아내기 위해 안간힘을 썼다. 하지만 허사였다. 그는 일
을 보기 위해 앉았다. 실수를 하지 않고 변기 구멍에 정확히 싸
야 한다. 변기 구멍이 너무 작아 온 신경을 집중해야 한다. 경쟁
률이 수백, 혹은 수천 대 일인 공무원 시험을 통과하는 것만큼 어
려운 일로 보였다. 볼일이 끝나면 악취를 막기 위해 다시 뚜껑을
덮어야 한다. 그리고 목욕을 할 참이다.

　마마 로사는 학생들에게 튀긴 밀가루 볼 케이크와 야자유를
팔기 위해 아침 일찍 일어났다. 그녀의 하루는 늘 프로스페르에
대한 잔소리로 시작된다. 오늘도 또 시작이다. 프로스페르는 그
녀 때문에 짜증이 났다. 마마 로사는 목욕물이 자신의 베란다로
흘러들고 있다고 소리를 질렀다. 그래서 어쩌란 말인가? 누군가
의 뒷마당이 누군가의 앞마당이 되는 이 모양 이 꼴의 도시를 누
가 모른단 말인가? 왜 아무것도 아닌 일로 그렇게 호들갑을 떨고
있단 말인가? 그 정도의 사소한 일은 이웃끼리 참고 넘어가야 하
는 것이 아닌가? 오늘은 그녀의 불평에 일체 대응하지 않았다.

생각할 일이 많았다. 그녀를 계속 무시했다. 그녀는 볼 케이크를 팔러 나가는 시간에 늦었다는 사실을 깨닫기 전까지 끊임없이 저주와 욕설을 퍼부었다.

프로스페르는 목욕을 끝내고 나왔다. 마음이 바빴다. 몸에 오일을 발랐다. 망할 놈의 마마웨즈인들이 일어났는지 궁금했다. 비밀스러운 사업 방식이 의심을 더욱 부추겼다. 그들의 말을 곧이곧대로 믿어야 할지 확신이 서지 않았다. 걱정이 되었다. 어디까지 믿어야 할지 알 수 없었다. 진실을 알기 위해서는 위험을 감수하는 수밖에 없었다.

장-클로드와 장-마리가 그들이 주장하는 대로 중고차 판매상이라 치자. 그렇다면 그들은 왜 공개적인 장소가 아니라 이곳과 같은 빈민가에 사무실을 임대했을까? 그는 생각을 이어 갔다. 그들은 왜 포난종의 호화로운 호텔에 묵지 않았을까? 중고차 계약과 거래에 호텔이 더 편리하지 않을까? 도대체 어떤 자동차 딜러가 이러한 빈민가를 찾는단 말인가?

생각하면 할수록 마마웨즈인들이 의심스러웠다. "중고차 판매상이 아니라면 무엇을 하는 자들이란 말인가?" 프로스페르는 궁금했다. 그는 어떠한 단서도 찾을 수 없었다. 그들은 너무나 신중하게 행동했다. 그들이 빅토리아에서 일했다면? 마마웨즈 출신이 웨스트 밈보랜드에서 무슨 일을 했을까? 사람들은 보통 이스트 밈보랜드를 통해 마마웨즈로 온다. 보다 자세한 설명을 듣지 못한 것이 후회스러웠다. 일이 잘못되면 전적으로 자신이 뒤집어쓸 것 같았다.

그는 경찰을 떠올렸다. 경찰에게 신고할까? 두 명의 수상한 자들이 자신의 침실을 점령했다고 신고하면 어떻게 될까? 아니야. 프로스페르는 그러한 생각을 뿌리쳤다. 경찰에 신고하는 것은 일을 복잡하게 만들 뿐이다. 경찰은 끈질기게 심문하는 족속들이다. 그들은 자신에게 죄를 뒤집어씌울 것이다. 이 두 사람이 범죄자라면 자신을 공범자로 몰아세울 것이다. 그렇다면 공범자가 아니라는 사실을 어떻게 증명할 수 있을까? 자신의 무죄를 어떻게 증명한단 말인가? 집과 침실 열쇠를 가지고 있는 사람들을 어떻게 모른다고 주장할 수 있단 말인가? 프로스페르는 경찰서에 갈 용기가 나지 않았다. 경찰에 신고하면 자동차 또한 날아간다. 그는 자신의 운명을 시험해 보기로 했다. 일이 좋은 방향으로 진행된다면 감수할 만한 위험이었다고 자축할 것이다. 하지만 일이 복잡한 방향으로 꼬여 잘못되면, 거기에 대해 스스로 책임을 져야 할 것이다.

프로스페르는 회사 유니폼으로 갈아입었다. 웨스트 밈보랜드로 가는 데 필요한 모든 것을 챙겼다. 삽을 챙기고 장화도 신었다. 다시 한 번 잊어버린 것이 없나 확인하고, 현관문을 잠그고 집을 나섰다. 트럭을 향해 가는 지금까지도, 장-클로드와 장-마리가 잠긴 침실 안에서 무슨 꿍꿍이를 벌이고 있는지 전혀 예측할 수 없었다.

5

프로스페르는 라디오를 켰다. 웨스트 밈보랜드에서 사왕으로 운전해 오는 중이다. 그는 뮤지컬 버라이어티 프로그램을 즐겨 듣는다. 좋아하는 프로그램이어서 한 번도 놓친 적이 없다. 그는 음악을 좋아한다. 운전의 피로를 덜어 주기 때문이다. 마코사(Makossa)*, 아시코(Asiko)**, 비쿠치(Bikutsi)***, 밴드스킨(Bendskin)**** 등의 익숙한 곡이 나오면, 자기도 모르게 따라 부르곤 했다. 귀에 익은 곡이 아니면, 잠시 음미한 후 박자에 맞추어 콧노래를 부르기 시작한다. 같은 지역 출신의 음악가들 중 마누 디방고(Manu

---

* 카메룬에서 생겨난 록풍의 댄스뮤직.
** 서아프리카(나이지리아) 음악 장르의 하나.
*** 카메룬에서 생겨난 음악 장르.
**** 카메룬의 대중음악 장르.

Dibango)*를 가장 좋아했다. 그의 곡 중 '적은 결코 잠들지 않는다' 가 최고다. 삶의 본질을 노래한 곡인데, 그에게 특별한 의미가 있는 작품이다. 심지어 정치인들도 이 노래를 즐겨 듣는다고 한다. 중상모략으로 가득 찬 정치현실을 표현하고 있기 때문이다. 프로스페르는 정치에는 관심이 없다. 그는 장삼이사의 입장에서 음악을 있는 그대로 평가한다. 그렇다. 음악은 그에게 생기를 불어넣어 준다. 그래서 운전이 덜 지루하다. 그뿐이다.

시계를 보았다. 오후 12시 45분이다. 비가 오지 않아서 다행이다. 마마웨즈 친구들과의 약속을 지키기 위해서 1시 30분까지 집으로 가야 했다. "참 불가사의한 커플이야!" 그는 혼란스러운 듯 머리를 이리저리 흔들며 소리쳤다. "그들은 오늘 사왕을 떠나겠지." "빨리 가면 빨리 갈수록 좋아." 그는 자신의 소유가 될 차를 떠올리며 되뇌었다. 마음과 몸이 따로 놀았다. 마음은 그들을 범죄자라고 낙인찍었지만, 몸은 그렇지 않은 듯 움직였다. 의혹을 무시하면 무시할수록 자동차에 대한 꿈이 커졌다.

자동차에 대한 상상은 너무나 즐거웠다. 그는 즐거운 상상으로 푸조 404를 학수고대하고 있었다. 자동차 이야기를 듣자마자 그는 차 소유자로서의 몽상에 휩쓸렸다. 계획대로 진행된다면 내일이면 차를 갖게 될 것이다. 자동차는 그의 사회적 지위와 명망을

---

* 카메룬 출신의 색소폰 연주자.

신장시켜 줄 것이다. 감히 누가 함부로 대할 수 있겠는가? 아무도 없을 것이다. 또한 자동차는 상류사회로 진입하는 통행증을 제공해 줄 것이다. 사왕의 여자들은 과일 나무에 매달린 박쥐처럼 그에게 달라붙을 것이다. 너무나 멋진 일이었다. 그는 백일몽에 흠뻑 젖어 들었다. 이미 계획은 다 세워 놓았다. 차를 인수하면 약 두 주 정도만 더 다니고 회사를 그만둘 것이다. 그리고 새로운 사업을 시작할 것이다. 앞으로 탄탄대로가 펼쳐질 것이다.

갑자기 음악이 멈추었다. 오후 1시가 되었다. 뉴스 단신을 알리는 신호 음악이 들려왔다. 이 신호 음악에는 분열과 혼란을 넘어 통합을 지향하려는 대통령의 염원이 담겨 있다. 하지만 이 곡의 작곡가는 애국자라기보다는 정치 선동가에 가까웠다. 자신의 정치적 의도를 음악 속에 교묘하게 숨겼기 때문이다. 결국 대통령은 이 노래를 통해 진정한 통합을 이루어 내지 못했다. 이러한 대통령의 의도와 달리, 사람들은 술집에서 술을 마시며 자유롭게 대통령을 비판하고 풍자했다. 라디오-보도는 이러한 사람들의 말들을 수집해 익살스럽게 보도하는 방송으로 유명하다. 여기에 따르면, 대통령은 전능하고 지혜로운 신을 모욕하는 반(反)기독교 사상의 화신이다. 그는 미스터리한 방식으로 민중들의 고혈을 쥐어짰다. 국가 발전이라는 명목으로 좀비와 다를 바 없는 고향 출신의 동료들을 고위관직에 임명하여 사리사욕을 채웠다. 라디오-보도에 따르면, 권력의 실세가 후원하는 각종 신문들

및 라디오 방송들은 이러한 대통령을 찬양하기에 여념이 없는 반면, 실제든 가상이든 대통령의 정적들은 비난하는 기사를 쓰기 바빴다.

프로스페르는 자기생각에 너무 깊이 빠져 무슨 일이 일어났는지 깨닫지 못했다. 그는 정치에 무관심하고 노래 듣는 것을 좋아했다. 뉴스는 즐겨 듣지 않았다. 막 카세트테이프의 시작 버튼을 누르려는 순간, 뉴스 앵커의 말이 들렸다. "두 명의 화폐 위조범이 교통사고로 사망했습니다." 갑자기 피가 얼어붙었다. 팔에는 소름이 돋았다. 이유를 알 수 없었다. 손과 발이 떨려서 운전을 제대로 할 수 없었다. 트럭을 길가에 세웠다. 비를 흠뻑 맞은 일주일 된 병아리처럼 덜덜 떨면서 라디오에 귀를 기울였다.

메인 뉴스는 정치에 관한 것이었다. 다당제에 대한 적의와 그것의 부당함을 장황하게 설명하는 정치논평이 길게 이어졌다. 이러한 호소는 밈보랜드 사람들의 다양한 성향을 오직 집권당, 즉 "민중과 발전의 정당" 한곳으로 모으려는 의도를 지니고 있었다. 그들은 강하고 책임감 있는 나라세우기를 모토로, 모든 잡다한 세력들을 하나의 우산 안에 모으려고 했다. 프로스페르는 어떠한 감흥도 느끼지 못했다. 전혀 관심이 없었다. 마음은 오직 한 가지 뉴스로 달려가고 있었다. 하지만 정치 뉴스는 끝나지 않고 계속 지루하게 이어졌다. 25분 동안이나 계속되었다. 프로스페르는 시골 마을의 법정에서 선고를 기다리는 마녀의 심정으로 초초하게 다음 뉴스를 기다렸다. 영원 같은 시간이 지나자, 마침내 앵커는 다음 뉴스로 넘어갔다. 프로스페르는 긴장했다. 가슴이 뛰었다. 길게 심호흡을 했다. 자신이 왜 이러는지 알 수 없었다. 두려움은 오싹한 순간을 강타하는 이상한 질병이다.

그가 잘 알고 있는 기업 총수에 관한 보도였다. 가스통 아반다 씨는 남녀노소 모두에게 잘 알려진 엄청난 갑부이다. 그는 돈을 어떻게 버느냐보다 어떻게 쓰느냐가 고민인 사람처럼 보였다. 그는 프로스페르가 근무하는 MBC의 주식을 가장 많이 소유한 사람이기도 했다. "아반다 씨가 감기에 걸리면 회사는 그가 나을 때까지 재채기를 한다."라는 농담이 있을 정도였다. 자신과 관련 있는 사람의 이야기라는 사실이 더욱 긴장감을 느끼게 했다. 프로스페르는 앵커의 보도에 집중했다.

보도에 따르면, 이틀 전 두 명의 화폐 위조범이 돈을 두 배로 만들어 주겠다고 가스통 씨(52살)를 속였다. 그들은 가스통 씨에게 해외에 있는 프랑스 은행에서 2억 프랑쎄파(FCFA)를 찾아오라고 지시했다. 말끔한 차림의 이 사기꾼들은 하룻밤 사이에 돈을 4억 프랑쎄파(FCFA)로 불려 주겠다고 제안했다. 이야기를 이어 가기 전에 리포트는 "머니 더블링(Money dubling)"이라는 단어를 친절하게 설명해 주었다. "문자 그대로 주어진 돈을 곱한다는 의미"라는 것이다.

거래 직후 가스통 씨는 돈을 가지고 은행에 갔다. 돈은 위조지폐로 밝혀졌다. 아무리 정교하게 위조했다고 해도 은행의 매니저까지 속일 수는 없었다. 그는 즉시 경찰에 신고했다. 그리고 그들을 만났던 호텔로 달려갔다. 사기꾼들은 급히 도시를 빠져나가려 했다. 그들의 차는 마주 오던 버스와 충돌했다. 사고는 참혹했다. 그들은 즉사했다. 버스 운전사는 병원으로 급송되었다. 다행히 버스에는 아무도 타고 있지 않았다.

앵커는 가스통 씨가 경찰에 연행되었고, 통화 법 위반으로 기소될 예정이라고 말했다. 가스통 씨는 자신이 사기꾼들에게 속은 희생자라고 항변하겠지만, 경찰은 쉽게 받아들이지 않을 것이다. 리포터는 가질 만큼 가진 사람의 과도한 탐욕이 부른 어리석은 행동이라고 꼬집었다. 엄청난 돈을 가진 사람이 무엇 때문에 그런 짓을 했을까? 왜 그런 추잡한 욕심을 부려서 비난의 대상이 되고 있는가? 더러운 돈 냄새를 쫓아 돼지처럼 쿵쿵거리는 것은 가스통 씨와 같은 사람에게는 결코 어울리지 않는 일이다.

앵커는 가스통 씨가 경찰에 신고한 것은 고국에 대한 사랑 때문이 아니라 개인적 탐욕 때문이라고 말하며 마무리했다. 은행 매니저가 위조지폐를 의심 없이 받았다면 가스통 씨는 경찰을 찾지 않았을 것이다. 가스통 씨는 경찰들이 돈을 찾아 줄 것이라 믿고 신고했다. 그들에게 속아서 벌어진 일이기 때문에 비록 자신의 행위가 범죄에 해당한다 해도 곧 풀려날 것이라 판단했을 것이다. 대단한 생각이야! 앵커는 농담조로 말했다. 재계 거물의 어리석은 행동을 신랄하게 풍자하는 어투였다.

"한편, 경찰은 죽은 범죄자들과 공모한 사람이 더 있을 것으로 추측하고 있습니다. 경찰은 모든 수단을 동원해 그들을 추적할 것이라고 합니다." 앵커는 덧붙였다. 경찰은 모든 공모자들이 밝혀지고 이 사건에 대한 의혹이 완전히 사라질 때까지 수사를 포기하지 않을 것이다. 앵커는 교훈적인 메시지로 뉴스를 마무리지었다. "탐욕으로 흥한 자는 탐욕으로 망한다."

프로스페르는 떨리는 손으로 라디오 스위치를 끄고 생각에 잠겼다. 나는 왜 두려움에 떨고 있는가? 갑자기 힘이 빠지는 이유는 무엇인가? 뉴스에 보도된 사실과 자신이 알고 있는 가스통 씨는 얼마나 다른가? 그는 확실히 알 수 없었다. 불안감을 떨칠 수 없었다. 그는 마음을 진정시키고 정신을 집중했다. 여기서 사왕까지는 20킬로미터도 되지 않는다. 그는 시동을 걸고 천천히 출발했다. 장-클로드와 장-마리를 만날 기분이 아니었다. 술집에 들러 긴장도 풀고 사건에 대한 이야기도 좀 더 들어야겠다고 생각했다. 확실히 술집에는 따끈따끈한 소문과 이야기가 넘친다.

6

프로스페르는 톤톤 바 맞은편에 차를 세웠다. 사무실로 돌아가기 전 맥주 한두 잔을 즐기기 위해 들르는 공무원들을 만날 수도 있는 시간이었다. 신문에 난 기사를 읽고 이야기 해 주는 공무원들과 만나고 싶었다. 프로스페르는 트럭 밖으로 나와 문을 잠갔다. 안전을 확인하기 위해 다시 한 번 잡아당겨 보았다. 만족한 프로스페르는 길을 건너 술집으로 들어갔다.

톤톤은 매우 붐볐다. 이런 점이 마음에 들었다. 그는 밤에는 다른 술집을 찾았다. 톤톤 바는 어둠의 시간에 발생하는 신비스런 사건들로 악명 높은 장소였다. 각계각층의 사람들이 술과 더불어 구운 생선, 치킨, 소고기, 돼지고기 등의 음식들을 즐길 수 있는 장소였다. 눈앞에 보이는 쾌락을 쫓아 술에 빠지거나 대마초를 흡입하는 젊은 실업자들이 가장 두려웠다. 얼마 전 도시 전체를 깜짝 놀라게 한 사건이 발생했다. 이로 인해 이 술집은 일시적으로 영업을 정지당했다. 한 남자가 술집 뒤로 오줌을 누러 갔다. 도둑이 양말에 숨긴 돈을 빼앗기 위해 그의 다리를 잘라 버렸다. 끔찍한 사건이었다. 이 술집은 다시 오픈한 지 채 2주도 되지 않았다. 늙은 매춘부인 술집 여주인이 앞으로는 그런 위험 천만한 손님을 절대 받지 않겠다고 다짐했기 때문이다. 하지만 이 약속은 지켜지지 않을 것이다. 겉모습만 보고 사람을 판단하는 것은, 돈만 보고 그것이 도둑의 것인지, 선량한 사람의 것인지를 구별하는 것과 다를 바 없었기 때문이다.

프로스페르는 시원한 맥주 한 병을 시키기 위해 주문대로 갔다. 폭력 범죄자가 날뛰기에는 아직 날이 너무 밝았다. 기온이 높고 후덥지근해서 갈증이 났다. 이 술집은 환기가 제대로 되지 않았다. 실내 공기가 최악이었다. 흡연이 제일 문제였다. 구불구불한 주문 줄 끝에서 차례를 기다리고 있자니 뺨에서 땀이 저절로 흘렀다. 앉을 자리를 찾아 주위를 살폈다. 막 신문을 보고 있는 한 신사의 자리를 발견했을 때 여종업원이 무엇을 주문할지 물었다.

"맥주. 시원하게 얼음 채워 주세요." 신문을 보고 있는 남자 쪽을 바라보면서 말했다. 여종업원은 그의 목소리를 알아듣지 못했다. 음악 소리가 너무 컸다. "이건 음악이 아니라 고문이야. 고문." 프로스페르가 불평했지만 아무도 신경 쓰지 않았다. 그는 다시 소리쳤다. "*맥주. 얼음 채워서.*" 그는 시원한 맥주를 원했다. 날씨가 너무 더워서였다.

이번에는 여종업원이 제대로 들었다. 그녀가 맥주의 뚜껑을 땄다. 그는 돈을 지불했다. 그녀는 손님들이 너무 많아 맥주잔이 일시적으로 품절되었다고 사과했다. 개의치 않았다. 사실 밈보랜드 술꾼들은 잔을 거추장스러워했다. "*병째로 마실게요.*" 주문대를 떠나며 그가 말했다. 맥주를 손에 들고 보니 시원하지 않았다. "잔이 없어서가 아니라 맥주가 시원하지 않다는 것이 문제군요. 그것이 당신이 사과해야 할 일이고요." 그가 톡 쏘는 투로 말했다. 프로스페르는 실망스러웠다. 하지만 크게 불평하지는 않고 그냥 마시기로 했다. 시원한 맥주로 갈증을 푸는 것은 물 건너갔다. 무더운 지역임에도 불구하고 사왕의 술집에서는 차가운 맥주를 구하기 어려웠다. 이 지역에서 생산되는 맥주의 높은 알코올 도수에 대해서는 거의 불평이 없었다. 가격이 상대적으로 저렴했기 때문이다. 맥주 양조업자들에게 국가의 발전을 위해 알코올 함량을 줄이라고 요구하는 사람들은 거의 없었다. 특히 고위관리들은 더욱 그렇다. 정치인들에게 알코올이 필수불가결한 요소라는 사실은 공공연한 비밀이다. 누가 냉철하고 비판적인 대중들을 원하겠는가? 따라서 정치적 악몽과 혼란을 해결하기 위해서는 술에 취하지 않은 멀쩡한 정신이 필요하다.

"*괜찮으시다면, 여기 앉아도 되겠습니까?*" 그는 신문을 보고 있는 남자에게 물었다. 술집에 이렇게 말할 수 있는 사람이 있어서 고마웠다.

"당신이 원하신다면요. 상관없어요."

"감사합니다." 그는 남자 옆으로 들어섰다. 남자는 단정한 옷차림을 하고 있었다. 낡아 보이는 두툼한 회색 정장에 폭이 넓은 검정 넥타이를 매고 있었다. 그 안에는 푸른색 수직 줄무늬 셔츠를 받쳐 입었다. 굽이 닳은 낡은 갈색 신발을 신었다. 전형적인 공무원 복장이었다. 셔츠조차도 참기 어려운 무더운 날씨인데, 남자는 태연하게 더위를 잘 견디고 있었다. 그 차분함이 놀라울 정도였다. 프로스페르는 자리를 잡고 나서 신문을 읽고 있는 남자를 돌아보았다.

"술 한 잔 사도 될까요?"

"당신이 원한다면요." 남자가 신문을 젖히며 말했다. 그가 보고 있는 신문은 믐보랜드 연대였다.

"선생님! 어떤 것이 좋을까요?"

"33."

프로스페르는 "당신이 원한다면요." 바로 뒤에 "33."이 따라올 것으로 기대했다. 하지만 남자는 프로스페르의 기대를 깨뜨리고 한 박자 늦추어 원하는 맥주를 말했다. 프로스페르는 의자에서 일어나 다시 주문대로 갔다. 그는 5분도 되지 않아 자리로 돌아왔다. 여종업원은 경황이 없어 이번에는 병의 뚜껑을 따 주지 않았다. 프로스페르는 이빨로 병뚜껑을 땄다. *33 Export* 한 병을 내려놓았다. 그리고 무뚝뚝하게 보이는 남자의 앞에 자리를 잡았다. 남자는 말이 없었다. "말이 파업 중인가 봐요?" 프로스페르가 농담조로 말했다.

"내 이름은 프로스페르입니다." 그는 자신을 소개했다. "선생님의 이름은 무엇입니까?"

"디외도네입니다." 남자가 말했다.

"신문을 보고 있으신데, 뭐 특별한 사건이 있나요?" 프로스페르는 우회하지 않고 직접적으로 물었다. 불안해 죽을 지경이었다. 그의 이름이 의미*하는 것처럼 이 남자가 정말 신(God)이 보낸 사람이면 얼마나 좋을까.

"특별한 건 없네요." 디외도네는 여종업원이 막 가져온 잔에 맥주를 부은 후 한 모금 들이키며 대답했다. 이어 운 좋게 맥주잔을 차지하게 되었다고 덧붙였다. "아무것도." 신문을 다시 뒤집으며 그가 반복했다. "물론, 어떤 사람은 욕심이 너무 많아 결코 만족할 줄 모른다는 사실은 제외하고요." 그가 말했다.

프로스페르는 디외도네가 말문을 열기 시작했다는 점이 기뻤다. "그것이 무슨 뜻입니까?" 그는 도통 무슨 말인지 모르겠다는 듯 물었다.

---

* 디외도네(Dieudonné)는 프랑스어로 '신의 선물(Gift of God)'이라는 뜻이다.

"당신은 탐욕스럽기 그지없는 가스통 아반다 씨의 이야기를 듣지 못했나요?" 디외도네는 도시로 빠르게 퍼져 나간 빅뉴스를 아직 모르고 있는 프로스페르에 대해 의아해하며 물었다.

프로스페르는 부인의 의미로 고개를 저었다.

"여기 출신이 아닌가요?"

"아니오. 하지만 맥주 배달 때문에 웨스트 밈보랜드에 나가 있었어요."

"맥주를 배달한다고요?" 디외도네가 갑자기 관심을 보이며 프로스페르 쪽을 돌아보았다. 동시에 잔을 입으로 가져갔다.

프로스페르는 고개를 연거푸 끄덕였다. "예. 맥주 배달." 갑자기 이 폭이 넓은 넥타이를 하고 약간 긴 모직 재킷을 입은 통통한 친구가 누구인지 궁금해졌다.

"그래 당신이 그들 중 하나라고요? 예?" 디외도네가 동정심에 가득 찬 어조로 물었다.

프로스페르는 하마터면 손에 든 맥주병을 떨어뜨릴 뻔했다. "당신이 그들 중 하나라니요. 도대체 무슨 말이요?" 프로스페르는 전에 든 예감이 떠올라 깜짝 놀라며 물었다.

"무슨 말이라고요? 당신의 처지를 몰라요? 당신은 그가 소유한 회사의 직원이 아닙니까?" 디외도네는 맥주잔을 조심스럽게 탁자에 내려놓고, 양손으로 넥타이를 조절했다. 술집의 열기가 너무나 뜨거웠기 때문에 그 복장으로는 더 이상 편안한 척을 할 수 없었다. 두터운 목 주위의 넥타이가 느슨해지자 디외도네는 한층 편안해졌다. 그러고 나서 다시 맥주잔을 들었다.

프로스페르는 고개를 끄덕였다.

"그러니까 정확하게 내 말은," 디외도네는 계속했다. "앞으로 무슨 일이 일어날지 당신은 정말 모른단 말입니까? MBC의 대주주가 파산해 버렸는데 그 회사가 얼마나 오래 가겠습니까? 오래지 않아 당신은 직업을 잃게 될 것입니다. 정말 그 사실을 모른단 말입니까?" 남자의 얼굴에는 웃음이 번졌다. 프로스페르는 동정심의 발현으로 해석했다. 하지만 프로스페르는 남에게 동정받는 것을 가장 싫어했다. 유별난 어린 시절을 보냈기 때문일 것이다. 그는 보통의 아이들이 당연하게 생각하는 부모님의 관심과 사랑을 받지 못하며 자랐다. 그래서 그는 자신을 동정하는 사람들을 증오하는 매우 민감한 사람으로 성장해 왔다. 하지만 그는 매우 현실적인 남자이기도 했다. 목적을 성취하기 위해 감정을 숨길 줄 아는 실용적인 전략가였다. 디외도네와 대화를 이어가는 이유도 바로 여기에 있다.

남자는 프로스페르의 기분이야 어떻든 상관없이 계속해서 말을 이어 갔다. "사람들이 무슨 말을 하든 또한 많은 단점이 있지만 저는 아직까지 일반 노동자보다는 공무원이 훨씬 낫다고 생각합니다. 공무원은 외부 환경에 큰 영향을 받지 않고 최소한 하루의 일용할 양식을 얻을 수 있습니다. 상부의 누가 어리석게 행동하든 그렇지 않든 공무원에게는 매달 월급이 꼬박꼬박 주어집니다." 디외도네는 마치 일할 나이의 모든 밈보랜드 사람들을 고용할 수 있을 만큼 공무원의 규모가 큰 것처럼 말했다. 그의 말대로라면 누구나 공무원이 될 수 있었다. 이는 명백한 오류다. 프로스페르가 아는 한 자신과 같은 사람들을 위한 공무원의 자리는 없었다. 그는 능숙하게 읽고 쓸 수 없다는 사실 때문에, 또한 정규교육을 받은 경쟁자들만큼 운전을 할 수 있다는 증명서를 가지지 못했기 때문에 자동적으로 공무원이 될 자격을 박탈당했다. 최소한 프로스페르에 관한 한, 디외도네의 관점은 너무나 순진했다. 하지만 지금 이러한 주제로 아까운 시간을 허비할 여유가 없었다. 프로스페르는 조심스럽게 논쟁을 회피했다. 지금은 그럴 때가 아니었다.

"도대체 이게 무슨 일이랍니까?" 그는 영문을 모르는 척 물었다. 프로스페르는 디외도네가 갑작스럽게 당신도 그들 중 하나가 아니냐고 물었을 때, 그 질문의 의미가 자신이 생각하는 것과 달랐다는 사실에 크게 안도했다.

"직접 신문을 읽어 보시지요?" 디외도네가 신문을 건네주며 말했다.

"죄송합니다. 저는 잘 읽지 못합니다." 프로스페르는 당황했다. 문맹은 죄가 아니었지만, 그는 이러한 시험의 순간이 올 때마다 자신의 반(半)문맹 상태를 끔찍하게 창피해했다. 우리 사회에서 문맹이 아닌 사람들은 그렇지 않은 자신 같은 사람들을 당황케 하고 죄스럽게 만드는 방법을 너무나 잘 알고 있었다. 왜 그들은 항상 모든 사람들이 읽고 쓸 수 있다고 가정한단 말인가? 그들은 이 나라의 문맹률이 70퍼센트에 이른다는 사실을 모른단 말인가? 이 통계는 얼마 전 참여했던 올드-벨 성인 교육센터의 한 강좌에서 들은 것이다. 그는 2주 만에 그만두었다. 일과 공부를 병행하는 것이 사실상 불가능했기 때문이었다.

"알겠어요. 이해합니다. 그것은 중요하지 않습니다. 네. 이해합니다. 문제없어요. 읽고 말해 줄게요." 디외도네는 문맹의 불쌍한 촌뜨기가 미안한 감정을 가질 만큼 과장해서 사과했다.

"감사합니다." 프로스페르가 맥주병을 내려놓으며 말했다. 그는 팔짱을 끼고 듣기 시작했다.

디외도네는 라디오에서 들었던 내용을 신문 버전으로 말해 주었다. 비슷한 점이 많았지만, 라디오에서 듣지 못한 추가적인 정보도 있었다. 프로스페르는 머릿속으로 연상과 추론을 계속하면서 주의 깊게 들었다. 디외도네가 신문을 다 읽었을 때, 프로스페르는 문제의 돈 사기꾼들이 장-클로드와 장-마리가 틀림없다고 확신했다. 차의 주인이 되어 직장을 그만두는 꿈은 해가 뜨면 사라지는 이슬처럼 완전히 날아가 버렸다.

신문의 리포터는 경찰이 사고가 난 파손된 차와 호텔을 수색했으나, 가스통 씨가 위조지폐 4억 프랑쎄파(FCFA)를 받고 그들에게 넘겨준 2억 프랑쎄파(FCFA)는 아직 찾지 못했다고 말했다. 디외도네의 해답은 간단했다. "사기꾼들은 자신들의 특별한 재주를 보호해 주고 실행해 주는 강력한 마법 없이는 절대 일을 성공할 수 없었을 겁니다." 남자는 확신을 가지고 주장했다. 죽은 두 사람은 초자연적인 방법으로 돈을 잘 처리했을 거라는 것이다. "그들이 사용한 다양한 장부와 계좌를 추적하면 써 달라고 아수성치는 엄청난 돈을 찾을 수 있을 겁니다." 디외도네는 프로스페르가 자신의 말을 믿는다고 여기는 듯했다.

"그들은 이제 자신들이 만든 그 마법적 힘의 열매를 즐길 수 없는 처지가 되었다는 사실이 안타깝네요." 디외도네는 마치 그 사기꾼들을 잘 아는 사람처럼 머리를 흔들었다. 남자는 얼마 전 들은 라디오 뉴스 앵커를 떠올리게 했다. 두 사람은 가스통 씨가 희생양이 된 사실이 매우 기쁜 듯했다. 잔을 비우고 다시 맥주를 채우는 짧은 침묵의 순간이 흘렀다. 디외도네가 다시 말했다. "아마도 죽은 두 사람은 다른 사람으로 환생해서 그 돈을 물려받을 겁니다. 그리고 행복하게 살 겁니다. 이것이 바로 그들과 함께 한 흑마술(사악한 마술)의 힘입니다. 그들을 결코 과소평가해서는 안 됩니다."

프로스페르는 이야기가 엉뚱한 곳으로 흘렀다는 생각이 들었다. 어떻게 디외도네는 아무렇지도 않게 그런 말을 할 수 있을까? 자신의 말을 다른 사람들이 정말 믿는다고 생각하는 것일까?

사실 프로스페르도 환생에 관한 신비한 이야기를 많이 들어 왔다. 하지만 객관적 증거가 없는 그러한 이야기를 믿고 싶지 않았다. 하지만 그는 계속해서 디외도네의 말에 관심을 기울였다.

"이 사건에 대해 생각하면 할수록 가스통 씨를 비난하는 마음이 줄어들어요. 그가 그들의 강력한 흑마술의 희생자가 된 것은 당연하다고 생각해요." 디외도네가 잠시 쉬었다가 덧붙였다. "하지만 어쨌든 그와 같은 부자가 왜 자신을 보호할 주문이나 부적을 가지고 있지 않았을까요?"

"그래요? 이 사기꾼들이 그들의 고객들에게 마법을 사용했다는 것이 사실일까요?" 프로스페르가 물었다.

"아니라면 가스통 씨와 같은 유명 인사에게 어떻게 그런 일이 있어날 수 있었겠어요?"

프로스페르는 경찰들도 이렇게 생각했으면 좋겠다는 생각이 들었다. 디외도네처럼 사건을 단순하게 보고 싶었다. 경찰들이 끈질기게 관련자들을 추적한다면 자신 또한 큰 위험에 처할 것이다. 그들은 이미 도난 차량인 푸조 404를 추적하여 차의 주인을 찾아냈다. 빅토리아에 사는 베아트리체 리안다 부인이었다. 그녀는 남편과 런던을 여행 중이었다. 이는 수사를 중단하지 않겠다는 명백한 의지의 발현이었다. 얼마나 많은 사람들이 이 마마웨즈인들을 알고 있는지 궁금했다. 이틀 전 휘발유를 팔았던 젊은 청년은 그들을 알아볼 수 있지 않을까? 경찰은 사기꾼들의 사진을 가지고 있을까? 만일 그렇다면, 자신이 그들과 함께 있는 것을 보았다는 제보가 곧 접수될 것이다. 혹 주변의 이웃들은 보았을까? 마마 로사는 알고 있을까? 그는 혼란에 빠졌다. 확실한 것은 아무도 그를 구해 줄 수 없다는 것이다. 아무도.

디외도네는 미안해하며 술집을 먼저 떠났다. 사무실로 돌아가야 할 시간이 30분이나 지났지만, 그는 크게 신경 쓰지 않았다. 자신을 감시할 사람이 아무도 없었기 때문이다. 밈보랜드의 공무원들은 주인 없는 뼛조각에 비유할 수 있다. 한 무리의 개들이 제멋대로 가지고 놀다가 버리면, 또 다른 개들이 달려들어 물어뜯는다. 이리 치이고 저리 치이는, 줏대도 없이 눈치만 보는 처지라는 것이다. 어떤 사람들은 요리하기가 번거로울 뿐만 아니라 먹는 것은 더 힘든 코끼리 고기에 비유하기도 한다. 코끼리 고기는 너무 질겨 조심해서 다루어야 한다. 자칫 이빨이 상하기 십상이다. 또 다른 사람들은 공무원을, 후계자를 남기지 않고 죽은 왕의 과수원과 같다고 여긴다. 합법적인 주인이 없기 때문에 지나가는 사람이면 누구나 과일을 따 먹을 수 있다. 염소들(국민들) 또한 묶여 있는 곳을 벗어나 자유롭게 노닐며 과일을 따 먹을 수 있다. 소문에 따르면, 지도자와 따르는 자, 왕과 국민 모두는 개발과 근대화라는 허울 좋은 신화에 중독되어 앞만 보고 달려가고 있다는 것이다.

프로스페르는 맥주를 다 마실 때까지 조금 더 앉아 있었다. 손님들이 하나둘 빠져 나가 술집은 거의 텅 비었다. 불안하고 혼란스러웠다. 좌절감이 밀려왔다. 그는 술을 다 마시고 일어나 밖으로 나왔다. 조심스럽게 길을 건너 트럭에 탔다. 취기가 올라 운전에 집중할 수 없었다. 음주운전을 단속하는 경찰이 있었다면 셀 수 없이 많이 적발되었을 것이다. 수많은 밈보랜드 사람들 또한 마찬가지였을 것이다. 하지만 경찰들은 안전 운행에는 관심이 없었다. 그들은 뇌물을 받기 위해 도로를 순찰했다. 그들은 매년 수천 건씩 발생하는 끔찍한 교통사고를 예방하기 위해서가 아니라 통행세를 받기 위해 면허증을 요구한다. 그렇다면 뇌물은 단순한 돈이 아니다. 소중한 생명과 맞바꾼 안전 불감증의 표식이다. 프로스페르는 시동을 걸고 차를 출발시켰다. 집, 특히 침실의 상태가 궁금했다.

프로스페르는 집 근처에 도착해 트럭을 주차했다. 가슴이 뛰었다. 차에서 내려 헐레벌떡 집으로 뛰어갔다. 문이 잠겨 있었다. 열쇠로 문을 열고 들어갔다. 거실은 모든 것이 그대로였다. 그의 관심은 다른 곳에 있었다. 침실 문으로 갔다. 예상대로 잠겨 있었다. 문을 열기 위해 다시 트럭으로 가서 쇠지렛대를 가져왔다. 문이 부서졌다. 급히 안으로 들어갔다. 주변을 살폈다. 서류가방 두 개가 침대에 놓여 있었다. 가방으로 달려갔다. 숫자암호 코드로 잠겨 있었다. 여러 숫자들을 입력해 보았다. 번번이 실패였다. 다시 쇠지렛대를 들었다. 첫 번째 서류가방이 순식간에 열렸다.

"돈이다!"

자신에게 온 행운을 믿을 수 없었다. 만 프랑쎄파(FCFA)짜리 지폐 뭉치가 가득 차 있었다. 벽에 나무 그림자가 어른거렸다. 깜짝 놀라 돌아보았다. 가슴이 뛰었다. 그는 살금살금 현관문으로 갔다. 밖을 살폈다. 아무도 없었다. 현관문을 조심스레 닫고 잠갔다. 침실로 와서 부서진 문을 닫았다. 만 프랑쎄파(FCFA)짜리 지폐 한 장을 꺼냈다. 두 손으로 돈의 양 끝을 잡고 머리 위로 높이 들어올렸다. 천장으로 들어온 빛이 지폐를 통과했다. 진짜 돈이다. 어딜 봐도 진짜 돈이다. 주머니에 돈을 넣었다. 식은땀 이 났다. 이윽고 두 번째 서류 가방을 열기 위해 쇠지렛대를 구부렸다. 가방 속의 내용물을 보았다. 정신이 아찔했다.

7

프로스페르는 고향으로 가는 길이다. 사왕에서 남동쪽으로 200여 킬로미터 떨어져 있는 민카라 불리는 마을이다. 전처 로즈의 고향인 포망에서 그리 멀지 않은 곳이다. 오랜만에 고향에 간다. 그동안 고향에 갈 특별한 이유가 없었다. 보통 사람들이 그렇듯 가끔씩 내키면 고향을 방문했을 따름이다. 열 살 때 아버지를 여읜 이래로 민카와는 거의 교류가 없었다. 아버지는 시샘 많은 마녀들에게 살해당했다. 어머니는 아버지가 돌아가신 지 일 년도 되지 않아 원인 모를 질병으로 돌아가셨다. 주위의 따뜻한 손길이 필요한 어린 시절부터 그는 스스로 살아가는 법을 터득해야 했다. 학교도 대충대충 다녔다. 로즈와의 결혼도 오직 자신의 노력으로 이루어 냈다. 부모나 친척들의 도움 없이 신부 값을 지불했다. 그는 모든 것을 스스로 해결했다. 그는 흔히 말하는 자수성가한 사람이었다.

고향에 반쯤 이르렀을 때 프로스페르는 깊은 생각에 잠겼다. 고향으로 가는 오래되고 낡은 버스는 인내심을 시험이라도 하듯 느릿느릿 달렸다. 고장이 잦아 사람들을 불편하게 하는 버스였다. 너무 덜컹거려 대부분의 승객들이 멀미를 호소했다. 특히 어린이와 여성들은 자주 구토를 하곤 했다. 운전을 업으로 삼는 프로스페르조차 불평하지 않을 수 없었다. "이런 상황을 미리 예상했어야 했어." 그는 체념의 한숨을 내쉬며 말했다. 민카에서 하룻밤 잘 생각은 없었다. 하지만 돌아가는 상황을 보니 선택의 여지가 없어 보였다. 그는 고향에 가서 셍(Seng)을 만나고 싶었다.

셍은 프로스페르가 조언을 구하고자 하는 점쟁이였다. 역학에 조예가 깊은 노인이었다. 어릴 적부터 셍을 잘 알고 있었지만 한 번도 직접 찾아간 적은 없었다. 셍의 능력을 의심하는 사람은 없었다. 셍은 예언자의 자질을 타고났다. 그의 부모는 아이가 태어나자마자 이름을 셍으로 짓는 예지력을 발휘했다. 민카 말로 "셍"은 생각이나 말, 행동 등이 사려 깊고 신중하여, 세상의 이치를 간파하고 그것을 말해 주는 능력을 지녔음을 의미한다. 따라서 셍의 소유자는 인생의 본질을 꿰뚫어 볼 수 있다.

셍은 미래를 읽을 수 있는 천리안을 지녔다. 앞으로 일어날 일을 예언함으로써 닥쳐올 불운으로부터 사람들을 구해 줄 능력이 있는 것이다.

프로스페르는 미래가 불안했다. 초조했다. 경찰들이 자신을 찾아낼 수 있을지 그렇지 않은지 궁금했다. 감옥에 가게 될지도 알고 싶었다. 침실에서 돈을 보고 졸도한 후 깨어났을 때 그는 결심했다. 경찰들에게 돈을 돌려주지 않을 것이다. 그렇게 하느니 차라리 목숨을 내놓겠다. 일생일대의 꿈을 실현할 절호의 기회를 잡았다.

우려와는 달리 목격자가 나타나지 않았다. 마마웨즈 사람들은 철두철미하게 신중한 태도로 일했다. 그 어떤 흔적도 남기지 않았다. 참견하기 좋아하는 마마 로사조차 그들의 존재를 눈치 채지 못했다. 주유소 청년 또한 아무것도 기억해 내지 못할 것이다. 경찰은 문제가 된 위조범들의 사진을 구할 수 없었다. 충돌한 버스가 장-클로드와 장-마리의 얼굴을 알아볼 수 없을 만큼 심각하게 훼손시켰던 것이다. 값비싼 옷과 신발, 장신구들이 담긴 여행 가방이 부서진 자동차에서 발견되었다. 하지만 이 가방은 경찰들에게 큰 도움이 되지 못했다. 사고 현장에서 그들의 신분증은 발견되지 않았다. 프로스페르가 침실에서 이 결정적인 증거를 발견했을 때, 제일 먼저 한 일은 그것을 조그마한 변기 구멍으로 밀어 넣는 것이었다. 하지만 2억 프랑쎄파(FCFA)가 들어 있는 가방을 조그마한 변기 구멍으로 버릴 수는 없었다. 그렇다고 경찰에게 넘길 수도 없었다. 그는 침대 밑에 구멍을 파고 가방을 조심스럽게 묻었다.

수사는 몇 주 동안 분주하게 진행되었다. 하지만 경찰은 프로스페르의 존재를 찾아내지 못했다. 목격자도 없었다. 하지만 프로스페르는 자신에게 아무 일도 일어나지 않을 것이라는 보다 확실한 보증이 필요했다. 결정적인 순간에 누군가 나타나 정의의 망치를 들고 자신을 거꾸러뜨리는 일이 없어야 할 것이다. 디외도네가 말한 부적에 대해서도 곰곰이 생각해 보았다. 앞으로 어떤 일이 발생할지 아무도 알 수 없었다. 가스통 씨(그는 지금 감옥에 있다. 뇌물과 부정부패가 만연한 밈보랜드에서 그가 얼마나 오랫동안 수감 생활을 할지는 알 수 없다.)가 돈에 주술을 걸어 놓았을 수도 있다. 그 돈을 사용하는 사람은 탈이 날 수도 있다. 프로스페르는 모든 가능성을 열어 놓고 신중하게 고민했다. 가스통 씨도 장-클로드와 장-마리를 도운 공범이 있는 것 같다고 진술을 했다. 라디오 방송은 이를 여러 번 반복했다. 그는 2년 형을 선고받고, 이 모든 사기극의 진상을 규명하고 공범자들을 법의 심판대에 세워야 한다고 주장했다고 한다.

"그래, 그래……. 불행하게도, 그럴 가능성이 있어." 곰곰이 생각해 보니 두려움과 걱정이 점점 커졌다. 웨스트 밈보랜드 어딘가에 죽은 자를 불러내 그들의 생생한 목소리를 듣는 신출귀몰한 점쟁이가 있다는 소문을 들었다. "만약 가스통 씨와 경찰이 그 점쟁이를 찾아 물어본다면 어떡하지?" 그는 공포에 휩싸였다. "죽은 마마웨즈인들은 그들에게 모든 것을 말할 것이다. 그 다음 경찰들이 찾아와 문을 두드릴 것이다. 제발 아니기를!" 점쟁이에게 불려온 죽은 사람의 영혼은 오직 살아 있는 친척이나 친한 친구에게만 말을 한다지 않는가. 프로스페르는 이렇게 자기합리화를 하면서 그러한 가능성을 부인하고자 노력했다. 쓸데없는 걱정으로 부자가 될 절호의 기회를 망칠 수는 없었다.

프로스페르는 가스통 씨와 다른 두 명의 희생자들의 재판 장면을 떠올려 보았다. 그는 그들의 재판에 참석했다. 가스통 씨의 재판은 신속하게 진행되었다. 재판관들은 그에게 동정심을 표하지 않았다. 가스통 씨가 후원했던 언론이나 집권당의 고위층들도 호의적이지 않기는 마찬가지였다. 한때 전성기를 누렸던 재계의 거물이 권력층의 총애를 잃고 버려지는 장면 같았다. 변호사는 그를 방어하는 데 큰 어려움을 겪었다. 국가에게는 월드 뱅크나 IMF에 부정부패를 척결하기 위해 노력하고 있음을 보여 주는 희생양이 필요했다. 그는 2년 형을 선고받고 모든 재산을 압수당했다. 언론은 이를 "대중 앞에 발가벗겨진 재판"이라고 요약했다. 하지만 *라디오-보도*는 눈 가리고 아웅 식의 재판에 불과하다고 보도했다. 그가 곧 자유의 몸이 되어 몰수된 재산을 되찾을 것이라고 주장했다. "바오밥 나무"처럼 그는 끈질기게 살아남을 것이다. 그는 교도소에서 최고급 서비스를 받을 것이다. 또한 돈으로 간수들을 매수해 감옥을 자유롭게 드나들 것이다. 2년의 수감기간 동안 밤에는 집에 가서 잠을 자고 낮에만 감옥에서 지낼 수도 있을 것이다. *라디오-보도*는 교도소가 가진 자를 위해 존재하는 것이 아니라고 강조했다.

프로스페르는 정보통신부 인사부장 에틴 하바바의 재판을 가장 주의 깊게 지켜보았다. 프로스페르는 진심으로 그를 걱정한 사람 중 하나이다. 그의 경우는 마마웨즈 출신의 위조범들이 얼마나 교묘하고 다각적인 방법으로 사업을 벌였는지 단적으로 보여 주었다. 외환 위조 공모죄로 기소된 에틴 하바바는 믿을 수 없는 충격적인 이야기를 진술했다. 프로스페르는 민카로 가는 여정의 고통을 덜기 위해 다시 한 번 그의 진술을 되새겨 보았다.

하바바는 법정에서 다음과 같이 진술했다. 점심을 먹기 위해 집으로 가는 길이었다. 그때 단정한 옷을 입고 말끔히 면도한 30대 초반의 낯선 사람 둘이 자신을 불러 세웠다. 그들은 서류 가방을 들고 있었다. 그들은 자신들을 로렌과 찰스라고 소개했다. 그들은 전쟁으로 짓밟힌 이롬바 공화국의 전 수상의 아들이라고 했다. 프로스페르는 이들이 장-클로드와 장-마리임에 틀림없다고 생각했다.

"그들은 자신들의 아버지가 이롬바 반란군들의 총에 맞아 죽었다고 했어요. 로렌은 자신 또한 넓적다리에 맞아 총알을 제거했다고 했어요. 로렌은 총에 맞은 상처를 직접 보여 주었어요. 저는 그들을 믿을 수밖에 없었어요." 하바바는 여자 친구가 건네준 손수건으로 얼굴을 닦았다.

"그들은 백만 프랑쎄파(FCFA)를 빌려 달라고 했어요. 2백 3십만 미국 달러가 포함된 자신들의 짐을 빼오기 위해 필요한 돈이라면서요. 이롬바 대사관 문화 담당관에게 줘야 한다고 했어요." 하바바가 말했다.

그는 그들의 말을 믿고 사무실 금고에서 백만 프랑쎄파(FCFA)를 꺼내 주었다. 금방 돌려받을 수 있을 것이라 생각했다. 물론 그런 식으로 공적 자금을 유용하는 것이 불법이라는 사실은 알고 있었다고 급히 덧붙였다. 그들이 당시 너무 정직하고 순진해 보여서 미처 의심할 생각을 하지 못했다는 것이다.

"며칠 후 그들은 '2백3십만 미국 달러'라고 적힌 깃발을 단 트럭을 가지고 왔습니다. 깃발에는 '기밀'이라는 글자가 굵은 글씨체로 찍혀 있었습니다." 하바바가 말했다. 그들은 트럭에 있는 돈은 당장 사용할 수 없고, 특수 화학 물질로 정화할 필요가 있다고 말했다.

"저는 백만 프랑쎄파(FCFA)를 돌려받아야 했기에 그 트럭을 담보로 잡고 있었던 것입니다." 그는 한밑천 잡으려는 목적이 아니라 좋은 뜻으로 돈을 빌려주었다는 의도로 말했다.

"그들은 돈을 깨끗이 하는 데 필요한 화학물질이 있다고 했습니다. 천오백만 프랑쎄파(FCFA)면 구할 수 있다고 했습니다. 그들은 의심을 풀기 위해 화학물질을 거래하는 사람의 이름과 세부적 정보를 제공해 주었습니다. 그와 직접 만나 물건을 살 수 있다고 했습니다. 그들은 오직 그 액체를 원했습니다. 저는 사무실 금고에서 다시 오백만 프랑쎄파(FCFA)를 꺼냈습니다. 그리고 은행에 가서 빌릴 수 있는 만큼 대출했습니다. 친척들과 친구들을 찾아다니며 천오백만 프랑쎄파(FCFA)가 모일 때까지 빌렸습니다." 여기까지 말하고 하바바는 눈물을 터뜨리며 손바닥으로 머리를 감쌌다. 목석같이 뻣뻣한 판사들은 계속하라고 다그쳤다. 빚에 찌들어 목구멍이 포도청인 피고측 변호인은 시큰둥한 표정을 짓고 있었다. 하바바는 판사가 어떤 판결을 내릴지 이미 알고 있었다. 재판을 지켜보는 많은 방청객들은 그에게 동정심을 드러냈지만 판결은 그들이 내리는 것이 아니었다. 잠시 후 그는 평정을 되찾고 진술을 이어 갔다.

천오백만 프랑쎄파(FCFA)를 넘겨준 하바바는 피에르 투이셔라는 사람을 소개받았다. 밈보랜드 프랑스 대사관의 중앙정보부 소속 화학물질 및 마약 부서에서 일하는 사람이라고 했다. 이 두 사기꾼들은 애초에 알려 주었던 판매자가 상품을 다 소진했기 때문에 어쩔 수 없이 피에르 투이셔와 거래를 해야 한다고 말했다. 이 지역에서 그 화학약품을 가진 사람은 그가 유일하다고 했다. 피에르 투이셔는 돈을 세탁하는 데 필요한 1리터의 화학물질을 가지고 와서 천오백만 프랑쎄파(FCFA)를 요구했다.

"먼저 천 달러를 시험해 보았습니다. 그 돈을 가지고 은행에 가서 진짜인지 확인해 보았습니다. 진짜였습니다. 그들은 돈을 계속 세탁하기 위한 특수화학 물질을 구입하기 위해서는 이천 오백만 프랑쎄파(FCFA)가 더 있어야 한다고 했습니다. 저는 돈을 구하기 위해 백방으로 뛰어다녔습니다. 그 와중에 쿠티 공화국으로 출장 간 찰리가 인터폴에 체포되었다는 소식이 들려왔습니다. 찰리는 곧 마마웨즈로 추방될 거라고 했습니다. 쿠티 공화국 인터폴에서 일한다는 에메카 오루 루고추크라는 사람이 전화를 걸어왔습니다. 찰리가 구금되어 있다고 했습니다. 찰리를 석방시키기 위해 노력하고 있다고 일단 저를 안심시켰습니다. 찰리의 구금 및 여행 기록을 삭제하기 위해 이천 달러가 필요하다고 했습니다. 공무원들에게 뇌물을 줘야 한다는 것이었습니다." 하바바는 다시 눈물을 흘리며 잠시 말을 멈추었다. 판사가 재촉하자 잠시 후 다시 시작했다.

"저는 어렵게 돈을 구해 에메카에게 건넸습니다. 하지만 그때 저는 찰리의 여행 비자가 준비되지 않았기 때문에 그가 풀려날 수 없다는 말을 들었습니다. 그 후 또 다른 이야기가 나왔습니다. 찰리가 위험한 수화물을 지녔는데 그것을 해결하기 위해 자신이 3백만 프랑쎄파(FCFA)를 지불했다는 것입니다. 그 돈을 돌려받기 전까지는 찰리를 보내 줄 수 없다는 것이었습니다. 다시 돈을 마련해서 에메카에게 보냈습니다. 하지만 출국하기 직전, 쿠티 공화국 출입국 관리소에서 그를 다시 체포했다고 했습니다. 또 돈을 요구했습니다. 이번에는 돈을 구하지 못했습니다.

그러고 나서 찰리가 쿠티 공화국 출입국 사무소에서 구타를 당해 심각한 부상을 입었다는 이야기가 들렸습니다. 심각한 내상을 입어 수술이 필요하다는 것이었습니다. 에메카는 찰리의 수술비용 4천 달러를 청구하는 서류를 팩스로 보내왔습니다. 며칠 후 찰리가 수술을 잘 끝내고 퇴원했다는 소식을 전해 왔습니다. 찰리는 아픈 사람처럼 전화를 받았습니다. 제가 의료비를 지불하겠다고 하자 에메카가 직접 밈보랜드로 왔습니다. 저는 가진 돈의 전부인 이천 달러를 주었습니다. 찰리에 대한 소식은 그때가 마지막이었습니다."

이야기는 끝없이 계속되었다. 매우 감동적이었다. 프로스페르는 하바바가 정말 순진한 사람이라는 판결을 내렸다. 모든 진술이 끝나자 판사가 판결을 내렸다. 너무나 냉혹한 판정이었다. 하바바는 공적 자금의 유용, 통화 위조, 사기 혐의 등으로 12년의 중형을 선고받았다.

돌이켜 생각해 보니, 문제의 위조지폐범이 장-클로드와 장-마리가 맞는지 의구심이 들었다. 인상착의는 비슷했으나 그렇다고 무작정 단정할 수는 없었다. 만일 그들이 동일 인물이라면 왜 그렇게 밈보랜드에 막 도착한 사람처럼 행동했는지 도저히 이해가 되지 않았다. 그들이 다른 인물들이라면, 이는 금융사기와 지폐 위조가 일상 속으로 빠르게 확산되고 있음을 보여 주는 징후가 될 것이다. 머지않아 어린이들이 금융 사기꾼과 위조지폐범을

우상으로 삼는 때가 올지도 모른다. "나는 자라서 금융 사기꾼이
될 거야." 그는 어린이의 미래를 상상해 보며 혀를 찼다.

프로스페르는 자신에게 토사물을 튀기려는 탈진한 노파를 피
해 몸을 앞으로 기울였다. 그는 그것을 간신히 피한 것에 감사하
며 성호를 그었다. 평소에는 신을 믿지 않았던 터라 약간의 죄책
감이 느껴졌다. 버스에 탄 모든 사람들이 짜증을 냈다. 하지만
연신 담배를 피워대는 운전사는 이러한 상황에 전혀 개의치 않
았다. 버스 여행은 늘 힘들었다. 숨도 제대로 쉴 수 없을 정도로
빽빽한 죽음의 버스에서 승객들은 시도 때도 없이 아무 데서나
내리고 타고, 밀고 당기며 아우성쳤다. 프로스페르는 트럭을 이
용하는 것이 훨씬 좋았을 것이라고 생각했다. 하지만 주말이라
서 어쩔 수 없었다. 주말에는 회사 밖으로 차를 가지고 나올 수
없다. 정부에서 제공한 차로 개인적인 용무를 볼 수 있는 공무원
들이 부러웠다. 이번 일만 잘 되면 머지않아 좋은 차를 마음 내
키는 대로 운전할 수 있을 것이다.

프로스페르는 모두가 내려 버스를 밀어야 한다는 말을 들을
때까지 경찰이 함께 타고 있었다는 사실을 전혀 눈치채지 못했
다. 피가 갑자기 얼어붙었다. 두려움이 솟구쳐 올랐다. 나이가
지긋한 경찰이 바로 뒷자리에 앉아 있었던 것이다. 뒤돌아보지
않아도 그의 시선이 자신을 향하고 있다는 사실을 알 수 있었다.
이 경찰은 왜 나를 응시하는 것일까? 그는 신경이 날카로워졌다.

하지만 아무 말도 하지 않았다. 그는 누구일까? 왜 나를 뚫어지게 바라보는 것일까? 자신의 움직임을 감시하여 사왕의 경찰서에 보고하려는 것일까?

프로스페르는 당황스러웠다. 하지만 상황이 어떠하든 침착할 필요가 있었다. 소작인으로부터 세금을 받기 위해 고향을 방문하는 단순한 여행자일 수도 있을 것이다. 예상치 못한 공무원의 주의를 끄는 행동을 하지 말아야 한다. 가능한 한 평정심을 유지하며 태연하게 행동해야 한다. 거울에서 눈을 뗐다. 그리고 뒤돌아보지도 않았다. 그는 버스 주위를 살피며 딱 두 곳(거울과 경찰)을 회피했다. '반짝인다고 다 금은 아니다'라 불리는 버스 옆면의 '여덟 가지 하지 말아야 할 것'을 읽는 척했다.

- 운행 중일 때 운전기사에게 말 걸지 말 것,

- 운행 중일 때 머리나 손을 내밀지 말 것,

- 운행 중일 때 뛰어내리지 말 것,

- 차 안에서 토하지 말 것,

- 차 안에서 담배 피우지 말 것,

- 술병을 가지고 타지 말 것,

- 차 안에서 싸우지 말 것,

- 요금을 내지 않은 짐은 운전기사가 책임지지 않음.

완전히 읽을 수 있었다면 훨씬 더 만족스러웠을 것이다. 그는 고조되는 긴장감 속에서 잘 이해되지 않는 애꿎은 단어들을 뚫어지게 바라보았다.

그는 불안감을 없애려는 듯 중얼거렸다. "그래, 나는 돈을 지킬 거야. 지켜야 해. 그 돈은 내 거야. 누가 살금살금 다가와서 위협한다고 해서 이 게임을 포기하지는 않을 것이다." 아무도 나를 멈추게 할 수는 없다. 심지어 나를 의심하는 경찰까지도!

버스가 민카 시장에 멈추었다. 경찰이 따라 내리는 것은 아닌지 긴장이 되었다. 두근거리는 가슴을 안고 버스에서 내렸다. 혹 자신을 부르는 고함 소리나 호각 소리가 들리지 않을까 조마조마했다. 마을로 가는 길을 향했다. 아무 일도 일어나지 않았다. 뒤돌아보았다. 경찰은 여전히 헐떡거리는 버스에 앉아 있었다. 그는 평범한 여행자였을 것이다. 대부분의 밈보랜드의 경찰들은 비번일 때 평상복으로 갈아입지 않는다. 경찰복은 많은 것을 가능하게 했기 때문이다. 차비를 내지 않는 것도 그중 하나였다. 프로스페르는 행운에 감사하며 안도의 한숨을 내쉬었다. 그는 숲속으로 난 길을 향해 걸음을 재촉했다. 오늘 안에 사왕으로 돌아가기 위해서는 서둘러야 했다. 예언자 셍을 빨리 만나고 싶었다. 마을을 지날 때 그를 알아보는 사람은 아무도 없었다. 오랜만에 와서 그런지 고향 마을이 낯설게 느껴졌다. 신경 쓸 일이 아니다. 도시(사왕)에 뿌리를 내리고 정착한 이후부터 민카는 자신을 위한 장소가 아니었다. 고향에는 애틋하고 소중한 것이 많았다. 하지만 그곳에서 살고 싶지는 않았다. 고향은 죽은 자와 죽어 가는 사람들의 장소일 뿐이다.

8

프로스페르는 셍의 저택 안으로 가서 본가의 문을 조심스럽게 두드렸다. 본가는 여타의 건물들처럼 견고한 나무로 지어졌지만 가장이 산다는 것을 모든 사람들에게 알려 주는 세심한 손길이 느껴졌다. 또한 문턱에 집주인이 주술사(점쟁이)라는 것을 암시하는 주물과 마술을 상징하는 사기병이 매달려 있었다.

프로스페르는 기다렸다. 셍이 자신을 어떻게 맞이할지 불안하고 초조했다. "아마도 이 노인은 나의 두려움을 알아채지 못할 거야." 그는 생각했다. 그는 셍에게 자신을 보호해 달라는 말 이상은 하지 않을 것이다. 점쟁이들에게 가장 중요한 것은 결국 돈이다. 셍도 예외가 아닐 것이다. 그래서 돈을 넉넉하게 준비했다. 그는 전통 주술 또한 물질만능주의에 오염되었다고 생각했다.

연로한 셍이 천천히 문을 열었다. 프로스페르는 의구심의 눈초리로 잠시 동안 그를 응시했다. 셍이 이렇게 노쇠해졌을지 미처 예상하지 못했다. 구부정한 등이 안쓰러울 지경이었다. 지팡이에 의지해서 겨우 걸음을 내디뎠다. 살이 뼈에 겨우 붙어 있을 정도로 삐쩍 말랐다. 시선을 뗄 수 없었다. 셍이 죽고 난 후 민카의 전통 주술은 어떻게 될까? 아마도 맥이 끊길 것이다.

"아들이여! 들어오게." 눈을 비비며 셍이 말했다. "평화로운 낮잠을 방해하고 나서 나를 그렇게 뚫어지게 쳐다보며 서 있지 말게." 그는 미묘한 방식으로 불평했다.

"당신의 낮잠을 방해했다면 죄송합니다." 프로스페르는 어두운 방으로 들어서며 사과했다.

"창문 좀 열어 주겠나?"

창문을 열었음에도 방은 여전히 어두웠다. 마치 무덤 속에 있는 것 같았다.

"아들이여, 괜찮네. 괜찮아." 셍이 말했다. "시골의 삶이 다 그렇지." 그는 프로스페르가 어둠을 싫어한다고 생각했다. 하지만 그는 프로스페르의 취향을 잘 알지 못했다. 프로스페르가 고향에 올 때마다 찾았던 것 중의 하나가 어둠이었다. 많은 사람들이 전통 주술의 신비스러운 측면을 선호했다. 더러운 조롱박, 그릇, 칼, 검은 가죽 부적, 어둠, 음산한 점쟁이의 주문 등과 같은 초현실적인 것들은 환자들의 마음을 편안하게 해 주는 데 도움을 주었다.

셍은 프로스페르에게 의자를 권하며 자신도 앉았다. 그리고 물었다. "그래 무엇을 도와드릴까?"

이 노인은 아직까지 자신을 알아보지 못했다. 그는 자신의 정체를 밝히고 싶지 않았다. 점쟁이가 죽은 아버지에 대해 알고 있는 것이 현재의 문제를 해결하는 데 방해가 될까 두려워서였다. 그래서 자신의 이름과 살아온 삶에 대해 거짓말을 했다.

"저는 디외도네입니다." 몇 주 전 톤톤 바에서 만난 디외도네를 떠올리며 자신을 소개했다. "저는 사왕의 공무원입니다. 미래를 점쳐 보기 위해 왔습니다." 그는 눈을 껌벅이는 노인을 향해 말했다. "저의 앞길은 깨끗합니까? 위험합니까? 아니면 위험하지 않습니까?" 그가 물었다.

셍은 혀로 이가 없는 입술을 이리저리 적시며 생각에 잠겼다. "알았네. 알았어." 걱정하는 표정의 프로스페르에게라기보다는 자신에게 말하는 것 같았다. 노인은 혀를 입술로 빼는 것을 즐기는 듯했다. "자네의 앞일에 대해 알고 싶어 왔다는 말이지?" 그는 잠시 뜸을 들였다.

프로스페르는 고개를 끄덕이며 앞으로 몸을 내밀었다.

"알았네. 알았어." 노인은 계속 반복했다. "누가 자네를 소개했는가?"

"이 마을 출신 프로스페르라는 사람입니다." 프로스페르는 또다시 거짓말을 했다. "사왕의 큰 맥주회사에서 운전을 하는 사람입니다." 그가 설명했다.

"그를 아네." 셍은 머리를 끄덕이며 이해한다는 듯이 말했다. "나는 그를 아주 잘 아네. 부모들도 잘 알고 있지. 하지만 마법의 힘으로부터 그들을 구하기엔 너무 늦었지. 그래 난 그들을 잘 알지." 그는 계속해서 말했다.

프로스페르는 생각에 잠겼다. 셍에게 자신이 누구인지 말했다가는 미래의 문제보다는 과거에 관해 말하다가 모든 시간을 보낼 것 같았다. 그는 목을 가다듬으며 셍의 말을 가로챘다. "아버님. 그래서 저의 앞길은 어떻게 되나요?" 그가 물었다.

"서두르는군. 바쁘신가?"

"예. 아버님." 셍이 자신의 조급한 마음을 알아채는 신통력을 가졌다는 생각을 했다. "오늘 안에 사왕으로 돌아가야 합니다." 그가 덧붙였다.

"문제없을 거네." 셍이 안심시켰다. "발뒤꿈치가 달랑달랑 매달리게 그렇게 의자 끝에 걸터앉지 말고 똑바로 앉게." 그가 웃으며 말했다. 프로스페르는 말에 따랐다. "앞일을 점치는 것은 나의 일이네." 셍은 계속했다. "그것은 항상 나의 일이었네. 우리는 오늘 기본적인 것만 할 수 있네. 자네는 일주나 이주 후 내가 정성스레 만든 부적을 받기 위해 다시 와야 하네. 자네에게 맞춰 처방한 특별한 약초와 로션을 준비하겠네. 두 가지 예언의 결과가 결코 동일하지는 않을 거네." 그는 잠시 말을 끊고 주위를 둘러보았다. "자네를 위해 준비한 콜라 열매는 없네. 하지만 자네가 돌아갈 때 가져갈 코코넛은 있네." 그는 방의 맨 끝 나무 테이블에 놓여 있는 커다란 코코넛 열매를 가리켰다. "손주가 삼일 전 포망 시장에서 사 왔다네." 그가 말했다. "손주가 왜 이렇게 나를 놀리는지 모르겠네." 그가 웃었다. "손주는 자신도 언젠가는 늙어 이가 빠질 것이라는 것을 모르고 있지." 이렇게 말하면서 셍은 마을의 반대쪽에 사는 친구의 안타까운 이야기를 떠올렸다. 사왕에 있는 현대 의사들은 이런저런 이유로 그의 아이들이 먹고 싶어 하는 음식들을 먹지 못하게 했다. 먹고 싶은 것도 마음 놓고 먹지 못하는데, 자식들이 재벌가와 결혼해서 부자가 되는 것이 무슨 의미가 있단 말인가? "다른 사람들이 내가 좋아하는 것을 먹고 즐기는 것을 보기만 하고 사느니, 나는 차라리 먹고 죽겠네." 그가 중얼거렸다.

프로스페르는 유머를 즐겼지만 더 부추기고 싶지는 않았다. 시간이 없었다. "아버님. 고맙습니다." 그가 말했다. "마음 써 주셔서 고맙습니다." 그는 전형적인 도시 사람들의 어투로 덧붙였다.

셍은 프로스페르에게 다음 질문에 대해 준비라도 하라는 듯 목을 가다듬었다. "자네의 친구가 점을 보는 비용에 대해 말해 주었나?" 그가 지팡이를 만지작거리며 물었다.

"아니요." 프로스페르가 답했다.

"저런. 그가 말해 주었어야 했는데……." 셍은 부드럽고 조용한 어조로 말했다. "앞날을 예측하는 데 드는 비용은 매우 비싸네. 미리 알고 있는 게 좋지. 어쨌든, 자네와 같이 도시에서 온 사람이라고 해서 적게 받을 수는 없네. 그렇지 않나?" 그가 물었다. 흰 수염의 얼굴에 기이한 웃음이 번졌다.

프로스페르는 그가 기대하는 것이 무엇인지 알아채고 빙그레 웃었다. 과거의 권위 있는 점쟁이들은 일체 복채를 받지 않았다. 셍은 그렇지 않다는 사실을 미리 알고 있었기 때문에 복채를 넉넉하게 준비했다. 모든 것이 바뀌었다. 모든 사람들이 돈을 요구했다. 문제는 사기꾼들이 이러한 고귀한 직업에까지 뛰어들었다는 것이다. 그래서 셍과 같은 진짜 점쟁이를 찾는 일은 하늘의 별 따기처럼 어려웠다. 그들은 멸종 위기에 놓였다.

셍은 뛰어난 점쟁이였다. 그는 마을 사람들로부터 셍에 대해 들으며 자랐다. 그가 기억하는 한 셍은 능숙한 점쟁이였다. 나아가 니아만덤의 유력 정치인들 혹은 군대 사령관들이 조언을 구하는 유명 인사였다. 그들은 직접 셍을 찾아 왔다. 도시로 불러들여 호텔 방에 가두어 두고 점을 보는 그런 값싼 점쟁이가 아니었다. 줏대와 고집이 있는 점쟁이였다. 자신의 방식을 고수하며 여타의 사람들에게 서비스를 제공했다. 그는 평판과 품위를 가장 중시했다. 광고가 필요 없는 명품 야자나무 수액 채취자 같았다. 그의 명성은 입에서 입으로 전해졌다. 그의 집 앞 길은 사방에서 몰려드는 고객들의 발길에 의해 반질반질해졌다.

"아버님, 비용이 얼마입니까?" 그가 웃으며 물었다.

셍이 웃으며 대답했다. "자네가 미리 준비하고 왔다는 걸 아네." 그가 말했다. "주머니에 아무것도 넣지 않고 도시를 떠나 이렇게 먼 길을 오는 사람은 없지." 그가 말했다. "어쨌든 그렇게 비싸지는 않을 걸세." 부자가 될 것이라는 점괘가 나올 것을 예상하고 지금은 가격을 높게 부를 생각이었다. "단돈 십오만 프랑 쎄파(FCFA)네." 그는 최대한 겸허한 목소리로 말했다.

"예? 얼마라고요?" 프로스페르는 소리를 질렀다. 그렇게 큰돈을 어떻게 아무렇지도 않게 말할 수 있단 말인가! "아버님, 그 돈은 제 6개월 치 월급입니다." 그가 불만을 표출했다. 도시의 정치인들이나 재계의 거물들이 그를 완전히 오염시킨 것 같았다. 돈에 대한 끝없는 욕망! "저는 그저 앞날에 대해 여쭤보려고 왔습니다. 그게 답니다. 어떻게 그렇게 많이 요구할 수 있단 말입니까?" 셍이 주장을 굽히지 않는다면 어쩔 수 없이 그 금액을 지불해야 한다는 사실을 알면서도 항변해 보았다. 선택의 여지가 없었다.

하지만 셍은 프로스페르의 반응을 살피기 위해 그 가격을 제안했다. 이제 그 가격으로 밀어붙일 생각이었다. 사실 마을 주민들에게는 그것의 십분의 일도 안 되는 가격으로 점을 봐 주었다. 때로는 무료로 해 주기도 했다. 하지만 그는 생각했다. 나라의 거의 모든 돈을 가진 도시 사람들이 도대체 왜 불쌍하고 소외

된 시골 사람들과 동일한 조건을 기대하는지 그 이유를 알 수 없었다. 그들은 농촌 사람들의 피와 땀이 스며든 노동의 열매를 도시에 앉아서 즐기고 있지 않은가! '디외도네'는 이러한 사실을 부인할 수 없을 것이다. 정부가 도시 거주자들을 위한 편의시설을 제대로 제공하지 못한다고 항변할 수도 있을 것이다. 확실히 그렇지 않다. 또한 도시가 누리는 여러 가지 혜택이 소작농들의 피와 땀과는 무관하다고 말할 수도 있을 것이다. 그리고 농민들은 이미 도시를 위해 일한 대가를 충분히 받았다고 말할 수 있을 것이다. 이런 주장은 배은망덕 그 자체다. 도시 거주자들은 어머니의 젖꼭지를 물고 있는 어린 아이들과 같다. 이것이야말로 셍이 도시인들에게 보내는 경고의 신호였다. 하지만 눈앞에 있는 고객과 이런 논쟁을 벌이는 것은 적절하지 않다고 생각하며 프로스페르 쪽으로 고개를 돌렸다. "이보시게." 그가 말했다. "나는 돈을 벌기 위해서가 아니라 자네를 돕기 위해 여기에 있는 거라네." 그가 프로스페르에게 말했다. "그래서 자네는 그 최소한의 비용을 깎아 달라는 건가?" 그가 고개를 들고 최면이라도 걸려는 듯 프로스페르를 응시했다.

"아버님. 저는 지금 십만 프랑쎄파(FCFA)밖에 없어요." 프로스페르가 간청했다. 노인은 빠르게 반응했다. 그는 굶주린 야수와 같이 프로스페르의 제안을 받아들였다. "좋네. 그렇게 하세." 셍은 믿을 수 없을 정도로 재빨리 동의했다. 프로스페르의 제안을 받아들인다면, 셍은 엄청난 횡재를 한 것이다. 그는 지금까지 단 한 번의 점 비용으로 프로스페르가 말한 돈의 반도 받은 적이 없었다. 도시의 정치인들이나 사업가들도 그만큼 주지 않았다. 이 젊은이는 자신이 무심코 내뱉은 말에 매우 후회하고 있거나, 혹은 점의 세계에 대해 너무나 순진한 것이 틀림없었다. "돈 때문에 자네가 죽게 내버려 둘 수는 없지." 그는 관대한 척 말했다. "돈을 주면 당장이라도 일을 시작할 수 있네." 미세한 떨림이 느껴지는 목소리였다. 프로스페르는 나이 때문이라고 생각했다.

프로스페르는 돈을 세서 노인의 손에 건넸다. 그는 요구받은 돈보다 더 많이 가져왔다. 나머지는 주머니에 다시 넣었다. 셍은 결코 탐욕스런 사람이 아니었다. 그는 자신이 받은 돈에 만족했다. 그들 둘은 서로 다른 이유 때문에 각자 흥분했다. 남자들은 협상을 완료했다. 이제 점 보는 일만 남았다.

셍은 일어나 지팡이를 짚고 방의 반대편 구석으로 걸어갔다. 그는 영양 가죽으로 만든 커다란 자루를 가지고 돌아와 앉았다. 그는 자루에서 점을 치는 도구 세트를 꺼냈다. 콜라 열매와 흙으로 빚은 항아리로 구성되어 있었다. 그는 항아리에 약초 물을 붓고 막대기로 저으며 주문을 읊조렸다.

"의자를 당겨 좀 더 가까이 오게." 그가 손짓했다.

프로스페르는 다가갔다.

"서츠를 벗고 이 물로 손을 씻게." 셍은 앞에 있는 항아리를 가리켰다.

프로스페르가 손을 씻고 있는 동안 점쟁이는 콜라 열매의 껍질을 벗겼다. 손을 다 씻고 나자 셍은 콜라 열매를 부수라며 프로스페르에게 건넸다.

"얼마나 많은 조각들이 생겼는가?" 셍이 목을 내밀며 물었다.

"다섯이요." 프로스페르가 떨어져 나온 조각들을 센 후 말했다.

"좋은 운이네. 그것은 운이 좋다는 징조네." 셍이 뜻풀이를 했다. "보통 사람들은 셋이나 넷에 머물고 마네. 다섯은 드문 경우네. 특별한 행운을 지닌 사람만이 다섯 개의 조각을 갖지." 그가 설명했다.

프로스페르에게는 아부하는 말로 들렸다. "걱정할 일이 없다는 의미지요?" 그가 급하게 물었다.

셍은 인내심을 가지라고 했다. "기다리게. 조금만 시간을 주게." 그는 불안해하는 고객들이 자신의 작업을 방해하는 것을 좋아하지 않았다.

"나는 걷기도 전에 뛰기를 원하는 아이들을 좋아하지 않네." 그가 프로스페르를 책망했다.

고객은 진심으로 사과했다.

"알았네." 셍은 사과를 받아들였다. "가능한 한 내가 조용히 일을 하도록 가만히 내버려 두게." 그가 당부했다. 그리고 나서 영양 가죽 가방으로부터 파이프를 꺼내 불을 붙였다. 담배를 피우면서 그가 지시했다. "모든 조각들을 물 항아리에 넣고 흔들게." 프로스페르는 그가 말한 대로 했다. "조각들을 꺼내 바닥에 던지게." 셍이 다시 지시했다.

프로스페르는 조각들을 꺼내 바닥으로 던졌다. 그것들은 특정한 방식으로 떨어졌다. 셍은 흩어진 조각들을 유심히 관찰하기 시작했다. 말없이 오랫동안 바라보았다. 관찰이 끝난 후 셍은 떨어진 조각들을 주워 다시 던지라고 했다. 떨어진 패턴은 이전의 경우와 같았다. 그는 세 번 네 번 다시 던지라고 했다. 패턴은 변하지 않았다. 셍은 결과가 만족스러웠다. 그는 조각들을 모아 흙으로 빚은 항아리에 넣었다. 그리고 항아리를 영양 가죽 자루에 넣었다. 그는 자루를 방의 맨 끝, 즉 원래 있던 자리에 가져다 놓고, 불안해 죽을 지경인 프로스페르에게로 돌아왔다.

"디외도네. 자네는 운이 좋은 사람이네." 그가 자리에 앉으며 말했다. "자네의 직업 운은 아주 좋네. 걱정할 필요가 없네." 그는 계속했다. "공무원은 특별히 누구에게도 속하지 않는 주인 없는 뼈와 같네. 자네의 직업은 오랫동안 빛나는 장밋빛 미래를 가지고 있네." 그는 잠시 말을 멈췄다가 결론을 내렸다. "그것이 다네. 더 이상 말할 것이 없네. 나는 거짓말을 할 수 없네. 나는 내가 본 것만 말할 수 있을 뿐이네. 심지어 큰돈을 벌 절호의 기회를 놓친다 해도 말이네. 나는 항상 진실만을 말해 왔네. 이것이 바로 내가 이곳 시골뿐만 아니라, 살아 본 적도 없는 도시에서 명성을 얻는 이유일 것이네. 자네의 친구 프로스페르가 나를 존경하지 않았다면, 그가 어떻게 자네를 나에게 소개할 수 있었겠는가?" 그가 디외도네로 가장한 프로스페르에게 물었다.

프로스페르는 아니라는 듯이 머리를 옆으로 흔들었다.

"그게 내 뜻이네. 열심히 일하게. 더러운 욕망에 휩쓸리지 말게. 사람들은 조만간 이해하게 될 거네. 이것은 단지 예언에만 해당되는 것이 아니네. 인생의 모든 면에 적용되는 것이네. 모범적인 공무원이 되게. 그러면 비록 정부가 자네의 미덕을 깨닫지 못한다 해도 신이 보답할 거네."

프로스페르는 따뜻한 충고에 감사를 말을 전했다.

하지만 셍은 아직 말을 끝내지 않았다. "자네는 일주나 이주 후에 다시 와서 약을 받아야 하네. 그동안 내가 준비해 놓겠네." 그는 프로스페르에게 말했다. "자네는 직장에서 악과 질투로부터 자신을 보호해야 하네. 이러한 사악한 요소들은 결코 사라지지 않지. 특히 모든 사람들이 일확천금을 노리는 도시에서는 말이야."

프로스페르는 그가 하는 말을 듣고 기뻤다. 하지만 이어지는 노인의 말로 인해 그의 기쁨은 오래가지 못했다. "자네의 친구 프로스페르에게 기회가 되면 언제라도 나를 찾아오라고 전하게." 그는 고객을 대하듯이 말했다. "그 누구도 고향을 잊지는 못한다네. 아무리 큰 도시가 그를 변화시켰다고 해도 말이네. 나는 고향에 묻히기를 거부당한 도시 거주자들을 알고 있다네. 도시에서 잘 먹고 잘 살 때 고향을 거들떠보지도 않았기 때문에 여기 사람들이 화가 난 거지. 하지만 자네 친구에게 고향에 오라고 한 것은 단지 민카 사람들이 그를 보고 싶어 해서 그러는 것이 아니네." 그는 담배 파이프를 빨기 위해 말을 멈췄다. "보다 중요한 이유가 있다네." 담배 연기를 내뿜으며 말했다. "그가 알아야 할 중요한 사실을 늦지 않게 알려 주어야 하네." 그가 설명했다. "자네의 이름을 신성한 정령에게 보였을 때 결과가 나왔던 것과 같이 그의 이름을 제출하니 어떤 점괘가 나왔네."

"아버님, 그것이 무엇입니까?" 프로스페르가 불안한 목소리로 물었다. 그는 셍에게 자신의 정체를 밝히지 않은 것을 후회했다. 하지만 셍이 공무원의 앞길에 대해서만 말해 주었다고, 지금에 와서 자신이 진짜 프로스페르라고 고백할 수는 없었다. 그래서 더 궁금하고 걱정되었다.

점쟁이는 직업윤리를 위반하고 싶지 않았다. "친구를 걱정하는 자네의 마음을 이해하네." 그가 파이프를 입에서 떼며 말했다. "하지만 아무리 친한 친구라 해도 말할 수 없는 것이 있다고 생각하지 않는가?"

프로스페르가 정말로 듣고 싶은 것은 오직 두 단어였다. "좋은 소식입니까? 나쁜 소식입니까?" 좋은 소식이기를 간절히 바라며 그가 물었다.

"모르겠네." 셍은 왜 '디외도네'가 그렇게 긴장하는지 궁금해하는 투로 말했다.

"아버님, 대충이라도 암시해 주세요. 대충이라도요." 프로스페르가 졸랐다.

셍은 '디외도네'가 원하는 것이 많은 까다로운 고객이라고 생각했다. "자네가 그렇게 알고 싶어 한다면……." 그는 마지못해 말했다. "그것은 여자와 관련된 일이네. 그는 여자를 조심해야 하네." 그는 경고했다. "하지만 그에게 말하지 않는다고 약속해야 하네. 그렇게 할 수 있는가?"

"예. 절대로 말하지 않겠습니다." 프로스페르는 안도감을 느끼며 말했다. 그는 돈이나 구속과 관련된 일이 아닐까 걱정했다. 하지만 여자와 관련된 일이라면 별 문제 없을 것이다. 앞으로 잘 통제할 수 있을 것이다. 이미 과거의 여자들에 대해 진지하게 고민하고 마음을 정리했기 때문이다.

그는 일어났다. 셍과 악수를 하며 부적을 받기 위해 2주 후 다시 오겠다고 약속했다. 그리고 셍이 준 선물을 챙겨 어두운 방을 나섰다. 그는 도시로 가는 마지막 버스를 타기 위해 서둘러 시장으로 갔다. 운 좋게도 이번에는 그렇게 낡지 않은 버스를 탈 수 있었다.

프로스페르는 사왕으로 돌아오는 길에 많은 것을 생각했다. 진짜 디외도네를 떠올려 보았다. 셍에게 거짓말을 한 것이 과연 잘

한 일이었는지도 곱씹어 보았다. 지금 비싼 대가를 치른 디외도 네에 관한 몇 가지 계시를 가지고 있다. 하지만 이러한 사실을 위험 부담 없이 전달할 방법이 없을 것 같았다. 물론 그를 다시 만날 수는 있다. 정오에 톤톤 바에서! 하지만 정말 디외도네를 다시 만나고 싶은가? 아니다! 약삭빠르고 눈치 빠른 공무원과 친밀해지는 위험을 감수할 필요는 없다! 횡재한 돈 때문이라도 더욱 조심해야 한다. 이제부터는 돌다리도 두드려보고 건너야 한다.

그는 여자를 조심하라는 셍의 말을 곰곰이 되짚어 보았다. "그것은 문제될 것이 없어." 그는 스스로를 안심시켰다. "사표를 내거나 아니면 MBC의 재정적인 문제로 해고가 된다면 곧바로 다른 편안한 도시로 이사를 가야지." 그는 속으로 생각했다. "니아만덤이 가장 적당한 도시가 될 거야." 거기에는 아는 사람도 눈살을 찌푸릴 사람도 없었다. "니아만덤에서는 2억 프랑쎄파 (FCFA)라는 엄청난 돈으로 모든 것을 다시 시작할 수 있을 거야. 좋아!" 그는 소리쳤다. "집을 사자마자 다시 결혼할 거야." 그는 백일몽을 이어 가기 시작했다. 셍이 왜 여자를 경계하라고 했는지 이해할 수 있을 것 같았다. 전처 로즈가 그렇게 밉살맞게 행동하지 않았던가? 인생을 바쳐 사랑한 여자가 등을 돌리고 얼굴에 침을 뱉지 않았던가? 그가 따라다니던 여자들이 성병만을 돌려주지 않았던가? 그들은 온갖 종류의 약과 화장품을 사는 데 소중한 돈을 쓰게 만들지 않았던가? 그는 여성(weaker sex)을 경계하라는 셍의 말을 진심으로 받아들였다.

그렇다. 정치적 수도에서 부자로 우뚝 서는 순간 다시 결혼할 것이다. 확실히 여자들이 남자들의 기를 꺾고 있는 시대이다. 하지만 결혼은 아직까지 모든 남자들의 신성한 의무로 남아 있다. 프로스페르 또한 예외가 아니다. 재혼이 더한 고통을 가져다주는 것도 아니다. 이번에는 한 명이 아니라 두 명의 여자와 결혼할 것이다. 두 여자가 그의 사랑을 놓고 서로 경쟁할 것이다. 로즈와 같은 스캔들이 그를 괴롭히지도 않을 것이다. 그는 오랫동안 즐거운 상상을 하며 짜릿한 기분에 젖어 들었다. "두 명의 아내를 갖는 것이 부와 권위의 상징만은 아닐 것이다." 그는 자신에게 말했다. "그것은 사랑하는 남자에게 상처를 입히는 그런 여자로부터 자신을 보호해 줄 것이다." 그는 여자와 결혼에 대한 스스로의 결정에 적잖이 만족했다. 그는 자신감에 부풀어 의자에 등을 기대고 눈을 감았다. 아침에 탔던 버스만큼 그렇게 붐비지 않았다. 그는 편안히 잠들었다.

잠자는 동안 꿈을 꾸었다. 니아만딤으로 이사를 갔다. 엘리트들이 거주하는 프티 파리 지역 중심부에 멋지고 훌륭한 집을 샀다. 고위 정치인들과 외교관들로 둘러싸인 곳이라 안전했다. 만족스러운 곳이다. 또한 재혼을 했다. 그는 아내들과 아이들, 그리고 친구들로부터 존경 받으며 더할 나위 없이 행복하게 살고 있었다.

목적지에 도착할 즈음 꿈에서 깨어났다. 꿈에서 본 것이 앞으로 얼마나 실현될 수 있을지 기대가 되었다. 그는 버스의 화물칸에서 짐을 찾은 후, 미래에 대한 즐거운 상상을 하면서 집으로 향했다. 집에 도착할 때까지 그는 셍이 준 선물(코코넛)을 차에 두고 내렸다는 사실을 알아채지 못했다. 그는 가방의 지퍼를 잘 닫지 않은 것을 후회했다. 코코넛을 잃어버린 것이 혹 불운의 징조는 아닌지 하는 불안감이 살짝 뇌리를 스쳤다 .

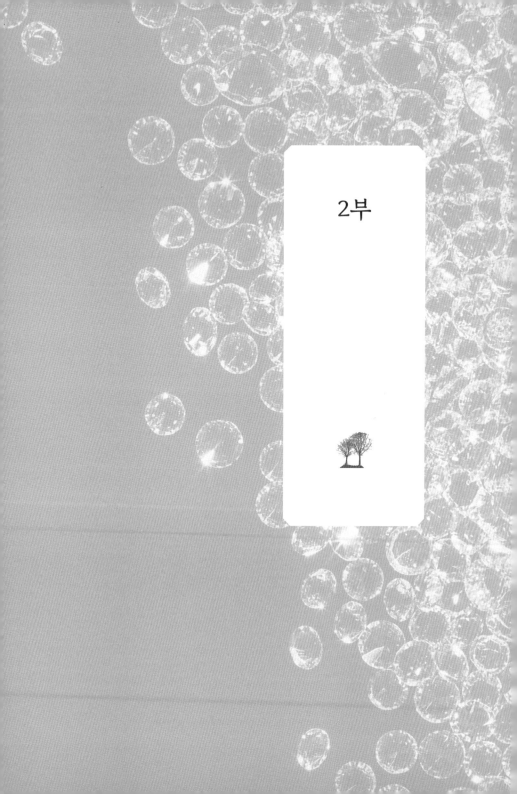

2부

9

프로스페르는 손수 운전해서 니아만덤으로 가는 중이다. 푸
조 404가 아니라 도요타 코로라이다. 은퇴하고 고향으로 돌아가
풍요롭고 평화로운 여생을 보내려는 노년의 프랑스 부부로부터
구매한 차다. 그는 이 차를 마마웨즈인들이 남긴 돈으로 샀다.
프로스페르는 니아만덤에서의 새로운 삶을 위해 그 돈의 일부분
을 쓰고 있는 중이다. 보다 좋은 차를 사고 싶었으나 주위의 의
심을 살 수도 있어 부담스러웠다. 그는 가난한 사람에게 갑자기
돈이 생겼을 때 주위 사람들이 눈살을 찌푸린다는 사실을 깨닫
지 못할 만큼 어리석지는 않았다. 이 때문에 그는 더욱 조심스럽
게 행동했다. 그의 계획은 차근차근 실행되고 있었다.

니아만덤에 가서 교육보건부 장관 마티바 각하와 약속을 잡을
생각이었다. 마티바는 정부에서 유일하게 같은 부족의 사람이었

다. 돈을 안전하게 은행에 예치할 수 있도록 도움을 요청할 계획이었다. 마티바 각하가 도와주기만 한다면, 일이백만 프랑쎄파 (FCFA) 정도는 쓸 용의가 있었다. 지금까지는 정치인들과 사적인 친분을 거의 쌓지 못했다. 마티바 장관은 그 딱딱한 껍질을 깨 줄 것이다. 프로스페르는 정치에 대해 아는 것이 거의 없었다. 독립 운동 과정에서 전개된 게릴라 투쟁이 특정 정치인들의 비타협적 태도에서 비롯되었으며, 이러한 북부 지역의 비타협적 투쟁 전략은 남부 지역의 평등주의 원칙과 적절한 조화를 이루지 못했다는 이야기를 들어 알고 있을 따름이었다. 뜻밖의 횡재가 아니었다면, 프로스페르가 정치인들과 함께 일을 도모하는 경우는 없었을 것이다.

죽은 부모님들의 명복을 빌기 위해 무덤이 있는 민카를 방문한 지 정확하게 한 달 반이 지났다. 그때 프로스페르는 셍을 만나 처방약을 받고 그의 예언에 다시 한 번 감사의 인사를 드렸다. 셍은 선물을 가져온 프로스페르를 보고 매우 기뻐했다. 그는 이틀 동안 머물며 셍과 즐거운 시간을 보냈다. 이번에도 자신의 정체를 밝히지 않았다. 그럴 필요를 느끼지 못했기 때문이었다. 모든 일은 원하는 방향으로 잘 진행되었다. 프로스페르에게는 그것만이 중요했다. 그는 사소한 거짓말 때문에 셍이 처방한 약의 효능이 떨어진다고 생각하지 않았다.

사람들은 종종 이성의 목소리를 외면하곤 한다. 특히 상황이 좋다고 생각할 때는 말이다. 하지만 상황이 항상 좋을 수만은 없다. 사람들은 사건이 벌어지고 난 후에야 비로소 후회하곤 한다. "그것을 미리 알았더라면……."

마지막 날 부모님이 살던 집에 가 보았다. 건물들은 허물어졌고 두터운 수풀이 뒤덮여 있었다. 부모님의 산소를 찾기 어려웠다. 무덤은 여러 해 동안 방치되었다. 하지만 아버지와 어머니의 산소는 여전히 서로 붙어 있었다. 그는 무덤 곁에 앉아 부모님들의 명복을 빌었다. 미리 준비한 야자 술과 흰 수탉으로 제사를 지냈다. 관례대로 묘비 위에서 수탉의 목을 베었다. 그리고 수탉의 신선한 피 위에 술을 부었다.

일반적으로 제사는 점쟁이들 앞에서 지낸다. 하지만 셍을 초대할 수는 없었다. 그에게 거짓말을 했기 때문이다. 준비한 제물에 대한 부모님들의 반응을 확인해 줄 무당(점쟁이)이 없는 제사였다. 그는 스스로 추측해 볼 수밖에 없었다. 당연히 자신에게 유리하게 생각했다. 돌아가신 부모님들의 영혼이 자신의 모든 행동과 함께 하기를 기원했다. 이를 정당화하기 위해 힘들었던 유년시절을 떠올렸다. 하지만 아직까지 자신의 앞날에 대한 예언을 듣지 못했다. 프로스페르는 그 문제에 대해 그리 심각하게 생각하지 않았다. 상황이 좋은 한 문제될 것이 없었다. 혹 발생할 수도 있는 문제는 미리미리 예방하면 될 것이다. 이러한 방책을 가지고 사왕으로 돌아갈 것이다.

사왕으로 출발하기 직전 마지막 인사를 하기 위해 셍을 찾아 갔다. 셍은 '프로스페르'가 자신을 찾아오지 않은 것에 대한 불만을 토로했다.

"자네 친구는 화염 속으로 뛰어드는 나방처럼 어리석기 그지 없네." 그는 여전히 프로스페르를 디외도네라 여기며 말했다. "지난번 자네에게 말했네. 빨리 나를 찾아오라고 말이야. 자네는 말했지만 그가 나의 충고를 무시했구먼. 그렇지 않은가? 불에 타버린 고집불통의 아이가 누구를 원망하겠나? 나는 앞으로 살날이 얼마 남지 않았네. 내가 죽은 후에 찾아오면 아무 소용이 없네. 대답을 할 수가 없어. 저승에서 그의 부모를 만나면 '당신들의 아들이 지혜의 목소리를 거부했다.'고 말할 수밖에 없네. 그들이 나의 말을 비난하지는 못할 거네. 세상의 악으로부터 아들을 구하기 위해 얼마나 노력했는지를 잘 알고 있기 때문이네. 그는 고향과 같은 시골 마을을 지긋지긋하다고 생각할 수 있어. 하지만 이는 큰 오산이네. 모든 사람, 심지어 우리나라에서 가장 큰 사람 즉, 대통령 같은 사람도 자신의 뿌리를 필요로 한다네. 마지막으로, 진짜 마지막으로, 한 번 더 호의를 베풀겠네. 프로스페르에게 너무 늦기 전에 서둘러 오라고 하게."

"여전히 여자에 관한 일 때문입니까?" '디외도네'는 가슴이 쿵쾅거리는 것을 애써 숨기며 물었다.

"그렇다네. 더 나빠지고 있네. 즉시 나를 보러 오라고 말해 주게." 셍은 어젯밤 꿈에 나타난 계시에 대해서는 말하지 않았다. 저승에서 나타난 프로스페르의 어머니와 아버지가 무수한 불평을 쏟아냈다. 아들이 자신들을 버렸다는 것이다. 무덤과 집이 잡초로 뒤덮였다고 화를 냈다. 또한 도시적 삶에 빠진 아들에 대해 불평을 늘어놓았다. 프로스페르의 삶의 방식은 가문을 위태롭게 한다는 것이었다. 셍이 아들에게 도시의 부도덕한 삶에 대해 충고하지 않는다면 가문이 사라질 위기에 처했다는 것이다. 하지만 이는 프로스페르 가족의 내밀한 문제였다. 셍은 디외도네에게 이러한 속사정을 굳이 말할 필요가 없다고 생각했다.

프로스페르에 대한 셍의 걱정을 알아내기 힘들다는 사실을 깨달았을 때, '디외도네'는 예전처럼 불안감을 무시하기로 했다. 셍의 말대로 여자가 자신을 위협한다면, 앞으로 더 조심하면 될 것이다. '더 나빠지고 있다.'는 셍의 말이 무엇을 의미하는지 알 수는 없지만, 그는 그 말에 더 이상 신경 쓰지 않기로 했다. 이미 무덤에 한 발을 걸친 노인이 조상들을 만나러 가기 전 손주들에게 몇 푼의 돈을 남기려고 하는 것일지도 모른다. 아무튼 경찰, 가스통 씨, 혹은 다른 어떤 사람이 죽은 마마웨즈 사기꾼들과 자신을 연결시켜 생각하지 못한다면 별 문제 없을 것이다. 심지어 죽어 가는 점쟁이의 불길한 예언마저도 말이다.

사왕에서의 마지막 달은 이사를 준비하면서 분주하게 보냈다. 친구들에게 니아만덤으로 떠나는 이유를 설명하느라 바빴다. 삼촌으로부터 조그마한 사업을 함께 해 보자는 제의를 받았다는 거짓말은 모든 사람들에게 잘 먹히는 것 같았다. 특히 사업 중단을 진지하게 고려하고 있는 사장은 그의 이주를 기꺼이 받아들였다. 몇 명의 친한 친구들은 한 번도 들어본 적 없는 미스터리한 삼촌의 출현에 놀라기도 했다. 하지만 충분히 납득할 수 있는 일이었다. 도시에 사는 사람들은 자신과 관련된 구체적 이야기를 좀처럼 하지 않았기 때문이다.

그의 결정에 누구보다 기뻐한 사람은 마마 로사였다. 그녀가 그가 살던 집을 사 주었다. 맥주 가게로 개조하겠다고 했다. 올드-벨리의 매춘부를 대여섯 명쯤 고용하여 엄격한 관리하에 영업을 할 작정이었다. 그들은 맥주와 위스키를 판매할 것이다. 하지만 야자나무 술은 팔지 않을 것이다. 현대적인 방식으로 닭을 튀길 것이다. 그녀의 주특기인 생선 요리와 *카사바* 스틱은 계속해서 제공할 것이다. 프로스페르는 그녀의 뛰어난 사업 감각에 감탄했다. 마마 로사의 남편이 살아 있었을 때 그들 부부가 함께 오르던 인생의 고개들을 떠올려 보았다.

마마 로사는 마지막 인사를 위해 불쑥 찾아온 프로스페르에게 다섯 개의 버섯 튀김을 건넸다. 지금 눈앞에서 먹어치우라고 했다. 따뜻하고 신선했다. 프로스페르는 고마움의 표시로 약간의 돈을 지불하려고 했으나, 그녀가 불쾌하게 생각해서 그만두었다. "요 버릇없는 녀석아! 돈이 다가 아니야!" 그녀가 못마땅하다는 듯히 고개를 저으며 말했다. 어머니 같은 목소리였다. "장-피에르의 아버지를 살릴 수만 있다면 내가 번 돈 모두를 쓸 수도 있어. 하지만 그것이 가능할까?" 그녀는 갑자기 죽은 남편이 생각났다. 은행에서 돈을 찾아오던 남편은 집까지 따라온 무장 강도들에 의해 살해되었다.

프로스페르는 그녀가 안쓰러웠다. 그녀가 남편을 사랑한다는 사실은 알고 있었지만 이 정도일지는 몰랐다. 그녀는 남편이 살해될 때 무장 강도들(마녀들)의 행위를 방조했다는 비난을 받았다. 이러한 그녀가 어떻게 그토록 남편을 사랑할 수 있을까? "잔인한 루머다!" 그는 독백했다. "이 도시는 비열한 소문이 들끓는 사악한 곳이다!" 그는 이러한 사왕을 떠나게 된 사실에 대해 안도감을 느꼈다.

"항상 몸조심 하거라." 마마 로사가 말했다. 그는 고개를 끄덕였다. 걱정하는 마음은 이해하지만 매번 이렇게 어머니처럼 구는 태도는 거슬렸다. "삼촌과 시작하려는 사업이 잘 되었으면 좋겠구나." 마치 아들 장-피에르에게 말하듯이 덧붙였다. 마마 로사는 프로스페르를 자신의 십대 아들보다도 어리게 취급했다. "사람 위에 돈이 있는 것이 아니다. 알겠니?" 프로스페르는 두 번째로 고개를 끄덕였다. 그리고 서둘러 자리를 떴다. 마티바 각하를 만나기 위해 니아만덤로 떠나야 했기 때문이다.

도로 사정이 좋지 않아 길고 피곤한 여정이 예상되었다. 하지만 어떤 차로 운전하느냐에 따라 사정이 달라질 수 있다. 은퇴한 프랑스 부부는 5년 동안 차를 잘 관리한 것 같았다. 출퇴근용으로 사용된 차였다. 주행거리도 얼마 되지 않았다. 차를 산 지 일주일도 안 되어 프로스페르는 도요타 코로나를 매우 좋아하게 되었다.

니아만덤으로 운전해 가면서 지금까지 한 번도 쉬지 않았다. 심지어 물도 사 먹지 않았다. 하지만 전처 로즈가 살았던 포망은 그냥 지나칠 수 없었다. 이혼한 지 거의 3년이 되었다. 그동안 그녀와 한 번도 연락하지 않았다. 이혼 후 서로 연락하며 지내는 것이 나쁠 것은 없지 않은가? 그는 로즈를 찾는 것이 나약함의 표시라는 생각을 떨쳐 버리려 노력했다. 프로스페르는 고속도로에 차를 주차하고 마을로 통하는 구불구불하고 좁은 길로 들어섰다.

마이클과 이베트, 로즈의 부모들은 고속도로 가장 인근의 집에서 살았다. 세 채의 이동식 건물로 구성된 그들의 집은 마을의 입구에 위치해 있었다. 마을을 오고가는 사람들은 누구나 그들의 집을 지나가야 했다. 여행자들은 도움을 청하기 위해 찾아오곤 했다. 이러한 이유로 인해 이 집 사람들은 마을 사람들이나 낯선 여행자들에게 다 같이 유명해졌다. 프로스페르는 결혼하기 이 년 전 로즈를 처음 만났다. 그때 그는 이방인이었다. 이혼했음에도 불구하고 첫 만남에 대한 기억은 여전히 환상적으로 남아 있었다. 그는 자신을 *반란군**, 즉 움**의 지지자(Um's supporter)로 오해한 정부군을 피해 이 집으로 들어왔다. 지금은 진정되었지만 혁명의 초기에는 모든 남부 사람들이 움이즘(Umism)의 지지자로 의심받았다. 움이즘의 창시자는 프랑스로부터의 상징적인 독립보다 더 큰 요구, 즉 완전한 독립을 추구했다는 이유로 암살당했다. 그는 다 자란 아이를 입양해서 키운다는 생각(상징적인 독립)을 참지 못하는 부모로 널리 알려졌다. 신생아를 낳아 처음부터 새롭게 키워야 한다는 주장이었다.

집이 점점 가까워졌다. 가슴이 뛰었다. 말로 표현할 수 없는 두려운 예감이 한 차례 스쳐 지나갔다. 정신을 바짝 차리고 걸음을 빨리했다. 로즈는 이제 한 조각의 이미지로 남아 있다. 그녀가 마음을 바꾼 후 얼마나 보고 싶었던가. 이혼 후 그녀의 소식을 얼마나 듣고 싶었던가. 그녀가 자신을 보고 싶어 하지 않을 수도 있다는 생각에 가슴이 울렁거렸다. 그의 마음은 3년 전으로 달려가고 있었다. 그때 그녀는 화해의 제안을 거절하고 그를 만나 주지도 않았다. 시간이 그녀의 증오를 삼켜 버렸기를 간절히 바랐다. 폭우가 쏟아져 범람한 강도 비가 잦아들면 다시 원래의 겸손한 모습으로 돌아가기 마련이다.

---

* 제2차 세계대전 때 활동했던 프랑스의 게릴라 부대.
** 카메룬의 즉각적인 독립과 영국령 카메룬과의 연합을 주장한 카메룬인민연맹(UPC)의 지도자.

"상황이 어떻더라도 상관없어." 그는 구겨진 손수건으로 얼굴을 닦으며 스스로에게 다짐했다. "더 이상 내가 여자들로부터 욕이나 얻어먹는 그런 사람이 아니란 걸 그녀도 알아야 해!" 그는 큰 소리로 외쳤다. 마당에서 축구를 하고 있던 마틴의 쌍둥이 아들들이 놀라 돌아보았다. 그들은 프로스페르를 알아보고 할머니 이베트에게 달려갔다. 마틴, 즉 로즈의 오빠는 육 년 전 상가나 강에서 낚시를 하다가 악어에게 물려 죽었다. 소문에 따르면, 그가 인어와의 약속을 어겼다는 말이 있다. 그가 너무 욕심을 부렸다는 것이다. 그의 죽음과 관련해서 마을에서 떠도는 다른 이야기도 있다. 이에 따르면 고기잡이로 부자가 되려는 그의 야망이 너무 커서 죽었다는 것이다. 자신의 자식을 제물로 바치기로 약속하고 이를 어겼기 때문에 인어가 화가 나서 죽였다는 것이다.

잠시 후 이베트가 문 앞으로 나왔다. "무슨 일로 왔는가?" 그녀가 놀라서 물었다. "우리를 보기 위해 왔다고는 하지 말게. 3년 만이 아닌가!" 그녀는 프로스페르를 안으로 들이며 덧붙였다.

그는 들어가서 의자에 앉았다.

"그래, 자네의 목적지가 여기는 아닐 텐데, 어디로 가는 길이었는가?" 늘 그래 왔던 대로 그녀의 목소리는 상냥했다. 이베트는 쉰다섯 살이지만 여전히 아름다움을 간직하고 있었다. 지금은 예순두 살이 되어 쭈글쭈글해진 남편을, 한때 마을 모든 남성들이 부러워하는 대상으로 만들었던 외모였다. 그녀의 아름다움은 딸에게로 전수되었다. 이후 남편은 자신들의 걸작품인 딸을 가꾸기 위해 정력을 쏟았다.

"니아만덤으로 가는 길입니다만……."

"로즈를 보기 위해 들렀다?" 이베트는 말을 잘랐다. 그녀의 표정이 어두워졌다. 로즈란 이름이 고통스런 기억을 불러왔기 때문이다.

프로스페르는 그녀의 갑작스런 표정 변화에 주목하면서 고개를 끄덕였다. 뭔가 문제가 있는 것이 분명했다. "예, 로즈를 보기 위해." 약간 떨리는 목소리로 그가 대답했다.

"마음 써 줘서 고맙네." 그녀가 야자나무 술이 담긴 작은 조롱박을 내밀며 말했다. 그는 공손하게 거절했다. "나는 항상 자네가 우리 딸의 천생연분이라 생각했는데……." 그녀가 한숨을 쉬었다. "인생은 바다와 같이 크고 복잡하네. 그래서 우리가 던진 그물에 무엇이 딸려 올지는 아무도 알 수 없는 것이네." 그녀가 다시 한숨을 쉬었다. 그녀의 생각은 처음에는 마틴에게, 다음에는 로즈로, 그리고 결국에는 아들의 비극적인 죽음에도 불구하고 그 나이에 고기를 잡으러 나간 마이클에게로 흘렀다. 마이클은 자신이 포망의 전설적인 고기잡이 가문, 즉 고기 잡는 기술을 타고난 핏줄의 후예라고 자랑했다.

"그런데, 그녀는 어디로 갔습니까?" 프로스페르는 장모님이 아직까지 자신을 좋게 생각하고 있다는 사실을 알고 있었기에 아첨하는 투로 물었다. 그는 공손함이 그녀의 장점이라는 것을 알았다.

"그걸 누가 알겠는가." 그녀는 무관심한 척 말했다. "3년 전 자네와 함께 도시로 되돌아가기를 거부한 후, 그 군인과 도망을 쳤다네. 누가 그들의 소식을 알겠나? 우리는 매일매일 오고가는 여행객들에게 그들의 소식을 수소문했다네. 하지만 요사이에는 그 희망도 버렸네. 로즈의 아버지와 나는 딸이 죽은 셈치고 잊어야 할지, 아니면 집으로 돌아올 것이라는 거짓된 희망을 품고 계속 기도해야 할지 잘 모르겠네." 그녀는 눈물을 터뜨렸다.

프로스페르는 진심으로 그녀를 위로했다. 그는 크게 실망했다. 이베트가 부분적으로나마 지난 일에 대한 책임을 자신에게 돌린 것 때문만이 아니었다. 로즈가 거기에 없었기 때문이었다. 그는 정말 로즈가 보고 싶었다. 그녀의 손을 꼭 잡고 자신이 하고자 하는 일을 말하고 싶었다. 그녀 없이도 잘 살고 있다는 것을 보여 주고 싶었다. 지금 그녀를 볼 수 없다는 사실에 너무나 마음이 아팠다. 다시는 그녀를 볼 수 없을 것이다. 전처의 소식을 잃어버린 안타까운 순간이다. 로즈가 보다 적절하게 행동했으면 부자가 될 수도 있었다는 사실을 깨닫고 자책하는 모습을 상상하면서 즐거워하곤 했었다.

"그가 신부 가격을 지불했나요?" 달리 할 말이 없어 그가 물었다.

"아니." 이베트가 눈물을 흘리며 말했다. "남편이 엄청 화가

난 것도 이 때문이네. 그는 그놈을 절대 용서하지 않을 거네."

"물론 그러시겠지요." 프로스페르가 맞장구를 쳤다. "신부 가격 때문에 당신의 그 쓰레기 같은 놈이 도망간 것이지요. 돈이 없었거나 아니면 그냥 지불하기 싫었겠지요." 아이러니하게도 '당신의'라는 단어에 강세가 주어졌다.

상처를 주려는 의도였다. 하지만 이베트는 그의 의도를 파악하지 못했다. "그렇다면 그가 우리 딸에게 원하는 것이 무엇이란 말인가?" 그녀가 화가 나서 물었다.

"도대체 당신의 딸은 그놈과 무엇을 하고 있단 말입니까? 로즈에게 물어 보셨습니까? 스스로가 몸값을 요구하지 않는데, 어떤 남자가 여자를 위해 지참금을 지불하겠습니까?"

이베트는 프로스페르의 신랄한 어조가 거슬렸지만 화를 내지는 않았다. "그렇다네. 로즈가 우리를 크게 실망시켰네." 그녀는 화를 내는 대신 그의 말에 동조했다. "로즈가 우리에게 악감정을 품고 낯선 자와 공모했다고는 생각하지 않네." 그녀는 애통해했다. "오늘날 출산이 어머니로서의 의무의 끝인지, 아니면 그것의 시작인지 말하기는 어렵네." 그녀는 손등으로 눈물을 닦으며 음식이 올려진 난롯불을 뒤적였다. 주변으로 재가 날렸다. 그 재의 일부가 검고 고불고불한 프로스페르의 머리카락에 앉았다. 프로스페르는 조금 짜증이 났다. "뭐 좀 먹고 가겠나?" 그녀가 그의 짜증을 알아채지 못하고 물었다. "봉고 오조비*네." 그녀가 말했다. "아직도 이 음식을 좋아하나? 아니면 로즈와 함께 이 요리에 대한 애정도 날아가 버렸나?"

프로스페르는 냉소적인 미소를 지었다. 봉고 오조비는 3년 전 로즈가 그의 아내일 때 가장 좋아하던 음식이었다. 이혼 후부터는 별로였다. 하지만 그는 최대한 공손하게 대답했다. "고맙습니다. 어머님. 그러고 싶지만 곧 가야합니다. 사무실이 문 닫기 전에 니아만덤에 가야 합니다." 그는 사과하는 투로 말했다.

이베트는 음식에 대해 아무 말도 하지 않는 프로스페르를 이해할 수 없었다. 그녀는 호기심 어린 눈빛으로 그를 바라보았다. "거기는 무슨 일로 가는가?"

"사업이요." 프로스페르는 시계를 보며 퉁명스럽게 대답했다.

"얼마나 오래 머무를 생각인가?"

"꽤 오랫동안이요."

"만일 그 망할 놈의 군인을 만나면 우리에게 즉시 알려 주게. 남편도 같이 있었으면 좋았을 텐데."

"로즈를 보면 말해드리지요. 하지만 군인은 모르겠습니다. 제가 그 놈의 얼굴을 기억하지 못할 것 같습니다." 프로스페르는 최대한 냉담하게 말하며 일어섰다. "눈을 크게 뜨고 살펴보겠습

---

* 아프리카 영양으로 요리한 전통 음식의 하나.

니다. 하지만 저라면 딸이 없는 셈치겠습니다."

이베트는 그의 냉담함이 미웠다. 그녀는 이 얼간이가 자신의 실수를 통해 교훈을 얻을 것이라 생각하지 않았다. 다른 사람의 감정을 상하게 하는 것은 올바르지 못한 행동이다. 더욱 좋지 못한 것은 자신이 무슨 짓을 했는지조차 깨닫지 못하는 것이다. 이것이야말로 이 핸섬한 젊은이에게 격렬한 혐오가 생기는 이유였다. 하지만 더 이상 친분도 없는 사람과 논쟁할 기분이 아니었다. 그와 딸을 묶어 준 결혼이라는 끈은 인정사정없는 두통과 불면을 촉발시키며 이미 그 자체로 느슨해졌다.

화가 난 표정으로 그녀가 말했다. "젊은 양반! 다 아는 것처럼 말하지 말게! 딸과 인연을 끊는 것이 그리 쉬운 일인 줄 아나? 자네도 아이를 가져 보게. 피가 물보다 진하다는 걸 알게 될 걸세. 더 이상 할 말이 없네." 그녀는 음식에 온 신경을 집중했다. 신경질적으로 난롯불을 뒤적였다. 그만큼 재도 많이 날렸다.

프로스페르는 이베트의 마지막 말에 마음이 상해 작별의 인사도 없이 집을 나왔다. 머리는 재로 뒤덮었다. 그는 차로 가서 시동을 걸고 출발했다. 마음은 마티바 장관에게로 달려가고 있었다.

10

니아만덤은 낯선 도시였다. 공무원과의 거래도 처음이었다. 말 그대로 초보자였다. 하지만 곧 익숙해질 것이다. 마티바 각하와 만나기는 쉽지 않았다. 시간과 돈이 많이 들었다. 프로스페르는 장관을 향한 여러 겹의 장애물을 순차적으로 통과했다. 처음 이틀 동안은 부서의 장 몇몇을 만났다. 그들 모두는 장관을 만나기가 얼마나 어려운지를 실감나게 해 주었다. 하지만 그들은 이러한 어려움을 극복할 수 있는 방법을 알려 주었다. 그들은 돈을 요구했다. 프로스페르는 돈을 주었다. 하지만 약속된 편의가 지켜지지 않기 일쑤였다. 간절하게 원하면 원할수록 더 얻기 어려운 그 무엇처럼 여겨졌다. 프로스페르는 건물 출입구 반대편에 걸린 게시판의 굵은 글자를 읽지 못했다. 정부의 각료가 근무하는 층을 알려 주는 게시판이었다. 삼 일째 되는 날까지 만나는 사람들이 그가 글을 잘 읽지 못한다는 사실을 이용해 농간을 부린다는 사실을 깨닫지 못했다. 셋째 날, 프로스페르는 반(半) 문맹인 한 청소부를 만났다. 청소부는 누군가가 프로스페르에게 장관이 부재하는 이유를 설명하는 말을 우연히 듣게 되었다. 그 말을 들은 청소부는 프로스페르를 10층으로 데려가 주었다.

"나는 당신에게 장관을 쉽게 만날 수 있다고 말하지 않을 겁니다." 청소부가 말했다. "사실, 우리와 같은 시민들보다 밈보랜드에서 장사하는 그리스인 혹은 레바논 사람들이 장관을 보기가 쉬울 것입니다." 그는 그리스 혹은 레바논 상인에 대한 자신의 암시, 즉 식민주의 시기와 식민 이후 기간 동안 코코아 거래에 대한 이들의 악명 높은 사기에 대해 프로스페르가 이해할 수 있도록 잠깐 뜸을 들였다. 그는 잠시 후 계속 말을 이어 갔다. "하지만 나는 형제들이 우리들의 눈을 가리고 앞을 보지 못하게 하는 이런 상황을 좋아하지 않습니다. 장관과 그의 하수인들이 10층에 있다는 것을 말해 주는 사람에게 뇌물을 줘야 하는 게 말이 됩니까?" 그가 과장된 표현으로 물었다. "나는 그런 행동에 강하게 반대합니다."

청소부는 40대로 보였다. 하지만 실제 나이는 더 어릴 것이다. 프로스페르는 삶의 고난이 사람의 외모를 손상시킨다는 사실을 잘 알고 있었다. 그는 청소부의 모습에 감동을 받아, 사례로 5백 프랑을 주었다. 그날 오후는 너무 늦어 장관을 만날 수 없었다. 하지만 최소한 다음날 일찍 어디로 가야 하는지는 알게 되었다. 그는 호텔로 돌아왔다. 사람들의 주목을 끌지 않기 위해 호텔은 벨리-조이의 판자촌 지역에 잡았다. 도둑들조차 어슬렁거리지 않는 지역이었다.

다음날 프로스페르는 교육보건부 건물에 첫 번째로 도착했다. 공무원들은 대부분 늦게 출근했다. 프로스페르는 이미 몇 번의 방문을 통해 많은 것을 알고 있었다. 공무원들은 너무 불친절했다. 나태함과 잦은 결근, 부정부패와 기회주의 등이 만연했다. 그는 이러한 공무원들의 희생양이었다. 그들은 술 냄새를 풍기며 사무실에 출근했다. 뇌물과 사례품들을 꼼꼼히 챙겨 술을 마시러 퇴근했다. 처음부터 끝까지 공무에는 관심이 없었다. 제대로 되는 일이 하나도 없었다. 월급이 보잘 것 없었기 때문에 비리와 뇌물로 보충할 필요가 있었다. 그러니 누가 나라를 걱정하겠는가? 국가는 누구의 아버지이고 누구의 농장인가? 그는 공무원들의 강압적인 태도에 질렸다. 이로 인한 쓰라린 경험 때문에 또다시 질렸다. 공무원들은 공손하지 않았다. 때문에 그들에 대한 미움은 더욱 커졌다. 장관만 만나고 나면 다시는 그들을 보지 않을 것이다. 그는 국가를 위해 자신의 삶을 바치는 공무원들을 늘 존경해 왔다. 지금 그들에 대한 믿음이 사라졌다. 공무원들은 문맹인 사람보다 더 무식하게 행동했다.

프로스페르는 출입문이 열리자마자 건물 안으로 들어가 청소부가 말해 준 승강기를 탔다. 문제가 있어 무슨 일이 일어날지 모르는 승강기였다. 이 승강기에 8시간 동안 갇혀 있었던 장관은 그날부터 승강기를 이용하지 않았다고 했다. "그 운명적인 날 죽지 않았기 때문에 장관은 앞으로 장수할 수 있을 겁니다." 청소부가 말했었다. 아직 말하지는 않았지만, 이번 일만 잘 되면 그에게 청소 일을 그만두고 자신과 함께 일하자고 제안할 작정이다. 자신에게 친절한 사람이었기 때문이다. 청소부는 매우 기뻐할 것이다.

엘리베이터가 10층에 도착하는 데 20분이나 걸렸다. 프로스페르는 엘리베이터에서 내려 안도의 한숨을 쉬었다. 승강기를 타고 있는 내내 불안해서 죽을 지경이었다. 그는 복도를 따라 걷다가 왼쪽 모퉁이로 돌았다. 이제 완전무장을 한 두 명의 경찰관이 나타날 것이다. 하지만 그들은 없었다. 무슨 일인지 궁금했다. 아직 출근하지 않았나? 이렇게 늦어도 되나? 장관이 외출 중인가? 억장이 무너졌다. 장관을 만날 수 있다는 희망이 갑자기 절망으로 바뀌었다. 아무튼, 장관이 없으므로 경찰관, 즉 그의 보디가드도 없는 것이리라. 하지만 프로스페르는 가느다란 희망의 끈을 놓지 않고 비서실 문을 두드렸다.

"들어오세요!" 한 여성이 건성으로 대답했다.

프로스페르는 문을 열고 안으로 들어갔다. 스무 살 정도의 젊은 여성이 그를 맞이했다. 그녀는 세련된 서구식 복장을 하고 온갖 문서와 서류들로 뒤덮인 테이블 뒤에 편안한 자세로 앉아 있었다.

"무슨 일로 오셨습니까?" 핸드백에서 무언가를 찾으며 물었다. 프로스페르는 거울이나 빗을 찾는 거라고 짐작했다. 찾는 것을 발견하지 못하자 그녀는 한숨을 쉬며 핸드백을 닫고 신경질적으로 서랍 속에 다시 쑤셔 넣었다. 그러고 나서 왼쪽 뺨에 난 뾰루지를 손가락으로 유심히 살폈다.

프로스페르는 그녀가 자신의 방문을 귀찮아하고 있다는 것을 느낄 수 있었다. '뾰루지에도 불구하고 아름다운 여성이군.' 그는 갑작스런 발기에 다소 불편함을 느끼며 마음속으로 되뇌었다. 그는 왼손으로 자신의 성기를 안정시키려 노력하는 한편, 이 젊은 여성이 자신에게 일어난 일을 눈치채지 못하도록 서류가방으로 그곳을 가렸다. 발기 뒤에는 무엇이 있는가? 욕정 혹은 사랑? 프로스페르는 공개적인 자리에서 생식기가 제멋대로 발기하는 이러한 당황스러운 순간이 못마땅했다. 섹스만 밝히는 바보로 보일 것이다.

하지만 젊은 여성은 자신의 뾰루지에만 집중하고 있었다. 뾰루지의 크기를 볼 수 있는 거울을 찾지 못한 사실에 짜증이 난 여자가 머리를 들고 처음으로 그를 쳐다보았다. "예?" 그녀가 물었다.

"장관님을 뵐 수 있을까요?"

"무슨 일로요? 당신은 누구십니까?"

프로스페르는 이 말에서 자신을 무시하고 깎아내리려는 의도를 감지했다. 하지만 이내 평정심을 유지했다. 어리석게 행동하다가는 자신의 부족 사람, 그것도 정치계의 거물인 마티바 각하를 영영 만날 수 없을 수도 있었다. 그때 좋은 생각이 떠올랐다.

"나는 민카 출신의 바상입니다." 그는 자신의 속임수에 만족하며 바상어로 말했다.

마티바는 바상 지역에서 잘 알려진 인물이다. 그 지역의 아들로는 유일하게 고위직에 올랐다. 너무나 많은 것을 요구해서 죽지 않았다면, 움도 성공했을 것이다. 그가 살아있었다면 말 그대로 진정한 지도자가 되었을 것이다. 그는 항상 가난하고 보잘것없는 민카와 바상 지역 민중들을 대변했다. 프로스페르도 한때 움의 추종자였지만, 그의 사상을 사수하기 위해 입대하지는 않았다. 어쩐지 모든 일이 자신과 동떨어진 곳에서 벌어진 것같이 느껴졌다.

마티바는 움의 혁명을 상속받아 영속시킨 사람 중 하나였다. 하지만 살아남기 위해 혁명의 선배들이 거부했던 정부의 주요 구성원이 되었다. 어떤 사람은 그가 혁명을 배신했다고 속닥였고, 다른 이들은 그가 실용적 노선을 채택했다고 말했다. 하지만 프로스페르는 그러한 진지한 추론들엔 관심이 없었다. 그들은 자신과 상관없는 세상의 사람들이었다. 지금 그가 원하는 것은 같은 부족 사람이며 특정 부서의 수장인 마티바로부터 도움을 얻는 것뿐이었다. 그 이상도 이하도 아니다. 과연 도움을 받을 수 있을까? 더 이상 무슨 말을 할 수 있단 말인가? 사왕에서라면 별 문제 없을 것이다. 하지만 지금 여기는 니아만덤이다. 그는 이 나라에서 불가능한 일을 가능하게 하기 위해서는 그 어떠한 것도 감수해야 한다는 사실을 소중하게 배워 가고 있는 중이다. 밈보랜드 사람들은 "밈보랜드에서 불가능한 것은 없다."라고 말하기를 좋아한다. 이 말은 부정적이든 긍정적이든 양자 모두의 의미에서 실제적으로 여러 번 입증되었다. 공무원들의 망토 안에서 이 모든 공모자들이 지금까지 한 일은 프로스페르의 낙관론을 짓밟는 것이었다.

그의 전략은 먹혀들지 않았다. "뭐라고요?" 젊은 여성은 무시하는 척했다. "무슨 말인지 모르겠습니다. 여기는 바상랜드가 아니라 정부의 공식 사무실입니다. 프랑스어로 말해 주세요." 그녀는 위압적으로 말했다.

프로스페르는 실망했다. 그는 진지한 어투로 말했다. "죄송합니다." 그는 사과했다. "당신이 바상을 알 거라고 생각했어요. 죄송합니다. 어린 양들은 무리의 일원일 때 안도감을 느끼지요."

"무슨 일로 장관을 찾아 왔는지 물었습니다. 그리고 누구신지도요. 말하기 싫으시다면 방해하지 말고 나가시지요. 할 일이 많아서요." 참을성 없는 목소리였다. 동시에 그녀는 뺨의 뾰루지로 관심을 돌려 다시 그곳을 손가락으로 문지르기 시작했다. 그녀는 매우 바빴다. 오직 프로스페르처럼 눈치 없는 사람만이 그 사실에 의문을 품을 것이다.

다른 생각이 떠올랐다. 이번에는 다소 자신이 없었다. 하지만 다른 방도가 없었다. 그는 한 뭉치의 빳빳한 지폐를 꺼내 빠르게 휙휙 넘겼다. 지폐 넘어가는 소리가 무례한 젊은 여성의 관심을 끌었다. 장관을 만나는 데 필요한 조언을 얻기 위한 행동이 만족스러운 효과를 내자, 그는 양복 재킷의 안주머니에 돈을 다시 넣었다. "오늘은 충분한 돈을 가져오지 못했네요." 그는 독백하듯이 웃으며 말했다.

누가 지갑의 힘이면 모든 일이 해결된다고 말했던가? 젊은 여성의 태도는 즉각적으로 변했다. 극적이었다. 그녀는 자리에서 벌떡 일어나 그에게 다가오며 말했다. "죄송합니다, 선생님. 자리에 앉으십시오. 설명해드리겠습니다." 프로스페르가 의자에 앉자 그녀도 자리로 돌아갔다. 여전히 미안해하는 모습이었다. "많은 사기꾼들이 여기로 와서 장관님을 뵙자고 합니다. 그들은 장관님이 모든 사람을 상대하기 위해 거기에 있다고 생각합니다. 그러나 그것은 사실이 아닙니다." 그녀는 자신을 방어했다. "선생님도 잘 아시다시피 장관님은 사람들이 우습게 볼 그런 분이 아닙니다. 대중으로부터 그를 보호하는 것이 우리의 일입니다. 선생님이 이를 이해해 주셨으면 합니다." 마치 돈의 향기와 광채가 그녀의 무례함과 관료주의적 행동을 제거한 듯한 목소리였다.

프로스페르는 이해한다는 듯이 고개를 끄덕였다. 그는 장관이 보통사람이 아니란 사실을 누구보다 잘 알고 있었다. 장관을 공공의 하인이라 주장하는 사람들은 어리석은 자들이다. 주인에게 복종하지 않거나 주인을 부인하는 하인은 처벌받아 마땅하다. '하지만 과연 그런가?'

"선생님, 저는 제 업무를 한 것뿐입니다. 선생님을 알게 되어 기쁩니다." 돈이 사라진 그의 재킷을 응시하며 그녀가 말했다.

"신경 쓰지 마세요. 아가씨." 그가 말했다. "소란을 피울 생각은 없었습니다. 우리는 우리에게 주어진 일에 최선을 다 해야 합니다, 그렇죠? 우리에게 국가가 없다면 확실히 활력과 생명이 소진될 것입니다." 그는 이 게임에서 이제 노련한 사람의 목소리를 내기 시작했다. "그건 그렇고, 아까 핸드백에서 무엇인가를 찾고 있었던 것 같은데, 혹시 이것인가요?" 그는 오천 프랑짜리 지폐 두 장을 꺼내 그녀에게 건넸다. "도움이 되었으면 좋겠네요."

"감사합니다, 선생님. 정말 감사합니다. 장관님은 지금 출장 중입니다. 당 대표단의 일원으로 바상 지역에 갔습니다. 다음 주 금요일까지는 돌아오지 못합니다." 그녀가 설명했다. "선생님께서 원하시면, 월요일 오후에 첫 번째로 약속을 잡아 놓겠습니다. 약속 대기자가 많지만 제가 잘 처리하겠습니다. 서로 상부상조하는 것이 중요할 따름이지요. 선생님께서도 잘 아시다시피, 장관님은 매일 오후 4시 이전에는 방문객을 만나지 않습니다. 선생님의 성함과 방문 목적은 무엇입니까?"

프로스페르가 이름과 방문 목적을 말하려 할 때, 노크 소리가 들렸다.

"예, 누구세요?" 방해자를 무례하게 대하는 공무원의 목소리로 젊은 여성이 소리쳤다.

"나야. 마리-클레르." 여성의 목소리였다. "오 마리-루이스, 당신이야? 들어와."

문이 열리고 중년의 여성이 들어왔다. 보통 키, 평범한 외모에 안경을 썼다. 그녀는 커다란 여행 가방을 가지고 왔다. 그녀는 가방을 바닥에 내려놓고 마리-클레르와 키스를 교환했다. 피부색만 아니라면, 의복과 행실로 보아 영락없는 프랑스 사람이었다. 그는 유명 브랜드의 상품 카탈로그에서 간접적으로나마 프랑스 상품을 소개하는 모델들을 여러 번 보아 왔다.

"파리는 어땠어요?" 마리-클레르가 물었다. "이번에는 어떤 물건을 가지고 왔어요? 나는 멋진 옷을 갖고 싶어요. 정말로 멋진 옷. 최신 유행 패션은요? 당신이 저번에 보여 준 그 카탈로그에서 내가 찜했던 것은요? 그리고 신발은요? 그것들을 다 가져왔나요? 이탈리아제 말이에요. 그 세련된 예복과 이탈리아 신발을 가져오지 않았다면, 저와 샬롯트는 당신을 죽여 버릴 거예요. 빨리 보여 주세요. 보고 싶어 죽겠어요." 마리-클레르는 흥분되어 죽을 지경이었다. 그녀는 마치 진정한 패션의 선도자 같아 보였다.

프로스페르는 너무 놀라 입을 다물 수 없었다. 이렇게까지 옷에 열광하는 여자를 지금까지 한 번도 보지 못했다. 전처 로즈가 그렇게 수수한 취향을 가졌던 이유가 궁금해졌다. 그것은 로즈가 가난한 회사원의 아내라는 자신의 처지를 잘 알고 있었기 때문일 것이다. 니아만덤으로 오는 길에 잠시 들른 포망에서 그녀를 만나지 못한 것이 너무나 안타까웠다. 그들 사이의 관계가 다시 좋아질지 누가 알겠는가? 그녀가 지금 눈앞에 펼쳐진 이러한 화려한 패션의 세계로 들어오면 얼마나 좋을까?

"이것들은 당신과 여기저기의 고객들에게 보여 주기 위해 가져온 샘플에 불과해요." 마리-루이스는 여러 종류의 유럽산 의류와 신발이 가득 든 가방을 열며 설명했다. "살펴보고 마음에 드는 것을 골라 보세요. 그리고 나중에 전화하면 가져다 드릴게요."

마리-클레르는 마치 패션의 잡식동물같이 가방의 내용물로 달려들었다. "난 이것이 좋아요. 너무나 아름다워요. 지난 주 생일 파티에서 *장관의 뜨거운 연인* 데니즈가 입었던 바로 그 반바지예요. 이것을 얼마나 많이 가지고 왔어요? …… 알았어요. 저와 샬롯트가 여섯 개 모두를 살게요. 이것들은 너무 좋아요. 이 자주색 드레스 내 사이즈가 있나요? 디자인이 멋져요. 선생님, 귀엽지 않아요? 그 남자 있잖아요. 왜, 이름은 까먹었지만 그 배우와 함께 영화에 출연했던 미국 여배우가 입었던 것과 비슷해

요. …… 새로운 디자인이 맞죠? 이것도 살게요. 이 신발 신어 봐
도 돼요? …… 모두 합쳐 몇 켤레 가져 왔어요? …… 저는 검은색
바탕에 하얀 장미가 새겨져 있는 신발이 좋아요. 선생님, 어떻
게 생각해요, 멋지지 않아요? …… 저 붉은색 드레스도 살게요.
…… 스카치 재킷, 검은색 치마, 그리고 저것. …… 맞다, 저 오
렌지색 블라우스. 저것도 제가 찜했어요. 곧 돈을 가지고 찾으러
갈게요. 다른 것들은 은행 계좌를 체크해 보고 다시 보러 갈게
요. 18캐럿짜리 금 목걸이 두 개와 팔찌 세 개에 대한 돈은 미리
지불했어요. 알고 있죠? 그것들을 가져왔죠?"

　그녀가 여러 옷들과 액세서리를 둘러보고 있을 때 노크 소리
가 들렸다. 북부 밈보랜드의 같은 부서에서 일하는 한 신사가 들
어왔다. 그는 삼 개월치의 월급을 받지 못했다. 이 젊은 아빠가
생계의 어려움을 토로하기도 전에 마리-클레르는 무례한 어투로
밖에서 기다리라고 명령했다. 남자는 공손하게 밖으로 나갔다.
하지만 문이 닫히기도 전에 마리-클레르가 말했다. "장관님은 두
달 후에야 만날 수 있을 겁니다."

　"집에 불이 나 옷장을 홀랑 태워 먹은 사람처럼 마구잡이로 사
고 있군." 프로스페르는 혼잣말을 했다. "그녀가 쓰는 이 많은 돈
이 어디서 나오는지 궁금하군. 장관 비서의 월급으로는 어림도
없는 소비다." 그녀는 돈으로 젊음을 사는 한 추잡한 중년 남자
를 사귀고 있을 것이다. 며칠 전 라디오에서 들은 농담을 떠올리

며 프로스페르는 미소를 지었다.

그것은 돈 많은 중년 남자에 대한 이야기였다. 그는 아름다운 여인과 하룻밤을 보내기 위해 2만 프랑쎄파(FCFA)를 수표로 지급하기로 했다. 이 남자는 아내에게 들키는 것을 방지하기 위해 이 비용을 "아파트 임대비" 명목으로 처리하기로 했다. 하지만 곰곰이 생각해 보니 섹스 서비스가 썩 만족스럽지 못해 약속한 돈의 반만 지급하기로 결심했다. 그래서 그는 수표에 일만 프랑쎄파(FCFA)만 사인하고 아래와 같은 메모를 써서 여자에게 보냈다. "임대한 아파트가 기대한 만큼 만족스럽지 않아 합의한 금액을 다 보내지 않았습니다. 저는 아무도 사용하지 않은 아파트인 줄 알았습니다. 그리고 따뜻한 온기를 가진 편안하고 안락한 조그마한 아파트라고 생각했습니다. 하지만, 지난밤 저는 이 집이 이미 누군가에 의해 사용되었으며, 어떠한 온기도 지니지 않은 너무나도 큰 아파트였다는 사실을 알았습니다." 모욕감을 느낀 여인은 아래와 같은 메모와 함께 수표를 즉시 돌려보냈다. "선생님, 우선, 저는 어떻게 당신이 아무도 사용하지 않은 아파트를 기대할 수 있는지 이해할 수 없습니다. 온기와 관련해서는, 만일 당신이 난방 스위치를 켜는 방법을 알고 있었다면 따뜻함을 충분히 느낄 수 있었을 것입니다. 크기와 관련해서는, 그 아파트는 정말로 보통 사이즈였습니다. 하지만 아파트를 채우는 가구가 부실해서 집이 크다고 느끼셨다면, 제발 집주인을 탓하지 말아

주시기 바랍니다." 꼴좋다! 프로스페르는 이야기를 떠올리며 웃음을 터뜨렸다.

마리-루이스는 고객을 안심시켰다. "당신의 목걸이와 팔찌는 잘 가지고 왔습니다." 그녀가 말했다. "하지만 이 옷들, 그리고 신발들과 함께라면 돈이 꽤 많이 듭니다. 약 40만 정도 됩니다." 그녀는 자신의 고객에게 40만 프랑이 적지 않은 돈이라는 사실을 환기했다.

"돈은 걱정하지 마세요." 마리-클레르가 응답했다. "모든 것을 합산해서 알려 주세요." 그녀는 자신 있는 어투로 덧붙였다. "제가 언제 당신을 실망시킨 적이 있나요?"

마리-루이스는 그런 적이 없었다는 듯 고개를 좌우로 흔들었다. 맞다. 마리-클레르는 거래를 시작한 이래 단 한 번도 돈을 제대로 지급하지 않은 적이 없었다. 그녀는 고객들 중 마리-클레르를 가장 신뢰했다. 자신이 선택한 상품의 가격이 아무리 비싸도 항상 제때 돈을 지불하였기 때문이었다. 파리에서 가져온 새로운 카탈로그에서 마리-클레르는 자신의 환상을 사로잡는 제품을 찾곤 했다. 그녀는 특히 미국 영화배우들이나 다양한 분야 유명 인사들의 옷에 매료되었다. 마리-클레르는 그들의 이름은 기억하지 못했지만 그들의 패션 스타일만큼은 거의 모두 꿰고 있었다.

"우리는 천생연분인 것 같아요." 마리-루이스가 키들거렸다. "저 또한 당신을 한 번도 실망시키지 않았어요. 저는 파리의 최고급 양품점에서 최신, 최고의 유행제품을 당신에게 가져다주었어요. 제가 가지고 온 물건은 뒷골목 시장에서 헐값에 팔리는 그런 싸구려 모조품이 결코 아니에요. 저는 중국, 홍콩, 타이완에서 만든 물건을 취급하지 않아요. 늘 당신을 위해 세계 패션의 중심인 파리에서 명품을 가져왔어요. 그러므로 당신의 아름다움은 가짜가 아니에요. 제가 왜 가짜를 제공하겠습니까?"

마리-루이스는 내심 찔렸다. 자신의 말이 정확한 사실이 아니었기 때문이다. 그녀는 아직 '파리의 *최고급 양품점(HBP)*'과 거래할 수준이 아니었다. 밈보랜드에서 피에르 루루나 장-미셸 카나르 같은 세계 정상의 파리 디자이너들이 만든 옷을 누가 구입할 수 있겠는가? 비록 가난한 아프리카 출신의 이주자들이나 파리의 '노숙자들(SDF)'이 중고품이나 결함이 있는 옷을 고르기 위해 찾는 파리의 뒷골목 시장을 방문하지는 않았지만, 그렇다고 감히 '*세련된 스타일, 세련된 장르(BCBG)*'로 대변되는 도심의 고가 상점에서 쇼핑을 할 엄두를 내지도 못했다. 그녀는 파리의 중산층이 이용하는 상점에서 물건을 구입했다. 그녀는 항상 여름 세일 혹은 크리스마스 세일 기간에 파리를 방문했다. 이 바겐세일 기간 동안에는 중산층의 아프리카 사람들이 물건을 구매할 수 있을 정도로 가격이 저렴했다.

"알고 있어요." 마리-클레르가 동의했다. "바로 그것이 당신에게 물건을 구입하는 이유지요. 저는 진짜를 원해요. 저와 샬롯트는 자신의 사회적 지위를 순순히 받아들이지 않고 무리한 욕심을 부리는 그런 세속적인 여성들과 달라요. 한 번의 세탁으로 색깔이 변하는 그런 싸구려 옷을 왜 사겠어요. 사람들 앞에서 춤을 추다가 굽이 부러지는 그런 신발도 마찬가지지요."

마리-루이스는 알랑거렸다. "물건에 만족한다니 기뻐요." 그녀가 말했다. "몇몇 고객들은 전혀 고맙다고 생각하지 않아요. 심지어 너무 비싸다고 불평하면서 가격을 깎으려고 하지요. 하지만 신의 이름으로 진실을 말한다면 그들은 실수하고 있는 거예요. 나는 그들에게 되묻지요. '파리로 가는 여행 경비가 얼만지 알기나 하세요? 파리발 밈보 항공의 가장 싼 비행기표 가격이 얼만지 아세요? 그리고 파리에서 한 달 동안 머무르는 비용, 즉 숙박비, 식사비, 교통비 등을 합하면 얼마나 되는지 아세요?'" 그녀는 말을 잠시 멈추고 마리-클레르를 쳐다보았다. 하지만 마리-클레르는 옷에 신경을 쓰느라 그녀의 말을 듣는 둥 마는 둥 했다. "하지만 그들은 대답하지 못해요. 관심도 없어요." 그녀는 계속했다. "그들은 물건들을 거저 가지려고 해요. '어림도 없는 말이지요!' 나는 그들에게 말하지요. '공항 세관 담당자들에게 줘야 하는 뇌물은 어떻고요?'" 그녀는 돈의 양을 부풀리기 위해 과장되게 손을 뻗었다. "'그리고 심지어 공항에서 나오기도 전에 세관원들이나 다른 날파리 같은 사람들에게 사 온 물건의 절반 정도를 빼앗기기도 합니다!' 하지만 그들은 고집불통의 불신을 가지고 그것을 상술이라고 말합니다. 파리를 한 번 다녀올 때 저에게 10만 프랑도 남지 않는다고 말해도 그들은 믿지 않아요. 대부분의 경우 적자예요." 그녀는 자기 연민에 빠져 한숨을 쉬었다. "하지만 저는 계속 파리에 가야 해요. 왜냐하면 이 땅의 여성들이 당신이 말하는 파리나 런던, 뉴욕의 여성들같이 패셔너블한 옷을 입는 것을 원하기 때문이지요. 우아한 스타일은 현대 여성들의 상징이지요. 그것은 여성들에게 높은 품격을 유지시켜 주지요. 자신만의 스타일이 없는 여성은 바람과 함께 사라지지요."

"이제 샬롯트의 사무실로 갈 건가요?" 마음에 드는 옷 두 벌을 보다 자세히 보기 위해 창문 쪽으로 이동하며 마리-클레르가 말했다.

"물론이죠. 당신들 둘이 최고의 고객이에요. 당신들 둘이 고르기 전에는 다른 사람에게 절대 물건을 가져가지 않아요. 당신들은 특별해요. 확실해요." 마리-루이스는 특유의 유창한 언변과 미소를 내뿜었다.

"그럼 내가 고른 것을 그녀에게 알려 주세요." 마리-클레르가 말했다. "그녀도 아마 같은 아이템을 좋아할 거예요. 당신도 알다시피 우리는 친자매 같으니까요."

"두 말하면 잔소리죠. 당신들은 친자매보다 더 가까워요." 마리-루이스가 진심을 담아 말했다. "30분 안에 간다고 알리려고 하는데 전화 좀 사용해도 되죠?" 그녀는 전화기로 다가가며 물었다.

"사무실에 없을 것 같은데 그래도 전화는 한번 해 보세요. 조금 전에 연락해 봤는데 밖에 나갔다고 했어요. 한 시간 정도 후에 돌아온다고 했거든요."

마리-루이스는 전화를 걸었다. "아직 돌아오지 않았네요." 그녀가 말했다. "한 시간 후에 다시 걸어 볼게요." 낯선 환경에 적응하기 위해 전전긍긍하고 있는 프로스페르 쪽을 바라보며 그녀가 물었다. "선생님은 어떠세요? 사모님을 위해 옷 한두 벌 구입하시겠어요?" 그녀가 유혹하듯 웃었다. "고상한 취향을 지닌 숙녀들에게 안성맞춤인 우아한 이탈리아 구두는 어때요? 여기 그와 같은 멋진 신발들이 있어요. 또한 향수, 아로마 로션 등 여러 종류의 '화장품' 중에서도 고를 수 있어요. 저에게는 없는 게 없어요."

"어떤 부인 말인가요?" 프로스페르는 웃으며 말했다. 지금 눈앞에 펼쳐진 광경은 완전히 새로운 세계였다. 여자들의 물질적 욕망에 대해서는 그도 익히 들어서 알고 있었다. 하지만 이렇게 '극단적으로' 열광하는 모습은 처음이었다. 미처 상상할 수조차 없었다. "물론 당신의 사모님이지요!" 그녀는 손을 허리로 가져가면서 킥킥거렸다. 마치 학생들에게 썰렁한 농담을 건네는 엄한 선생님 같았다.

"저는 아무도 없어요." 그는 이러한 상황을 즐기며 말했다.

"결혼하지 않으셨다고요?" 마리-루이스가 물었다. "설마 진짜는 아니겠죠?"

"진짜예요." 프로스페르는 진지하게 말했다.

"무엇을 기다리고 있어요?" 마리-루이스가 웃었다. "당신은 분명히 잘생기고, 멋지고, 가치 있는 사람입니다. 당신은 그 어떤 것보다 멋지고 비싼 서류가방을 가지고 계십니다."

프로스페르는 동의하듯 고개를 끄덕였다. 자신의 첫인상이 그리 나쁘게 보이지 않았다는 생각이 들어 기분이 좋았다. 외양만 보고도 벌써 자신을 부자라고 여기지 않는가! 그는 매우 만족스러운 진전이라고 생각했다. 장-클로드와 장-마리 덕분이었다. "그들의 영혼이 완전한 평화 속에 머물기를 기원합니다." 그는 잠시 기도를 했다.

"저는 알아요." 마리-루이스는 서류가방에 대한 전문가처럼 말했다. "저는 사업가들이나 고위층 공무원들과 거래를 해요." 그녀는 다시 웃었다. "여자가 무엇을 더 원하겠어요? 선생님과 같은 남자를 원하는 여자들이 사방에 널려 있어요. 눈에 불을 켜고요. 선생님은 많은 선택의 기회를 놓쳤네요."

"그가 당신을 놀리고 있는 게 분명해요." 마리-클레르가 호기심 어린 눈으로 프로스페르를 바라보며 끼어들었다. 그는 핸섬하고 부유해 보였다. 그에게는 나이에 어울리지 않는 무언가가 있었다.

"앞으로 잘 되겠지요." 마리-루이스는 가방을 싸면서 말했다.

"*허니, 그럼 언제쯤 연락주시겠어요?*"

"곧 전화할게요." 마리-클레르가 날짜를 정하기 위해 다이어리를 살피며 대답했다. 그녀는 지금 정확한 날짜를 정하기 어렵다고 말했다. "무슨 일이 있어도 토요일까지는 대금을 지불하고 모든 물건을 가지러 갈게요. 장관님이 출장을 가서 금요일까지는 돌아오지 못할 거예요." 밖에서 기다리는 젊은 공무원에게 자신이 거짓말한 사실을 완전히 잊어버리고 그녀가 설명했다.

"알았어요." 마리-루이스가 웃었다. 그리고 프로스페르에게 "*작별인사*"를 하고 사무실을 떠났다.

"선생님, 죄송합니다." 마리-클레르가 자리에 앉으며 사과했다. "우리 여자들은 옷을 사랑합니다. 어떤 남자들은 너무 지나치다고 말하곤 하지요." 그녀가 피식 웃었다. "저는 그것에 동의하지 않아요. 옷과 신발과 향수 등은 우리의 돈을 가져가지요. 우리는 멋지게 보이는 것을 좋아합니다." 그녀는 완전히 자아도취에 빠져 있었다. "우리가 어디까지 얘기했죠?" 기억을 되살리려는 그녀의 이마에 주름이 잡혔다. "아, 생각났어요. 장관님과의 약속. 당신의 이름과 방문 목적을 알 수 있을까요? 장관님은 이러한 격식과 절차를 중요시해요." 그녀의 얼굴이 따뜻한 미소로 인해 환해졌다.

"이름은 '프로스페르', 방문 목적은 '사업 관련 자금 문제'라고 써 주세요. 장관님께 돈의 규모가 크다고 말씀해 주세요. 장관님이 더 잘 이해하실 거예요."

"네. 선생님. 그러실 거예요." 그녀는 그의 말에 동의하면서 커다란 표지의 공책에 무언가를 휘갈겨 썼다. "선생님. 이제 됐어요." 그녀는 무의식적으로 자신의 여드름을 만지며 말했다. "첫 만남은 월요일 오후입니다." 그녀는 반복했다. "최소한 3시까지는 오셔야 합니다. 선생… 아니 프로스페르라 불러도 되겠지요?"

"물론이지요." 프로스페르는 약간 놀라며 대답했다. "제 이름 맞습니다."

"알겠습니다. 잊지 마세요. 오후 세 시 정각입니다." 그녀는 그의 놀라는 표정에 무관심하다는 듯 다분히 일상적인 어조로 강조했다.

"네. 알겠습니다." 프로스페르가 말했다. "저는 최신 모델의 차를 몹니다." 그가 유혹하듯이 덧붙였다. "집이 어디입니까? 저는 가끔씩 몬테카를로가 지겹게 느껴집니다. 그래서 저녁이나 어떤 다른 일을 함께 할 파트너를 원하곤 합니다." 그는 크고 환한 미소를 지으며 말했다.

"지금 몬테카를로라고 말했나요?" 그녀는 귀를 의심했다. "그곳은 우리나라에서 가장 부유한 사람들이 사는 지역 아닌가요? 우리나라를 방문하는 외국의 고위 관리들을 위해 국가에서 숙소를 제공하는 바로 그 지역 맞지요? 당신은 많은 돈을 가졌지만 그것으로 무엇을 할지 모르는 그런 사람 같군요." 그녀가 소리쳤다.

"네. 저는 돈이 많습니다. 돈을 버는 것보다 쓰는 것이 더 문제입니다." 그는 잘난 척했다. 호텔에 대해서는 거짓말을 했다. 하지만 부자라는 사실은 거짓말이 아니었다. 그는 장관 비서의 아킬레스건을 건드리는 데 성공했다. 그리고 엄청난 돈과 시간을 퍼부어도 성사시키기 힘든 마티바 장관과의 만남을 이루어 냈다.

"마리-클레르라는 제 이름 기억하고 있지요?" 그녀는 추파를 던지며 웃었다. "저는 산타 바버라에 살아요. 하지만 제 집의 정확한 위치는 설명하기가 쉽지 않아요. 우리나라가 얼마나 미개한 국가인지 당신도 알지요? 파리와는 달라요. 거리에는 거의 이름도 없고 집에는 심지어 주소조차 없어요. 프로스페르, 우리에겐 갈 길이 너무 멀어요." 그녀는 부유하고 너그러운 고객과 함께 있는 매춘부마냥 웃음을 흘렸다. "저는 파리에서 비서에 대한 직업 훈련을 받았어요." 그녀는 거짓말을 했다. "파리는 모든 것이 체계화되어 있었어요. 거기에서는 주소만 알려 주면 운전해서 집까지 바로 갈 수 있었어요." 그녀의 거짓말은 프로스페르를 감동시켰다. 그녀는 프로스페르를 돈이 많은 '문명화된' 남자라고 여겼기 때문이다. 전에 파리를 가 본 적이 없음은 물론, 심지어 지금까지 밈보랜드를 벗어난 적이 단 한 번도 없는 마리-클레르가 여행에 익숙한 부유한 사람들에게 깊은 인상을 주는 이유도 바로 여기에 있다. 프랑스나 다른 서구 국가들에 대한 그녀의 지식은 다양한 미디어의 보도나 스스로에게 주입한 환상, 이미

지에 기초하는 경우가 많았다. 이러한 마리-클레르에 대한 진실은 오직 세 사람만이 알고 있었다. 그녀와 함께 파리 여행을 호시탐탐 노리지만 번번이 아내의 방해로 뜻을 이루지 못하고 있는 마티바 각하, 그녀의 절친 샬롯트, 그리고 홀로 남은 어머니 이보네.

"하지만 오늘밤은 한가해요." 그녀는 요부와 같이 말했다. "오후 근무가 끝난 후에 전화 주신다면, 함께 집으로 갈 수도 있어요. 이렇게 한다면 당신이 우리 집을 직접 찾는 수고를 덜 수 있어요."

거절할 이유가 없는 너무나 유혹적인 제안이었다. "좋은 생각입니다." 프로스페르는 즉각 대답했다. 이것이야말로 자신이 원하는 기회였다. 이러한 '우아한 여성'과 잠자리를 같이 하는 것이야말로 기존의 빈민가 여성들로부터 벗어나 새로운 것을 발견하는 좋은 계기가 될 수 있을 것이다. "저는 사업상 도시 곳곳에서 여러 회의를 하곤 합니다." 거짓말이었다. "하지만 일이 끝난 후에는 언제나 자유롭습니다. 그럼 언제 만날까요?" 바지 속 사타구니 부위가 불쑥 솟는 것을 느끼며 그는 이를 막기 위해 필사적으로 노력했다. 다른 모든 남성들도 자신처럼 이렇게 민감하게 반응하는지 궁금해하며, 옷을 벗은 그녀의 모습을 상상하는 것을 멈추기 위해 안간힘을 썼다. 앞에 있는 마리-클레르가 여자가 아니라 남자라고 되뇌었다. 짧지만 효과가 있었다.

"5시 30분이면 가능해요." 마리-클레르가 매우 기뻐하며 말했다. "여기 이 사무실에서 기다릴게요."

"네. 그때 올게요." 프로스페르는 그녀를 안심시켰다. "하지만 피치 못할 사정이 생겨 약속을 지키지 못한다면, 내일 같은 시간에 연락할게요." 그녀를 당장 침대로 데려가고 싶은 마음이 굴뚝같았지만, 그는 짐짓 쿨한 척 말했다.

"저를 바람맞게 하지 마세요." 마리-클레르는 매혹적이고 달콤한 목소리로 경고했다. "6시 30분까지만 기다리겠어요. 가능한 한 빨리 오세요." 그의 손을 가볍게 잡으며 그녀가 호소했다.

"그때 봐요." 프로스페르는 일어나면서 말했다. 그는 서류가방으로 사타구니 부위를 가렸다. "지금 가야 해요." 그는 시계를 보며 말했다.

"잠깐만요. 여기 전화번호 적어 드릴게요." 그녀가 메모지를 꺼내 번호를 휘갈기며 말했다.

프로스페르는 종이를 조심스레 접어 지갑 속에 넣었다. "당신을 만나 즐거웠어요, 마리-클레르." 그는 손을 내밀었다.

밈보랜드의 현대 젊은 여성들이 그러듯, 그녀는 우아한 손가락 끝만을 내밀어 그와 악수했다. "저도 즐거웠어요." 그녀가 호의의 뜻을 담아 답례했다. 그리고 다시 약속을 환기했다. "잊지 마세요. 5시 30분이에요."

"네. 알겠습니다." 그는 승강기까지 배웅하려는 마리-클레르와 함께 사무실을 나왔다.

"얼마나 아름다운가!" 승강기에 홀로 남게 되자 그가 소리쳤다. "젊고, 사랑스럽고 게다가 지성적이기까지! 도저히 참을 수 없다." 그는 5시 30분까지 무엇을 할지 궁리했다. "시내 구경이나 해야지." 그는 혼잣말을 했다 "맞아. 그거야. 시내 구경. 이 도시에 빨리 익숙해지면 익숙해질수록 좋다. 그러면 마티바 각하의 도움을 받자마자 사업을 시작하고 도시에 정착할 수 있을 것이다." 그는 일이 잘 진행되는 모습에 기뻐하며 미소를 지었다.

11

마리-클레르는 코를 골며 자고 있는 프로스페르 옆에 누워 있었다. 그녀의 마음은 전쟁터처럼 혼란스러웠다. 어떻게 하면 그를 화나게 하지 않고 자신의 진짜 모습을 고백할 것인가? 자신이 마티바의 정부란 사실을 안다면 그는 어떻게 반응할까? 또한 장관이 자신과 결혼하기 위해 나이 많고 쭈글쭈글한 주름의 아내와 이혼하기로 했다는 사실을 알게 된다면? 그의 결혼 제안을 거절한 진짜 이유를 알게 된다면? 사실 어제 저녁 식사와 와인을 하러 갔던 앙뜨와네트 레스토랑에서 그가 메뉴판을 이해하지 못한 점은 다소 실망스러웠다. 하지만 오늘 저녁 외출하자는 제안을 거절한 것이 어제의 실망스러움과는 아무 관련이 없다는 사실을 그가 믿을까? 마리-루이스에게 산 옷과 신발 비용의 절반을 그에게 부담하도록 한 사실은 문제가 되지 않는다. 단순히 돈을 위해 그를 이용하고 있다고 생각하지는 않을 것이다.

"너무나 혼란스럽다." 그녀는 돌아누우며 한숨을 쉬었다. "프로스페르를 집으로 초대했던 것은 이곳에 잠깐 들른 여행자로 생각했기 때문이다." 그녀는 스스로를 합리화했다. 지금까지 이렇게 열심히 자신의 행동을 정당화한 경우는 거의 없었다. "그가 이곳에서 살고자 한다는 사실을 처음부터 알았다면 잠을 자거나 함께 저녁을 먹지 않았을 텐데." 그녀는 머리를 왼손에 기대며 다시 돌아누웠다. 그녀는 끊임없이 한숨을 쉬며 안간힘을 다해 이 복잡한 문제를 해결하기 위해 노력했다. 그러나 두 남자 중 누구를 선택해야 하는지에 대해서는 의심의 여지가 없었다.

이러한 딜레마를 순조롭게 해결하기 위해서는 냉철한 이성이 요구된다. "프로스페르는 잘생기고 부유하다." 그녀는 중얼거렸다. 그의 장점은 이 두 가지이다. "하지만 그는 무식하고 교양도 없다." 그녀가 독백했다. "잘 읽지도 쓰지도 못하는 남편이라니? 나에게? 이 시대에? 이는 좋은 선택이 아니다." 그녀는 확고했다. "마티바는 나이가 들었고 잘생기지도 않았다. 발기에 도움을 주는 최음제나 정력제 없이는 사랑을 나누는 것조차 불가능하다. 이는 그 누구보다 내가 잘 안다. 하지만 그는 돈이 많고 유식하며 교양도 갖춘 사람이다. 사회적 지위도 높다. 정력을 제외한다면 여성들이 원하는 모든 것을 겸비하고 있다. 섹스만 아니라면 모든 면에서 존경받을 만하다. 그와 함께라면 가는 곳 어디에서도 좋은 대우를 받을 수 있다. 여자들이 성적으로 무능한 남편과 결혼하는 것도 이 때문이다. 섹스만으로는 살 수 없다. 만일 마티바를 포기한다면, 그것은 프로스페르가 젊고, 핸섬하고 섹시하기 때문일 것이다. 그렇다면 침대에서 보내는 시간 외 나머지 시간에는 무엇을 한단 말인가? 침대에서만 살 수는 없지 않은가?"

그렇다. 두 남자 중 누구를 선택해야 하는지에 대해서는 판단이 섰다. 프로스페르를 적으로 돌리지 않고 잘 설득하는 것이 남은 문제이다. 그녀는 몇 시인지 궁금해서 침실 등을 켰다. 어느새 동이 텄다. 그녀는 깜짝 놀랐다. 그녀는 침실 옆 테이블 위의 소형 라디오를 들고 전원을 켰다. 프랑스 국제 방송(RFI)의 이른 아침 뉴스를 듣기 위해서였다. 이 방송을 듣고 있으면 마티바가 그녀를 데려가고자 하는 꿈의 도시 파리에 가까워지는 느낌을 받았다. 파리에 가는 것은 시간 문제였다. 인내심이 많은 개가 가장 살점이 많은 뼈다귀를 차지하는 법이다. 그녀는 수없이 마음속으로 되뇌었다. 자신의 상상이나 삶의 스타일 측면에서 보자면 그녀는 이미 파리를 여러 번 방문했다. 마티바가 '젊은 요정'인 자신과 결혼하기 위해 아내와 이혼한다면 실제적인 방문은 곧바로 이루어질 것이다.

2년 전 마티바와 사귀기 시작했을 때, 마리-클레르는 대학교 4학년 학생이었다. 여타의 여학생들과 마찬가지로 그녀는 생활에 어려움을 겪고 있었다. 심지어 부유한 부모를 둔 학생들도 힘든 시절을 보내곤 했다. 수도에서 공부하고 생활한다는 것은 경제적으로 매우 힘들었다. 여학생들은 경제적 부담을 덜기 위해 동료나 강사들에게 스낵이나 장신구, 옷, 향수 등의 물품을 파는 아르바이트를 했다. 하지만 이윤이 거의 없어 기본적인 욕구를 충족시키기에도 턱없이 부족했다. 생존 자체가 절실한 문제였다. 반면, 마티바와 같은 부유한 남자들은 여학생들과 데이트를 할 만반의 준비가 되어 있었다. 그들은 음식과 옷, 집 등을 제공했다. 경제적 어려움에 직면한 여학생들은 이러한 남자들과의 만남을 선택하는 유혹에 빠졌다. 윤리의식의 부재했기 때문이 아니라 생존 그 자체가 절박했기 때문이었다. 냉혹한 집주인이 요구하는 과도한 방세, 가난한 강사들이 강압적으로 부과하는 교재비, 정부가 독점하는 기업의 터무니없이 비싼 공공요금(가스, 수도, 전기 등), 미모를 가꾸기 위해 필요한 최소한의 비용 등이 그녀들을 옭아매었다. 먹거리와 더불어 이러한 것들은 보통의 삶을 영위하기 위해서나 학업을 유지하기 위해 필요한 최소한의 요건이었다. 유부남과 사귀는 거의 모든 학생들은 이러한 기본적인 욕구를 충족하기 어려웠기 때문에 그러한 선택을 했다고 스스로를 합리화했다.

도시는 이러한 조건에 호의적으로 반응했다. 도시는 이러한 학생들과 거래하는 남자들을 위한 다양한 숙박시설을 갖추었다. 호텔, 모텔, 바 또는 단순히 휴식 공간이라는 완곡한 명칭으로 그런 숙박시설들은 결혼했지만 데이트를 즐기는 사람들을 위한 끔찍한 편의를 제공했다. 숙박시설들 중 일부는 도시의 외곽에 위치했다. 여학생들과 데이트를 즐기는 유부남들은 가능한 한 비밀스러운 관계를 유지하고자 한다. 이러한 곳에서 섹스를 즐기는 것을 흔히 '휴식을 취한다' 혹은 '낮잠을 잔다'고 표현한다. 숙박업소의 주인과 고객들 사이에는 고객들의 모든 정보를 비밀로 유지해야 한다는 암묵적인 동의가 있다. 심지어 고객들은 숙박장부에 거짓 이름과 거짓 정보를 적기도 한다. 남편의 부정한 행위를 배우자가 알게 되었을 때 발생할 불상사를 미연에 방지하기 위해서이다. 숙박업소들은 더 많은 고객을 유치하기 위해 다양한 프로그램을 계발하며 경쟁한다. 비수기의 '휴식'을 위한 특별 가격, 단골들을 위한 할인 요금, TV와 특별한 비디오를 갖춘 고급 룸 등이 그것이다.

소수의 시설들은 엄격한 수준의 규격을 갖추고 있는 반면, 대다수는 기대에 미치지 못한다. 몇몇 시설들의 경우, 하얀색의 침대 시트가 색이 바래 거의 노랗게 된 경우가 흔했다. 급하게 사랑을 나눈 흔적으로 시트는 더러웠고 악취까지 진동했다. 얇은 시트 위에는 오르가슴으로 흘러넘친 욕망의 자국이 남아 있었고, 담요에서는 땀 냄새와 섞인 이상한 악취가 났다. 화장실은 고장이 나기 일쑤여서 다 쓴 콘돔을 간신히 흘려 내릴 수 있을 따름이다. 물이 없다고 불평하면 다음과 같은 대답이 돌아온다.

"물이 있었다면 육천 프랑쎄파(FCFA)를 받았겠는가?"

화장지도 충분하지 않다. 선풍기도 거의 없다. 있다 하더라도 작동되지 않는 경우가 많다. 때때로 에어컨이 갖추어져 있는 경우가 있다. 하지만 장식용일 가능성이 크다. 가끔 작동이 되기도 하는데, 오래된 차의 고장 난 배기관에서 나는 끔찍한 소리를 뿜어낸다. 형광등은 간신히 작동된다. 때때로 침실 등을 발견할 수도 있다. 얼마나 사치스러운가! 하지만 침실 등에 전구가 없다고 불평하면 이에 대한 응답은 다음과 같다. "누가 훔쳐갔다." 혹은 "틀림없이 타 버렸을 것이다." 모기는 어디에나 존재한다. 아침이 되면, 쾌락으로 엉겨 붙은 연인들의 피를 빨아먹은 모기들이 포동포동 살이 찐다. 물론 이는 프로스페르와 같은 부유한 사람들의 섹스 게임과는 전혀 다른 차원의 이야기다. 하지만 대부분의 사람들에게는 이것이 현실이다. 조금만 주의를 기울이면 누구나 이러한 결함을 쉽게 발견할 수 있다. 아무리 섹스가 급해도 이러한 결함은 은폐되지 않는다.

어떤 여학생들에게는 남자의 교육 수준이 중요한 선택의 기준이다. 그녀들은 그들 사이의 암묵적 합의를 존중하는 신중하고 사려 깊은 남자를 원한다. 이러한 관계에서는 섹스와 돈이 무엇보다도 중요하다. 그래서 학생들은 자신의 몸을 정기적인 용돈, 세금, 방세 등의 생활비와 바꾸는 것이다.

프로스페르와 침대에 누워 있는 자신을 응시하며, 마리-클레르는 대학시절부터 현재까지 만난 남자들을 굳이 떠올릴 필요가 없었다. 돈과 무관하게 글을 제대로 읽고 쓰지 못하는 남자는 지금까지 한 번도 만나지 않았다.

"당신은 손님을 항상 이렇게 환대하나요? 잠을 자는 도중에 침실 등과 라디오를 켜나요?" 프로스페르가 눈을 비비며 불평했다.

"다섯 시에요." 마리-클레르가 라디오의 볼륨을 줄이며 대답했다. "당신 어제 저녁 아홉 시부터 자는 거예요. 정말 잠꾸러기네요." 그녀는 마음의 짐을 내려놓을 최선의 순간을 포착하기 위해 그의 기분을 탐색하는 중이다.

"나는 잠꾸러기가 아니에요." 프로스페르가 부인했다. "위스키가 문제에요. 어제 너무 많이 마셨어요. 하지만 당신 때문이에요. 당신이 나와 춤추러 나갔더라면 그렇게 지루하게 앉아 위스키만 마시지는 않았을 겁니다." 그가 말했다.

마리-클레르는 절호의 기회를 움켜쥐었다. "어제는 미안했어요." 그녀가 말했다. "하지만 너무 피곤해서 춤추러 나갈 수 없었어요. 프로스페르, 믿어 주세요."

"당신이 그렇게 말하는데, 내가 어찌 믿지 않겠어요?"

어색한 침묵이 흘렀다. 마리-클레르가 말했다. "프로스페르, 당신에게 고백할 일이 있어요. 월요일에 만났을 때 솔직하게 털어놓지 못한 것이 있어요."

"다 들었잖아요." 그가 농담조로 말했다.

"당신을 속이기 위해 일부러 말하지 않은 것은 아니에요." 마리-클레르가 진정성을 담아 말했다. 프로스페르의 농담이 그녀를 더욱 망설이게 만들었다. "처음 만난 사람에게 마음속의 진심을 다 이야기하는 사람은 없어요."

"네. 다 말하지 않지요. 대신 거짓말을 하겠지요." 마리-클레르를 향한 프로스페르의 반감은 대답하는 방식에서 분명히 드러났다. 그는 자신의 청혼을 노골적으로 거절한 마리-클레르에게 상처를 받았다. 그녀는 무슨 생각으로 청혼을 거부했을까? 자신은 돈이 많다. 젊고 잘생겼다. 그녀는 도대체 무엇을 원하는가? 자신은 다른 여자들과 차원이 다르다고 생각하는 걸까? 그렇다면 명백한 오산이다. 그는 그녀를 정복했다. 하지만 여타의 여성들과 다른 특별한 차원의 그 무엇을 발견할 수 없었다. 그는 그녀 쪽으로 돌아누웠다. "무슨 말을 하고 싶은 거죠?" 그가 물었다. "속내를 털어 놓든지, 아니면 호텔로 출발할 시간인 일곱 시까지 푹 자게 내버려 두세요."

'호텔'이라는 단어가 새삼 궁금증을 유발시켰다. 상류 계층의 삶을 동경하는 마리-클레르가 왜 자신이 묵는 몬테카를로로 가자고 하지 않았을까? 대신 그녀는 자신의 집에서 그와 사랑을 나누었다. 거짓 겸손인가, 아니면 그와 함께 공개적인 자리에 나서기를 꺼려한 것일까? 그는 지난 밤 갔던 레스토랑이 도시 외곽에 위치했다는 사실에 주목했다. 왜? 왜? 그는 이해할 수 없었다. 하지만 뭔가 수상한 냄새가 났다. 그녀와 같은 여자들은 남성들을 전리품으로 수집하는 것일까?

"프로스페르, 저 때문에 화가 났군요." 그녀는 애원했다. "당신은 멋진 남자예요. 친구로서 당신을 놓치고 싶지 않아요."

"그러면 뭘 망설이세요? 제가 우정 이상의 것을 줄 수 없다고요? 무엇을 더 원하세요? 부부같이 다른 여자를 만나지 않겠다는 맹세?" 본의 아니게 웃음이 나왔다.

"아니에요, 아니에요. 그것이 아니에요." 마리-클레르는 어찌할 바를 몰라 허둥댔다.

"원하는 것을 말해요." 프로스페르가 독촉했다. "제가 원하는 것은 그것이에요. 저는 '아니요'라는 여자들의 대답에 익숙하지 않아요. 저는 다만 당신이 왜 '아니요'라고 말했는지 알고 싶을 따름이에요." 이것이 바로 그를 가장 아프게 한 부분이었다. 마리-클레르는 구체적 이유를 말하지 않고 그의 제안을 거절했다. 이는 여러 가지 상상과 추측을 난무하게 만들었으며, 동시에 가슴속 깊은 곳에서 증오를 우러나오게 했다.

"그것은…… 그것은…… 사실을 말하자면…… 어젯밤까지 당신이 이곳에서 살려고 하는지 몰랐어요." 그녀는 더듬거렸다.

"그것이 나와 결혼하는 것과 무슨 상관이 있어요?" 프로스페르는 도대체 영문을 모르겠다는 듯 쏘아붙였다. "그렇다면 당신의 결혼 조건은 남편과 떨어져 사는 건가요?"

"아니요. 내 말은…… 음…… 사실은 제가…… 약혼했거든요. 장관님과."

"뭐라고요! 마-티-바?…… 네에에!" 프로스페르는 조심스럽게 말했다. "그는 이미 결혼했지 않아요?" 갑자기 힘이 빠졌다.

"네. 하지만……."

"아니, 알았어요." 그가 끼어들었다. "처음부터 차근차근 말해 봐요. 내가 한 청혼에 대해서는 더 이상 신경 쓸 필요 없어요. 두 남자와 동시에 결혼할 수는 없지 않아요?"

"예." 마리-클레르는 간신히 대답했다. 그녀는 프로스페르가 냉정을 찾아가는 모습을 바라보았다. 그녀에 대한 적대감도 사라진 표정이었다. "그럼 저를 용서하시는 거죠?" 그녀는 못 믿겠다는 듯 주저하며 물었다.

"용서고 뭐고 할 게 어디 있어요?" 그가 상황에 어울리지 않는 일상적인 어조로 밝게 말했다. "잊어버리세요. 아무것도 아니에요……. 전혀 문제가 되지 않아요."

"그럼 돈은 어떻게 하고요?" 마리-클레르가 당황해하는 표정으로 말했다. "괜찮으시다면 돌려드릴게요." 프로스페르의 기이한 반응에 놀라 무슨 말을 해야 할지 몰라 제안했다.

"당신은 누군가와 오해가 있을 때마다 매번 돈을 돌려주나요?" 프로스페르는 불쾌한 표정을 지었다. "장관님과는 얼마나 오래 만나셨어요?"

"2년이요."

"그러면 장관님과 다툴 때마다 매번 돈을 돌려주셨나요?"

그녀는 무심코 내뱉은 말을 후회하며 눈길을 돌렸다.

프로스페르는 냉소적으로 웃었다. 그는 자신의 침실에서 바람을 핀 로즈 이래로 여자라는 신을 믿지 않았다. "당신이 만일 그와 조만간 헤어진다면, 그가 당신을 위해 쓴 돈 모두를 돌려줄 수 있다고 생각하세요?"

"하지만 우리는 헤어지지 않아요. 우리는 결코 이별하지 않아요." 마리-클레르가 항변했다.

"당신에게 그러라고 말하는 것도, 그러기를 바란다고 기도하는 것도 아니에요. 다만 그런 일이 발생하면 어떻게 하겠느냐고 묻는 거예요." 프로스페르가 딱 부러지게 말했다.

마리-클레르가 부정의 뜻으로 고개를 흔들었다.

"그럼 왜 돈을 돌려주겠다고 했어요?" 프로스페르가 조용하게 물었다. "우리가 만난 지 4일밖에 되지 않아서 그랬어요?" 그는 말을 멈추고 의심스러운 표정으로 그녀를 바라보았다. 거기에는 경고의 의미도 담겨 있었다. "헤어질 때마다 상대가 지불한 돈을 돌려주는 것은 좋은 습관이 아니에요. 그것은 모욕이에요. 사람을 대할 때 물질적인 것만 중시한다는 인상을 줄 수 있거든요. 사람이 아니라 지갑을 사랑한다고 말하는 것이니까요. 그것은 좋지 않아요. 그래요. 나빠요. 걸어 다니는 지갑으로 취급당하는 것을 누가 좋아하겠어요."

"미안해요."

"괜찮아요." 그는 그녀를 안심시켰다. "자 그럼, 저는 더 자도 되겠지요?"

프로스페르는 자는 척하기 위해 그저 눈을 감고 있었다. 그는 잠들지 않았다. 자신이 처한 상황을 이해하기 위해 마음이 바쁘게 움직였다. 실망감을 드러내지 않은 점은 만족스러웠다. 마리-클레르가 마티바를 언급한 순간, 그들 사이가 끝났다는 사실을 곧바로 알아차렸다. 염소가 어떻게 표범을 이길 수 있겠는가? 장관은 무소불위의 권력을 가진 자이다. 그가 무슨 일을 할 수 있는지를 알아보기 위해 니아만덤에 살아 볼 필요는 없다. "어리석은 자만이 비 오는 날 강으로 뛰어드는 법이다." 그는 널리 알려진 민카 속담을 떠올렸다. 그는 돈과 명예를 얻겠다는 오래된 꿈을 실현하기 위해 니아만덤에 왔다. 그 길 앞에 놓인 어떤 장애물도 넘을 것이다. 특히 사사로운 감정에 주의해야 한다. 장관의 수영장에서 도둑 수영을 함으로써 첫 단추를 잘 꿰었다. 이는 결코 쉬운 일이 아니다. 이들과 섞여 출세하는 것은 이제 시간문제일 따름이다.

마음의 평화를 되찾은 마리-클레르는 일어나 욕실로 들어갔다. 그녀는 욕실에서 거의 한 시간을 보냈다. 그녀에게 목욕은 까다로운 의식이었다. 여러 종류의 로션, 비누, 화장품 등을 정해진 순서대로 사용하는 일종의 이벤트에 가까웠다. '현대 여성'의 최신 유행과 우아한 감수성을 자신의 몸에 불어넣기 위한 일종의 제의였다. 목욕이 끝나고 나면, 거울 앞에서 다시 30분 이상을 보낸다. 이러한 화장을 통해 그녀는 전 세계 어디에 내놓아도 부족함이 없는 여자로 변모한다. 그리고 깨끗이 정돈되어 있는 주방으로 가서 서구식 아침 식사를 준비한다. 비록 프랑스나 영국의 음식은 아니었지만, 그녀는 밈보랜드 달걀로 스페인식 오믈렛을 만들었다.

프로스페르는 샤워를 하지 않았다. "샤워는 호텔에 가서 할게요." 그는 말했다. "돈을 내잖아요." 싱크대에서 세수 수건으로 얼굴을 닦고 새로 산 양복을 입자 그는 다시 사업가의 모습으로 돌아왔다. 그러고 나서 아침 식사를 하러 갔다.

"커피 하실래요, 차로 하실래요?" 그녀가 물었다.

"커피요." 그가 하품을 했다. 그는 '아침(breakfast)'이라는 공식적인 용어에 익숙하지 않았다. 하지만 다른 사람들(부자들)이 사는 법을 배우는 것도 나쁠 것은 없다고 생각했다. '아침 식사 예절이 이러이러하다면 그렇게 따라 해야지.'

"커피를 어떻게 준비할까요?"

"무슨 말이에요?"

"블랙으로 할까요, 화이트로 할까요?"

"둘 다 주세요."

"둘이요? 둘 다라는 것은 없어요. 커피만 하시든지 아니면 우유와 섞어 마시든지 둘 중 하나를 고르세요. 커피만이면 블랙, 우유와 함께라면 화이트에요." 마리-클레르는 참을성 있게 설명했다.

"알았어요." 프로스페르는 적잖이 당황해서 말했다. "그렇다면 화이트."

"설탕은요?"

"주세요."

"무엇을 드시겠어요?" 그녀가 물었다. 그녀는 알록달록한 프랑스 제품의 광고가 새겨진 상자에서 콘플레이크를 그릇에 부었다. 1년 반쯤 전에 프랑스 국제 방송은 아프리카 여성들을 위한 프로그램 하나를 소개했다. 저지방 우유와 함께 콘플레이크를 먹는 것이었다. 그녀는 그 이후 줄곧 콘플레이크를 먹었다. 하지만 밈보랜드에는 신선한 우유가 부족했기 때문에 저지방 우유를 구하기가 쉽지 않았다. 그녀는 수입 우유 대용품을 구해서 먹었다. 설탕, 버터, 초콜릿, 땅콩, 아보카도, 자두 등 다른 식품들 또한 비슷한 이유로 구하기 어려웠다. 하지만 블랙커피, 특히 네스카페는 많이 마셨다. RFI와 파리로부터 수입된 국제 여성잡지들에서 끊임없이 그것을 추천했기 때문이다.

프로스페르는 궁금했다. 그는 콘플레이크를 처음 보았다. "이게 뭐예요?" 그가 물었다.

"콘플레이크죠."

"물론, 알아요. 놀리지 마요." 그는 아는 척했다. "니아만덤 어디에서 콘플레이크를 파는지 물어봐도 될까요?"

"르 콕에서요." 콘플레이크에 넣을 네덜란드산 우유 분말 포장을 벗기며 그녀가 말했다. "그것을 수입하는 유일한 슈퍼마켓이에요." 그녀가 거들먹거리며 덧붙였다. "이와 같은 완벽한 진짜 건강 시리얼을 찾는 사람이 드물기 때문이에요."

프로스페르는 웃으며 말했다. "르 콕에서 수입을 중단하게 되면 어떻게 될까 생각하고 있었어요."

"절대 그럴 리가 없어요." 마리-클레르는 정색하며 말했다. "자, 이제 먹을 거예요, 말 거예요? 저는 8시까지 출근해야 해요. 장관님은 내일 돌아와요. 장관님이 돌아올 때까지 끝내라고 지시한 일을 미처 마무리하지 못했어요." 그녀는 콘플레이크 한 스푼을 입에 넣으며 말했다. "환상적이야!" 아마도 콘플레이크 맛을 말하는 것이리라. "12시까지 끝내야 해요." 그녀가 끝내야 할 일을 의미했다. "오후에는 오늘밤에 있을 샬롯트의 생일잔치를 준비할 생각이에요. 그녀가 당신을 초대했어요. 기억하시죠?"

"그녀가 그랬어요?" 프로스페르는 맛이 어떤지 보려고 식빵 한 조각에 프랑스산 살구 잼을 바르며 짐짓 딴청을 피웠다.

"잊어버린 척하지 마세요." 마리-클레르는 못마땅하게 노려보았다. "그녀는 당신에게 홀딱 반했어요. 목요일 마리-루이스의 집이라고 했잖아요."

"그녀의 삶에도 장관이 있지 않나요?" 프로스페르는 네스카페 잔에 각 설탕 네 개와 우유 분말 두 스푼을 넣었다. 그는 마리-클레르가 설탕 없는 쓴 커피를 마시는 것이 잘 이해가 되지 않았다. 살구 잼은 맛이 있었다. 그래서 그는 식빵 조각 하나를 더 집어 들었다.

"그렇지는 않아요. 왜, 그녀에게 관심 있어요?" 마리-클레르는 '그래도 당신을 비난하지는 않을게요.'라고 생각하며 웃었다.

"우리 관계에 대해 그녀에게 말했어요?"

"아니요."

"그녀가 알고 있다고 생각해요?"

"아마도 그럴 거예요." 마리-클레르는 프로스페르가 자신에게 큰 미련을 갖지 않는 것 같아 안도감이 들었다. 그녀는 프로스페르와 깊은 우정을 지속할 수 있을 것 같았다. "제가 왜 그렇게 초조하고 불안하게 행동했다고 생각하세요?"

"말해 주세요."

그녀가 웃었다. "우리 둘을 보호하기 위해서였어요. 저는 그의 허니, 그의 왕비예요. 장관님은 친구가 없어요. 그는 무자비해요. 질투심에 불타 끊임없이 감시해요. 그는 저를 숭배해요." 그녀는 수줍은 듯이 웃었다. 그리고 덧붙였다. "프로스페르, 저는 진정한 친구로, 오빠로 당신을 사랑해요. 앞으로 그런 사이로 지냈으면 해요." 그녀는 잠시 말을 멈추고, 그의 눈을 바라보았다. "당신은 그저 운이 없었을 뿐이에요. 장관님을 만나기 전에 당신이 나타났다면 모든 것이 잘 되었을 거예요. 부디 너그럽게 이해하고 저를 용서해 주세요."

"그럼요." 커피를 홀짝이며 그가 말했다. "믿어 주세요."

"네, 고마워요. 그럼 이 문제는 이제 없던 일로 해요. 우리 사이에는 이제 아무 일도 없었던 겁니다. 알겠죠?"

"네."

"그럼 이제 샬롯트에 대해 이야기해요." 그녀는 평온한 표정을 되찾았다. "그녀와 사귄다면 절대 후회하지 않을 거예요. 그녀를 오랫동안 알아왔어요. 그녀와 나는 친자매 같아요."

"알고 있어요."

12

마리-클레르는 친구가 근무하는 내무부 사무실의 문을 급하게 두드렸다. 친구는 공화당 평화 담당 책임자의 비서로 일했다. 이곳을 수시로 왔다 갔다 하는 그녀에게 방문 서류 작성 같은 공식 절차는 필요 없었다. 그녀는 단숨에 8층까지 올라왔다. 마치 로또 복권에 당첨된 사람같이 흥분한 모습이었다. 그녀는 헐떡이며 문을 열고 안으로 돌진했다. 올림피아 타자기 뒤에서 편안하게 쉬고 있던 샬롯트는 깜짝 놀랐다.

"샬롯트!" 마리-클레르가 숨이 찬 목소리로 불렀다. "도저히 참을 수 없었어. 마침 사무실에 있었네. 잘됐어." 그녀는 손수건으로 이마의 땀을 닦았다.

"무슨 일이야? 말해 봐. 좋은 일이야, 나쁜 일이야?" 샬롯트는 궁금해서 벌떡 일어났다. 그녀는 최악의 두려움과 최상의 희망이 뒤섞인 미묘한 표정을 지었다.

"물론, 좋은 소식이지." 마리-클레르가 선언했다. "너의 생일 날 그것도 이른 아침에 누가 나쁜 소식을 들고 문을 두드리겠니?" 그녀는 의자를 끌어당겨 테이블 맞은편에 앉았다.

샬롯트는 안도의 한숨을 내쉬며 의자 깊숙이 몸을 기댔다. "왜 이렇게 놀라게 해?" 그녀가 쏘아 붙였다. "놀랐잖아. 내가 몇 번이나 말했어? 심장이 약하다고. 이런 식으로 나를 패닉 상태에 빠지게 하지 말라고."

"미안해." 마리-클레르는 흥분을 가라앉히고 차분하게 말했다. 하지만 그녀의 마음은 벌써 친구가 기뻐하는 모습으로 달려가고 있었다. "깜짝 놀랄 생일 선물을 가져왔어." 그녀의 얼굴에 짓궂은 웃음이 번졌다.

샬롯트의 표정이 금세 밝아졌다. "뭔데?" 두근두근하는 마음으로 물었다. "실크 드레스? 22캐럿 금팔찌? 자동차? 도대체 뭔데?" 그녀의 표정은 마치 엄마의 크리스마스 선물을 뜯어 보는 아이의 그것 같았다.

"아니야. 그런 것들이 아냐. 더 좋은 거야. 남자, 돈 많고 잘생긴 남자야."

"도대체 무슨 소릴 하는 거야?"

"샬롯트, 너는 운이 좋아."

"제발, 불안해서 죽겠어. 좀 알아듣도록 말해 봐. 뭔 소린지 모르겠어."

"프로스페르야."

"프로스페르? 그가 왜?"

"그는 너를 위한 남자야. 네 삶의 기회야. 로또 당첨 복권이야. 그가 너, 샬롯트를 사랑해. 그와 함께 해. 이걸 알려 주려고 왔어. 오늘밤 파티에서 기회를 놓치지 마. 그는 정말 부자야."

"하지만 그는 못 배웠잖아!" 샬롯트는 친구의 제안을 무시하며 항변했다.

"동의해. 하지만 그는 부자야. 그런 것은 잊어버려."

"맞아. 그는 부자일거야. 하지만 그것은 중요하지 않아. 교양이 없다는 것이 문제지."

"프로스페르는 그렇게 나쁘지 않아. 그는 완전 무식쟁이는 아냐. 최소한 덧셈 뺄셈은 할 수 있어. 그리고 자신의 이름과 몇몇 단어는 읽고 쓸 수 있어. 완전히 쓸모없는 사람은 아냐. 무식쟁이들의 오염, 변형이 없는 순수한 프랑스 말도 능숙하게 잘 해. 옷도 잘 입어. 품위 있게 처신도 잘 해. 제발 그를 반–문맹이라는 점만으로 판단하지 마! 그의 문제는 유창하게 읽고 쓰는 상황이 발생할 때만 표면으로 떠오를 뿐이야. 샬롯트, 하지만 그것은 사소한 문제야. 결혼하고 난 후, 네가 충분히 해결해 줄 수 있는 문제야. 그때 그의 읽고 쓰는 능력을 향상시킬 수 있어."

"그가 작업을 걸기 위해 너를 보냈니?" 샬롯트는 의심의 눈초리로 친구를 바라보았다. 그녀는 속으로 '그 문맹의 남자를 나에게 팔고 뇌물을 받았다면, 너는 분명 실망하게 될 거야.'라고 되뇌었다.

마리-클레르는 "아니야!"라고 말하며 고개를 흔들어 강하게 부인했다. "우리는 그저 좋은 친구야." 그녀가 설명했다. "모하메드가 자신의 부족 출신 여자와 결혼했을 때, 그를 잊고 새로운 남자와 진지한 교제를 시작해야 한다고 생각했어. 프로스페르가 적임자라는 생각이 들었던 것뿐이야. 그는 젊고, 잘생겼고, 부자야. 그래. 그는 정규교육을 받지 못했어. 하지만 교육이 그렇게 중요하니? 거리에는 고학력 실업자들이 넘쳐나고 있어. 마티바와의 사이가 지금처럼 깊지 않았다면, 나는 프로스페르를 선택하는 데 주저하지 않았을 거야. 그와 함께하는 여자는 장점도 많아. 그의 반-문맹은 정말로 축복일 수 있어. 내가 마티바에게 폴의 편지를 숨기려고 필사적으로 노력했던 일을 생각해 봐. 프로스페르라면 그런 문제는 없잖아. 그의 서류가방이나 셔츠 주머니에 편지를 넣어 둘 수도 있어. 그는 그것이 무슨 내용을 담고 있는지 알 수 없어. 그저 단순한 메모쪽지라고 생각할 거야." 그녀는 자신의 비유에 만족하며 웃음을 지었다. 그리고 프로스페르는 결코 바람을 피우지 않을 것이라는 말 또한 잊지 않았다.

"폴은 요즘 어때?" 샬롯트는 마리-클레르가 가지고 온 화제에서 벗어나고 싶었다. "안 그래도 그가 언제 돌아오는지 물어 보려고 했었어. 하지만 지금 말하기는……."

"다음 주. 다음 주 월요일이 개학이야. 나의 얄미운 사랑 폴, 보고 싶어 미치겠어." 그녀는 기쁨에 젖어 눈을 감았다.

"네가 '작은 아빠'를 얼마나 그리워하는지 나는 알지." 샬롯트는 폴이 좋아하는 닉네임을 부르며 말했다. "하지만 너 조심해야 한다. 마티바의 더듬이를 과소평가하다가는 큰코다쳐."

"알아. 하지만 우리 '작은 아빠'는 너무나 사랑스러워. 그는 우리의 소중한 사랑의 규칙을 너무나 잘 알고 있어. 내가 원하면 그는 언제든 달려오고, 나는 그에게 필요한 용돈을 주지. 너무나 좋아. 심지어 내가 부를 때가 아니라면 언제든지 예쁜 여학생을 사귀라고까지 했어. *자기야, 나는 '작은 아빠'와 전혀 문제가 없어. 그는 매우 교양 있는 남자야. 밈보랜드의 파리 멋쟁이, 필립은 어때? 너희 문제는 잘 해결되었니?*"

"아니야. 그는 나를 고문하는 것으로 기쁨을 얻나 봐. 영어권 여자 친구와 사실상 동거하고 있어. 여자 친구의 아버지는 돈으로 관직을 산 우리도 잘 아는 정부의 고위 간부야. 돈만 아니라면 그저 뚱뚱한 촌뜨기에 불과하지. 필립에게 그녀와 나 중 하나를 선택하라고 말했어. 그는 이러한 양자택일의 상황에 몰리는 것을 원하지 않고 있어." 그녀는 자기연민에 빠져 할 말을 잃고 한숨을 내쉬었다. "나와 남자들은 잘 맞지 않는 것 같아. 마치 물과 불이 결혼하려고 안간힘을 쓰는 것 같아. 무엇이 잘못되었는지 모르겠어. 너는 모든 것이 순조롭잖아. 하지만 나는 내가 원하는 방식으로 나를 아끼고 보듬어 주는 그런 안정된 파트너가 지금까지 한 번도 없었어. 그래서 네가 부러워…….”

“자신을 원망하거나 포기하지 마.” 마리-클레르가 끼어들었다. “너에게 어울리는 남자를 찾는 것이 중요해. 어떤 여자들은 본능적으로 적당한 남자를 만나지만, 다른 여자들은 많은 어려움을 겪기도 해. 나는 정말 운이 좋은 경우고, 한눈에 좋은 남자를 발견하는 경우는 거의 없어. 나는 시고 떫은 여러 구아바들 중에서 운 좋게 달콤한 구아바를 집은 것뿐이야. 내가 내 사무실로 곧장 가지 않고 여기로 왔던 것은, 또 전화가 아니라 이렇게 직접 만나서 이야기 하는 것은, 프로스페르에게서 너의 다른 남자친구들에게는 없는 그 무엇을 보았기 때문이야. 너는 마땅히 나에게 고마워해야 해. 샬롯트, 제발 나를 실망시키지 마.”

“너의 호의에는 감사하지만, 프로스페르는 내 수준에 맞지 않는 것 같아. 나는 솔직히 맹인이든 청각장애인이든 상관없어. 하지만 눈이 높은 친구들은 어떻게 하고? 마티바는 뭐라 하겠어? 그리고 나의 상관들은? 또한 다른 여성들, 나의 친구들과 적들은 어쩌고? 그들은 나를 비웃을 거야. 그들은 돈 때문이라고 수군거릴 거야. 나는 그 누구와도 할 수 있어. 심지어 개와도!…… 마리-클레르, 그것을 부정하지 마. 그렇게 머리를 흔들지마. 내 말은 진실이야. 그들 모두는 나를 조롱할 거야. 친구들, 적들 모두…….”

"문맹은 문둥병이 아니지 않니?" 이번에는 침착하고 사려 깊은 어조였다. "프로스페르는 읽고 쓰는 것을 제외하고는 모든 것을 갖추었어. 돈이 많고, 따뜻한 마음을 지녔고, 잘생겼어. 필립을 예로 들어 보자. 필립은 유식하지만 돈이 없어. 다른 사람들이 읽고 쓸 수 있는 남자를 기대한다는 이유 때문에 너는 그와 같은 무일푼의 날라리를 택하겠니? 모하메드를 봐. 그는 유식하고 돈도 많아. 하지만 자기 부족 바깥의 사람과 결혼하고 싶어 하지 않아. 그럼 어떻게 할 건데? 그래도 학식 있는 사람을 고집할래? 샬롯트, 아니야. 인생은 그런 이상과 환상에 빠져 있을 만큼 길지 않아. 너를 비웃는 사람들은 잊어. 그러고 싶다면 그러라 그래. 그들은 지금 네가 거절하고자 하는 그런 사람을 만날 기회조차 없어. 그들을 잊어. 그리고 너의 창백한 삶에 새로운 활력을 가져다 줄 이 절호의 기회를 놓치지 마. 너의 삶을 다시 책임질 때가 되었다고 생각하지 않니? 얼마나 좋은 기회야! 좋은 뉴스는, 그래, 좋은 뉴스는 프로스페르가 여기에 정착하고 싶어 한다는 거야. 마티바와 그는 앞으로 좋은 친구가 될 거야. 그래서 그는 비록 교육은 못 받았지만, 무식쟁이들이나 쓰레기더미에 꼬이는 파리와 같은 도시의 노숙자들과 어울리지 않고, 교양 있는 권력자들과 만날 거야. 이러한 절호의 기회가 너를 스쳐 지나가도록 내버려 두겠니?"

"오늘밤 그가 온다고 했지?"

"응. 오라고 했어."

"이 일에 대해 고민해 볼게."

"좋아."

샬롯트는 고개를 끄덕이며 마리-클레르의 등을 가볍게 두드렸다.

그들은 30초 정도 침묵하며 가만히 있었다. 이윽고 샬롯트가 말했다.

"최근에 리제트 소식 들은 거 있어?"

"왜 또?" 마리-클레르는 새로운 흥분으로 마음이 부풀었다. "말해 봐."

"파리에서 귀국하여 다시 테오도르와 만나고 있대."

"정말? 자세히 말해 봐."

"내 문제는 그녀와 비교하면 아무것도 아니야." 샬롯트는 시작했다.

리제트는 젊은 남자와의 부적절한 관계로 악명 높은 40대 중반의 여자이다. 그녀는 나이 차이에도 불구하고 마리-클레르와 샬롯트의 가까운 친구이다. 그녀는 싱글이다. 니아만덤 도심에서 빵집을 운영하면서 많은 돈을 벌었다. 이렇게 번 돈으로 파리를 수시로 드나들며 옷, 보석, 향수, 신발 등의 물품을 구해 와, 마리-루이스처럼 친구들에게 팔았다. 리제트는 상당히 매혹적인 여성이지만, 근본적인 문제를 지니고 있었다. 그녀는 남자들의 관심을 끌기 위해 끊임없이 자신의 권력을 이용했다. 그녀는 집착(소유)과 사랑의 차이를 구분하지 못했다.

그녀는 사업에 성공해서 좋은 빌라와 고급 차를 소유했다. 그리고 중년 남자와 사귄 경험도 풍부했다. 그럼에도 불구하고 늘 젊은 남자들에 집착했다. 그녀는 아직도 자신이 남자들, 특히 젊은 남자들에게 인기가 있다는 자만심에 빠져 있었다. 또한 젊은 남자들이 그녀에게 젊음의 활력을 가져다준다고 믿었다. 그래서 그들과의 섹스에 특별히 집착했다.

그녀는 주로 스무 살에서 스물다섯 정도의 젊은 남자들과 데이트를 했다. 돈과 선물 공세로 그들의 환심을 샀다. 젊은 연인들은 또한 그녀의 차와 아파트를 마음대로 이용했다. 단 한 가지 조건이 있었다. 리제트는 질투심이 강했다. 그녀는 자신의 연인이 다른 여자들과 만나는 것을 참지 못했다. 젊은 연인을 만날 때마다, 그녀는 침실로 직행해서 남자의 모든 에너지를 쥐어짰다. 그녀의 욕망은 끝이 없었다. 사실 그녀의 성적 욕망은 과도했다. 다행스럽게도 젊은 연인들의 성적 에너지는 국내외를 막론하고 효험이 있다는 여러 흥분제와 강장제를 통해 수시로 보충되었다.

지난 달 리제트는 파리로 여행을 떠났다. 그녀는 떠나 있는 동안, 아파트 열쇠와 새로 구입한 BMW 키를, 주위의 온갖 사람들에게 '조카'로 소개한 테오도르에게 맡겼다. 그에게 충분한 용돈을 주는 것 또한 잊지 않았다.

테오도르는 홀로 남게 되어 행복했다. 이제 아파트, 전화, 음식, 차, 돈 등으로부터 자유로웠다. 하지만 이러한 모든 것을 함께 즐길 사람이 없었다. 그는 예쁘고 젊은 아가씨를 만났다. 그녀를 집으로 초대해 아파트가 자신의 것이니, 오고 싶으면 언제라도 오라고 말했다. 그는 그녀에게 돈까지 주었다. 젊은 아가씨는 곧 테오도르와 같이 지내게 되었다. 그는 아가씨에게 리제트의 큰 붙박이장 두 개가 있는 방을 노출시키지 않기 위해 손님방을 사용했다. 그는 자신을 노출시킬 수 있는 여타의 물건에도 특별히 조심했다.

리제트는 프랑스에서 한 달을 머물 예정이었다. 테오도르와 젊은 여자 친구가 쾌락에 빠질 더할 나위 없이 좋은 일탈의 기간이었다. 3주가 지난 후 리제트는 밈보랜드로 돌아오기로 마음먹었다. 그녀는 엄청난 선물 공세로 테오도르를 놀라게 해 줄 작정이었다. 돌아오는 비행기 안에서, 그와의 짜릿한 순간을 끊임없이 상상하며 쾌락에 빠졌다. 이렇듯 도착하는 날은 항상 쾌락에 흠뻑 젖어 비행기 화장실을 수시로 들락거렸다.

이른 아침 리제트를 태운 비행기가 니아만덤 국제공항에 도착했다. 그녀는 택시를 타고 아침 7시쯤 집에 도착했다. 초인종을 눌렀다. 테오도르의 여자 친구가 무심코 문을 열러 나왔다. 그녀는 속이 훤히 비치는 티셔츠를 입고 있었다. 그녀는 앞에 있는 여자가 테오도르가 전에 말했던 이모일 거라고 생각했다. 설마! 테오도르는 이모가 파리에 살고 있으며, 사업차 가끔씩 밈보 랜드에 들른다고 했다. 달랑 티셔츠만 입고 완전히 낯선 사람과 대면하는 것이 적잖이 불편했다. 하지만 리제트가 세 개의 큰 가방을 가지고 온 것을 보고, 민망한 옷차림에도 불구하고 가방을 들어 주기 위해 달려들었다. "이모, 어서 오세요." 그녀가 인사했다. "프랑스에 사는 테오도르의 이모시죠? 얘기 많이 들었어요."

리제트는 분노에 휩싸여, 가지고 온 짐을 모두 내려놓았다. 그녀는 집으로 달려들며 비명을 질렀다. "테오도르! 테오도르!…… 이 개새끼!!…… 사랑의 맹세를 한 지 얼마나 되었다고! 이 사기꾼 같은 놈!!! 개새끼!!!"

아가씨는 너무 무섭고 당황해서 뒤도 돌아보지 않고 도망칠 생각이었다. 하지만 주저했다. 거의 반나체 상태였기 때문이었다.

그때 테오도르는 한껏 고양된 목소리로 흥얼거리며 샤워를 하고 있었기 때문에 밖에서 무슨 일이 일어나고 있는지 알 수 없었다. 테오도르가 여자 친구를 부르며 욕실을 나오는 순간, 리제트가 손님방의 문을 열었다. 테오도르의 시선은 얼어붙었다. 그는 어찌된 영문인지 몰라 깜짝 놀랐다. 여자 친구는 어디로 갔을까? 그가 사과의 말을 하려고 했으나, 리제트는 내버려 두지 않았다. 그녀는 테오도르를 욕하며 당장 집에서 나가라고 소리쳤다.

"심지어 테오도르는 바지를 입을 여유조차 없었어. 인간 이하의 취급을 당한 거지." 샬롯트가 결론지었다. "그녀는 그 집에 있는 어떤 옷도 허락하지 않고 그를 내쫓은 거지. 그녀의 목소리가 너무 커서, 테오도르는 이웃들이 엿들을까 두려워했어. 그는 그녀에게 빌었어. 하지만 그녀는 이웃들을 불러 쫓아내겠다고 협박했어. 그는 제발 옷만은 입고 나가게 해 달라고 빌었지만, 그녀는 허락하지 않았어. 그가 사과하자, 그녀는 이미 용서했다고 했어. 그의 남근을 손대지 않고 온전하게 떠나보낸 것이 너그러운 용서인 셈이지! 그가 집을 빠져나가자 문이 영원히 닫혔지." 그토록 믿었던 테오도르의 배신은 그녀에게 바늘방석에 눕는 것보다 더 고통스러웠을 것이다.

"말해 뭣 해? 테오도르는 그래도 싸!" 마리-클레르가 시계를 보며 말했다. "불쌍한 리제트! 그를 위해 모든 것을 바쳐 헌신했는데."

"그러게 말이야. 은혜를 모르는 미친놈이지."

"나 가 봐야 해." 마리-클레르가 말했다. "벌써 9시 반이야." 그녀가 소리쳤다. "월요일 아침 장관님이 사인해야 할 서류가 산더미야. 이따 오후 약속에 좀 늦을 수도 있겠어."

"알겠어." 샬롯트는 일어서서 복도까지 따라 나왔다. "너무 서두르지는 마. 시간 안에 끝내려고 바쁘게 일하다 보면 실수가 생겨 오히려 더 늦어질 수 있어."

"알아. 모든 서류는 한 번 더 검토하라, 이거지?" 그녀는 갑자기 핸드백을 열어 봉투를 꺼냈다. "네 거야." 그녀는 봉투를 건네며 말했다. "잊을 뻔했어. 생일 축하해. 선물은 이따 오후에 가져갈게."

샬롯트는 봉투를 찢어 카드를 꺼냈다. "*고마워 친구. 너무 좋아. 아름다워! 에펠탑이지, 그치? 너무 멋진 풍경이야!*

"그래. 멋진 곳이야. 마티바가 내년 여름에 나를 데려가 줄 거야. 오늘밤 잘 한다면, 프로스페르가 너를 거기로 모셔 갈 거야." 그녀가 웃었다. 하지만 샬롯트는 아무 말도 않았다. 그녀의 시선은 카드에 고정되었다. 진짜 아름다운 광경이었다. 거기에는 다음과 같이 쓰여 있었다.

'샬롯트에게, 파리의 에펠탑이야. 생일 축하해!!! 너
의 사랑스러운, 마리-클레르로부터.'

그들은 작별 키스를 했다. 마리-클레르는 샬롯트가 사무실로 돌아가자 계단을 내려갔다. 그녀는 프로스페르의 여자 친구 혹은 아내가 되는 자신을 상상해 보았다.

13

마티바 각하는 마리-클레르가 약속한 대로 월요일 오후 프로스페르를 처음으로 만났다. 이들은 한 시간 반이나 만났다. 여유 자금이 얼마나 되는지를 눈치챈 장관은, 그 돈에 대한 프로스페르의 혼란스럽고 장황한 설명보다는, 그로부터 얼마의 돈을 빼돌릴 수 있는지에 관심을 가졌다. 프로스페르는 자신이 지어내고 꾸민 이야기가 거의 말이 되지 않는다는 사실을 미팅 전에 이미 잘 알고 있었다. 그는 비밀을 지켜야 했다. 하지만 니아만덤에 도착하면서 그를 맞이한, 돈을 향한 갈망과 부패의 기운이 그를 안심시켰다. 백만 혹은 이백만 프랑 정도면 장관을 충분히 구워 삼을 수 있을 것이다.

하지만 오산이었다. 장관들의 끝이 없는 탐욕은 악명이 자자했다. 마티바는 더욱 심했다. 상상을 초월했다. 그는 마음이 아니라 육체가 삶의 리듬을 결정하게 하는 보기 드문 미식가였다. 그래서 그는 뚱뚱했다. 최근 들어 건강한 몸을 만들기 위해 일요일마다 조깅을 했다. 하지만 그의 무분별한 식욕 때문에 체중은 늘 그대로다. 기름기가 번지르르한 넓은 이마와 축 늘어진 뺨은, 서부 밈보랜드에서 맥주를 배달할 때 알았던 유명한 뚱보, 파파 큐냠을 연상시켰다.

결론적으로 마티바는 프로스페르가 은행에 예치할 총액의 절반을 요구했다. 이러한 과도한 요구에 프로스페르는 비명을 지르며 뛰쳐나오고 싶었지만, 참고 앉아 있을 수밖에 없었다.

니마만덤은 정글과 같은 도시였다. 그가 아는 모든 공무원들은 먹이를 덮칠 준비가 된 굶주린 독수리 같았다. 도시는 다른 사람의 돈 냄새를 맡고 가로채기에 혈안이 된 탐욕의 공간이었다. 혐오감이 솟아올랐다. 옷, 신발, 화장품, 향수 등 유럽산 제품에 대한 도시 여성들의 숭배는 사왕의 빈민가 여성들의 그것보다 훨씬 심했다. 이것이 도시 사람들이 중요시하는 라이프 스타일 같았다. 그에게는 다른 선택의 여지가 없었다. 자신의 돈을 지키기 위해서는, 냉혹한 이러한 도시의 게임 규칙을 최대한 빨리 습득하고 주어지는 기회를 놓치지 말아야 한다. 그는 어려운 환경에서 태어나 어려서부터 살아남는 법을 터득했다. 그는 냉혹한 적자생존의 게임에서 자신을 거꾸러뜨리는 도시의 기생충들이 얼마나 될지 궁금했다. 거의 없을 것이다. 결코 그들에게 패배하지 않을 것이다.

장관과의 줄다리기는 계속되었다. 애초에 생각했던 것보다 손실이 클 것은 분명해 보였다. 이제 손실을 얼마나 줄일 수 있느냐가 문제였다. 마티바 각하는 타고난 전사의 강인함을 지녔다. 그는 눈앞에 보이는 조그만 이익에 현혹되지 않고 수많은 혁명을 성공으로 이끈 최고의 투사였다. 그들은 마침내 합의에 도달했다. 프로스페르는 울며 겨자 먹기로 과하지도, 모자라지도 않은 협상이라 자위했다. 삼천만 프랑이었다. 마티바 각하는 딱 그만큼의 금액으로 프로스페르의 '대부(代父)'가 되는 조건을 수락했다. 프로스페르는 마지못해 동의하고, 악수를 하며 부족어로 몇 마디 덕담을 나누었다. 장관은 위험 부담 없이 믿고 일할 수 있는 같은 부족 출신의 부유한 사업 파트너를 곁에 두게 되어 기뻤다. 그는 장관 각하의 환심을 사기 위해 암과 염소, 수탉 등을 자루에 넣고 찾아오는 고향 사람들을 만나고 싶지 않았다. 이후 프로스페르가 둘을 위해 돈을 버는 동안, 자신은 나라의 정치를 돌보기 위해 집중할 수 있을 것이다. 얼마나 멋진 일인가!

"자네를 알게 되어 얼마나 기쁜지 모르겠네." 마티바가 말했다. "우리 주변에는 참으로 많은 돈이 있네. 하지만 정치는 돈하고 거리가 멀다네. 누구나 이익을 챙기지. 나라를 바로 세우는, 우리 정치인들만 빼고 말이네. 가능한 한 빨리 정착하여 내 사업을 맡아 주시게. 사업이 그리 크지는 않지만, 잘 운영해 줄 적당한 사람을 찾고 있다네. 만난 지 얼마 되지 않았지만 자네가 적임자라는 생각이 드네. 자네는 성공할 사업가의 자질을 충분히 갖추고 있네." 뒤집힌 대문자 V 모양의 앞니를 드러내며 그가 웃었다. "그래, 자네는 타고난 사업가야!" 그가 계속했다. "신의 축복이 함께 한다면, 10년 안에 우리는 가스통 아반다가 잘 나갈 때보다 두 배나 많은 돈을 벌게 될 거야. 그 이야기 들어 보았나?"

"무슨 이야기 말입니까?" 프로스페르는 가슴이 덜컹했다.

"가스통 아반다 이야기 말일세." 놀라 돈다발을 떨어뜨리고 더듬는 프로스페르를 보며 말했다. "2달 전쯤에 그의 이름이 라디오, 신문 등을 도배하며 사람들 입에 오르내렸지. 자네도 들어서 알고 있을 거야."

"예. 조금 알고 있습니다." 프로스페르는 태연해 보이려 노력했다. 하지만 그의 목소리에는 수사관의 추적을 의식하는 약간의 떨림이 묻어났다. "그는 어떻게 되었습니까?" 프로스페르는 짐짓 모른 체하며 물었다. 그는 장관이 서부 밈보랜드 빅토리아 지역에서 수출입 사업을 했다는 자신의 거짓말에 속아 넘어간 사실에 다시 한 번 안도감을 느꼈다. 그는 장관에게 수출입 사업의 복잡함에 대한 이야기를 했었다.

"감옥에 갔다네." 마티바가 대답했다. "바로 여기 니아만덤 야캉에 있는 최고의 보안을 자랑하는 감옥에 말이네."

"신이시여! 감사합니다." 프로스페르가 본능적으로 말했다.

"뭐라고?" 마티바는 의구심이 들었다. "왜 그렇게 말하시는가?"

프로스페르는 재빨리 생각했다. "그와 같은 사기꾼은 국가의 명예를 손상시키지 않나요?"

"그렇고 말고." 마티바가 말했다. "결코 용서할 수 없는 범죄지. 현금을 위조했으니 말이야. 이 점에 있어서는 우리들 누구라도 엄중한 법의 심판에서 자유로울 수 없네." 그가 과장했다. "때때로 법의 테두리를 벗어나는 경우도 있지만 한계라는 것이 있다네. 만일 가스통이 자신의 사업가적 능력으로 법을 주무를 수 있다고 생각했다면 그것은 제 무덤을 스스로 판 셈이지. 그는 이를 통해 뼈아픈 교훈을 얻었을 거네." 마티바는 가스통 아반다가 집권 여당과 매우 가까웠다는 사실을 애써 무시하려고 했다.

"그는 얼마나 오래 갇혀 있을까요?"

"2년 정도 되지 않을까 싶네." 마티바가 대답했다. "운 좋은 녀석." 그가 덧붙였다. "판사는 25년을 주장했네. 대통령의 명예를 훼손했을 때의 형량이지. 하지만 판사도 어찌할 수 없는 대통령의 특별 지시가 내려왔다네." 그는 프로스페르를 믿고 속사정을 털어놓았다. "우리의 정의가 어떻게 실현되는지를 보여 주는 중요한 교훈이지." 마티바는 잠시 말을 멈추고 손수건을 꺼냈다. 에어컨이 켜져 있었음에도 연신 땀을 흘렸다. "하지만 자네와 함께 할 사업은, 자네가 서부 밈보랜드와 해외에서 해 왔던 것과 마찬가지로, 엄정한 법의 테두리 안에서 진행될 거네. *나는 영어*

권 사람들이 왜 그렇게 억압적인지 잘 안다네. 좀도둑들이 빅토리아, 케이타운, 아바카, 라고스, 오니차, 아크라 등지에서 어떻게 정치범으로 둔갑하여 탄압받고 있는지를 잘 알고 있다네. 영어권 사람들은 전혀 농담을 하지 않는다네. 여기에서 누가 웨스트 밈보랜드에서 하듯, 좀도둑들의 목에 타이어를 걸고 불을 붙이는가 말인가. 우리는 너무 관대하다네." 그는 머리를 부드럽게 흔들었다. 마치 좀도둑들을 가차 없이 처벌하는 사람 같아 보였다. "우리는 사기를 쳐서 돈을 벌 필요가 없네. 서두를 필요도 없지. 법의 테두리 안에서도 돈을 벌 방법이 많다네. 가스통 아반다 같은 사람은 불쌍하지. 귀와 콧구멍에서 금은보화가 분수처럼 쏟아져 나와도 결코 만족할 줄을 모르는 사람이지. 자네와 함께 할 원대한 계획이 있네. 10년 안에 이룰 원대한 사업 말이야."

프로스페르는 마티바가 하는 말을 거의 듣지 못했다. 그는 마티바 각하와의 거래에 필요한 돈을 셈하느라 정신이 없었다. 이렇게 날려 버린 3천만 프랑은 오랫동안 그의 뇌리에서 잊혀지지 않을 것이다. 장관의 거대한 앞니에 물린 깊은 상처는 쉽게 아물지 않는 치명상이 될 것이다. 여러 번 곱씹어 볼수록 마음이 무거웠다. 그는 합의한 금액보다 더 많은 돈이 가지 않도록 각별히 주의했다. 정확하게 계산했다는 확신이 들자, 돈뭉치를 테이블 맞은편에 앉은 마티바 쪽으로 밀었다.

마티바가 활짝 웃으며 부족어로 말했다. "고맙네." 그리고 건네받은 돈뭉치를 조심스럽게 여행 가방에 집어넣었다. 한탕을 한 후, 보스가 자신에게 얼마나 많은 돈을 배당했는지 확인할 겨를이 없는 조직원 같았다. 프로스페르는 목이 메는 심정으로 그 광경을 지켜보았다. "사는 게 다 그런 거네." 자살 충동을 어루만지는 듯한 어투로 그가 중얼거렸다.

그리고 난 후, 그들은 밝은 표정으로 앞으로의 일에 대해 논의했다. 먼저, 프티 파리에 있는 마티바의 빌라로 가서 밈보랜드 은행장과 저녁을 같이 하기로 했다. 은행장에게 바로 전화했다. 식사를 하면서, 에밀에게 프로스페르를 소개하고 돈에 대해 논의하기로 했다. 에밀은 마티바의 불알친구였다. 그들은 좋은 일, 나쁜 일, 지저분한 일 등 모든 경험을 공유하는 사이였다. 그들은 사왕에 있는 주니어 신학대학 동기동창이었다. 프랑스로 유학도 함께 떠났다. 신이 국가와 민족을 위해 헌신하는 임무를 부여하지 않았다면, 그들은 세상 곳곳에 신의 말씀을 전달하는 사제가 되었을 것이다. 하지만 신성한 계시에 따라, 그렇다, 신의 뜻에 따라, 그들은 일찌감치 사제직을 포기하고 세속적인 학계에 몸을 담았다. 그 후 급진적 민족주의를 거쳐 국가 연합의 정치로 옮아갔다.

프로스페르는 두서없이 이어지는 장관의 말에 온 신경을 집중했다. 이를 위해 3천만 프랑을 지불하지 않았는가! 마티바의 말 한 마디로, 니아만덤에 안착하고 정치 거물들로부터 이득을 취할 수 있게 되지 않았는가!

"원한다면 프티 파리 지역에 적당한 집을 구해 줄 수도 있네." 장관은 대부처럼 말했다. "주택건설부 장관이 다음 주 파리에서 돌아오면, 내 그에게 말해 주지. 그는 새로운 도시 환경, 즉 파리, 리옹, 마르세유 등과 같은 도시를 건설하기 위해 그곳으로 견학하러 갔네. 그동안 자네는 호텔에 계속 머물든지 아니면 우리 집에 와서 지내도 좋네. 편하게 하게. 우리 가족은 열 명이나 되지만, 그래도 빈 방이 많네. 자네 결혼했는가?"

"아직 하지 못했습니다."

"결혼할 의향은 있는가?"

"네. 그럼요."

"좋은 생각이야. 결혼은 꼭 해야 하네. '아내가 없는 남자는 거품이 없는 샴페인이다.' 신학교 다닐 때 친구가 장난스럽게 말하곤 했지. 사실이 아닌가! 우리 사회에서 결혼은 모든 일의 전제조건이네. 우리의 내각 각료 중에서 결혼을 하지 않은 사람은 아무도 없다네. 네 명의 아내를 가진 대통령은 결혼을 필수조건으로 생각하네. 나도 그렇게 생각해. 결혼은 남자를 책임감 있는 사람으로 만들지."

어떻게 그런 생각을 가지고 마리-클레르와 불륜을 즐기는지, 나아가 성스러운 신부 수업을 받은 사람이 이렇게 세속적인 삶을 거리낌 없이 추구하는지 도저히 이해할 수 없었다. "아마도 그는 금욕주의적인 수녀들과 함께 수입 비스킷으로 아이들의 입맛을 달래거나 굶주리는 교구민들을 넓은 아량으로 보듬는 데 많은 시간을 소모할 것이다. 하지만 성스러운 하나님의 복음이 전 지역에 울려 퍼지는 것은 결코 바라지 않을 것이다." 프로스페르는 속으로 생각했다. 프로스페르는 니아만덤에 도착하자마자 마티바 각하에 대한 여러 기이한 소문들을 들었다. 그가 대중들에게 보여 주고 싶은 "깨끗하고 존경할 만한 남자"라는 이미지와 모순되는 경우가 많았다.

그는 당분간 프티 파리에서 지내라는 장관의 제안을 받아들였다. 이들과 빨리 융합되면 융합될수록 좋다. 숙원 사업을 빨리 시작해야 한다. 마티바가 은행장과 통화를 마치자 그들은 함께 사무실을 나왔다. 장관은 마리-클레르의 사무실에 들러 진한 키스를 나누었다. 그리고 오후 약속을 취소하라고 지시했다. "프로스페르와 함께 집에 갈 거예요. 할 이야기가 있어요. 중요한 일입니다." 그가 설명했다. "나중에 당신 집에서 봐요." 그가 덧붙였다. "너무 피곤하지 않으면 몬테카를로에 가서 술 한잔할 겁니다." 그는 샐쭉거리는 표정을 짓는 그녀의 기분을 나아지게 하려고 노력했다. 마리-클레르는 밝게 웃으며 프로스페르에게 몰래 윙크했다. 그들 사이에 일어난 모든 일을 비밀로 하자는 신호였다.

그 윙크는 지난 금요일 생일 파티에서 만난 샬롯트를 떠올리게 했다. 그는 생일 축하 샴페인과 케이크의 비용을 누가 낼 것인가를 결정하는 경쟁에서 승리함으로써 강한 인상을 남겼다. 그는 샬롯트를 제외한 모든 아가씨들의 인기를 독차지했다. 그의 두툼한 지갑은 다른 남자 손님들의 마음을 불편하게 했다. 그들 중 몇몇은 생일잔치가 무르익기도 전에 슬금슬금 파티장을 빠져나갔다. 그날 밤 프로스페르는 스타가 되었다. 샬롯트는 그의 피앙세가 되었다. 니아만덤에서 얻은 첫 번째 트로피였다. 그는 장관이나 정부의 고위관리들이 그녀를 소유하기 위해 무엇을 제공하고 있는지 정확히 알지 못했다. 하지만 그는 전혀 놀라거나 당황하지 않았다. 마리-클레르와 마찬가지로 샬롯트 또한 옷, 신발, 화장품, 향수 등 화려한 의상과 장신구들로 대변되는 현대 밈보랜드 여성의 우아한 취향을 충족시켜 줄 누군가를 가져야만 했다. 그녀의 변변찮은 월급으로는 어림도 없는 일이기 때문이다. 비록 브뤼셀 대사로 가게 된 남자 친구가 고향 출신의 다른 여자와 결혼하면서 그들의 관계가 정리되었다고 해도 프로스페르는 여전히 경계를 늦추지 않았다. 여자를 사귀는 데 실패하지 않기 위해서는 본능의 소리에 귀를 기울이는 의심이 필수적이다.

마티바는 대기실에서 오후 약속을 기다리는 공무원들의 불만을 무시했다. 프로스페르는 보디가드처럼 장관 뒤에 바짝 붙어 이동했다. 특별 대접을 받는 기분이 들어 우쭐했다. "이러한 대접을 받느라 돈이 얼마나 들었는데!" 장관은 승강기를 타지 않았다. 그들 둘은 계단으로 내려갔다. 1층까지 내려가는 데 10분이나 걸렸다. 얼마나 피곤한 일인가! 그들은 프로스페르의 도요타 콜로라가 주차되어 있는 곳으로 갔다. 프로스페르는 멈춰 서서 자동차 열쇠를 꺼냈다.

"자네 차인가?" 장관이 물었다.

"예." 프로스페르는 영문을 몰라 어리둥절했다. '차를 달라는 것인가? 아니면 왜?' 프로스페르는 의구심이 들었다.

"더 이상 이런 차로 돌아다니지 말게." 장관이 주의를 주었다. "체면을 위해!" 그가 덧붙였다. "자네는 이제 프랑스어권 지역에 있네. 여기는 어떤 차를 운전하는지가 중요하지 않은 서부 밈보랜드가 아니란 말일세. 여기서는 체면이 모든 것을 결정한다네. 그것이 바로 프랑스의 자존심이야. 우리도 마찬가지야. 프랑스 사람들은 자부심이 있어. 그들의 형제인 우리도 그렇지. 그 아버지에 그 아들이지."

"알겠습니다." 프로스페르는 자신의 단순한 거짓말이 만들어 낸 효과에 감탄하며 고개를 끄덕였다. 그는 서부 밈보랜드에서 수출입 사업을 하며 런던으로 출장 가는 일이 잦다고 거짓말을 했었다. 이 거짓말이 영어권과 프랑스어권 사이의 문화에 대한 엉뚱한 비교를 불러온 것이다.

"일단 내 리무진으로 가세." 그를 포동포동한 바퀴벌레같이 보이게 하는 갈색 상의의 깃을 바로잡으며 마티바가 말했다. "30분 안에 집에 가야 하네." 그는 잔디밭을 가로질러 전용 주차장으로 갔다. 두 명의 보디가드와 함께 운전사가 검은 메르세데스 280 SE 옆에 서 있었다. 보디가드들은 피부가 매우 검었으며 날씬하고 키가 컸다. 문을 열어 준 한 명은 장관과 함께 뒷좌석에 탔다. 나머지 한 명은 조수석에 앉았다. 그들은 출발했다. 체면, '프랑스인*의 자존심*'을 위해 버려야 할 프로스페르의 도요타 콜로라가 뒤를 따랐다.

이렇게 변화의 등이 켜지고 프로스페르는 그들의 사회에 진입하였다. 프로스페르는 수단과 방법을 가리지 않고 성공의 사다리를 오르기 위해 여기에 왔다. 마티바 각하의 뒤를 좇는 지금, 그 무엇도 자신을 멈추게 할 수 없을 것이다. 그는 지금 어린 시절 그토록 염원했던 성공으로 가는 길 위에 있다. 오래 전 부모님이 돌아가셨을 때, 부모님을 일찍 여읜 사람이 오히려 그렇지 않은 자보다 위대한 성공을 할 확률이 높다는 말을 얼마나 곱씹었던가. 성공에 다가가고 있다는 예감에 압도된 순간, 갑자기 눈물이 솟구쳐 뺨을 타고 흘렀다. 눈물의 따뜻한 온기가 어머니가 살아계셨던 유년 시절로 그를 이끌었다. 슬픔의 눈물이 아니라 기쁨의 눈물이었다. 그에게 있어 슬픔은 과거의 것, 잊힌 악몽이었다. 새로운 삶의 현장, 니아만덤은 고통과 절망의 장소가 아니라 행복과 기쁨의 도시로 보였다.

14

시간이 흘렀다. 많은 것이 변했다. 프로스페르는 극소수 특권층 클럽의 정식 회원이 되었다. 교육 수준이 낮은 그가 정회원이 된 것은 극히 예외적인 일이었다. 예외적인 것은 분명 가치 있는 일이다. 그는 오래지 않아 유창하게 읽고 쓰지 못하는 것이 지성의 부족을 의미하는 것이 아님은 물론, 이것이 '현대적' 삶의 방식을 이해하고 수용하는 데 걸림돌이 되지 않는다는 사실 또한 증명했다. 프랑스와 영국, 그리고 미국의 문맹자들이 현대화될 수 있다면, 밈보랜드 사람 또한 문명화되지 못할 이유가 없다. 이러한 진보적인 인식을 바탕으로 프로스페르는 스스로를 새롭게 정립했다. 그는 카세트테이프와 여러 다른 학습 도구들을 통해 읽고 쓰는 능력을 향상시키기 위해 노력했다. 특히 선진 문명을 대변하는 프랑스어를 완벽하게 습득하기 위해 심혈을 기울였다. 이러한 노력의 결과 프랑스어에 관한 한, 프로스페르는 마티바나 정부의 고위 관리 및 공무원들과 비교해서 조금도 뒤떨어지지 않는 수준이 되었다. 마리-클레르, 샬롯트, 마리-루이스 또한 프랑스어에 노력을 집중했다. 그들 모두는 도시 주변부의 비좁은 쓰레기 더미에서 사는 동료들의 발음과 어감을 벗어나기 위해 대서양 너머로부터 건너오는 소리의 변화에 민감하게 반응했다. 처음에는 쉽지 않았다. 하지만 프로스페르는 치열한 삶의 링에서 초반 라운드에 나가떨어지는 그런 싱거운 권투선수가 아니었다. 악명 높은 어둠의 파괴자나 경기를 지배하는 호랑이와 맞서서도 결코 물러서지 않았다. 그는 서구 문명과 이를 전파하는 사람들이 주장하는 모든 것을 무비판적으로 받아들이지 않았다. 그는 서구적 가치를 받아들임은 물론 이를 비판하는 사람들의 논리까지 수용하게 되었다. 인생을 송두리째 바꾼 뜻밖의 횡재 이전의 삶, 즉 사왕에서의 비참한 삶과 지금의 삶은 확실히 다르다. 이제 예전의 프로스페르가 아니었다.

니아만딤에 오기 전까지 프로스페르는 미니스커트와 블라우스를 입은 여성들의 늘씬하고 매끈한 모습을 보고 의구심을 표하는 사람들 중 하나였다. 그러한 모습이 너무나 우스꽝스러웠으며, 왜 저렇게 입고 다니는지 도저히 이해가 되지 않았다. 비싸고 과시적인 화장품에 열광하는 젊은 여성들의 취향도 쉽게 납득되지 않았다. 이탈리아 구두를 사기 위해 한 달 월급 혹은 그 이상의 돈을 기꺼이 소비하는 사람들 또한 마찬가지였다. 서구의 유명한 여배우나 가수를 모방하여 머리카락을 금발로 물들이는 소녀들은 또 어떠한가. 그가 이러한 모습을 이해하게 되었다는 사실은 니아만딤의 현대적 삶의 양식이 그를 얼마나 변화시키고 동화시켰는지를 보여 주는 충분한 사례의 하나이다. 그는 이러한 서구적 가치에 넋을 잃었다.

프로스페르는 니아만딤에 오기 전 스스로에게 약속했던 대로, 한 명이 아니라 두 명의 여자와 다시 결혼했다. 마티바와 동료들은 그를 가만 내버려 두지 않았다. 숨도 쉴 수 없을 정도로 몰아붙였다. 심지어 자지도, 먹지도 못할 정도였다. 마티바에 의하면 결혼은 책임감 있는 남자의 상징이었다. 정부의 지원을 받으며 사업을 하자면 결혼부터 해야 했다. 다른 선택의 여지가 없었다. 오직 결혼한 남자만이 대통령의 공감과 지지를 얻을 수 있었기 때문이다. 마티바가 강조했듯이, 이 나라에서는 정부의 지원 없이는 그 어떠한 사업도 성공할 수 없었다. 정부는 가장 강력한 계약자이자 소비자였다. 이러한 정부의 축복 없이는 그 어떤 시민이나 사업가도 스스로 일어설 수 없다.

그가 도심가의 주요 지점 여기저기에 슈퍼마켓을 개장하고 임시로 거주할 숙소를 찾고 있는 동안, 국토건설부 장관은 프티 파리에 있는 빌라를 얻기 위한 제반 절차를 처리해 주었다. 이즈음 첫 번째 아내를 맞이했다. 마리-클레르의 친구이자 '자매', 샬롯트였다. 마리-클레르와 주변 사람들의 압력에 의해 그들의 관계는 급속히 진전되었다. 그들의 압박이 서서히 목을 죄어오자 프로스페르는 더 이상 결혼을 미룰 수 없었다. 샬롯트는 스물네 살이었다. 그리고 프로스페르만큼이나 키가 컸다. 세련되고 매력적인 여성이었다. 그녀는 프로스페르를 향한 사랑의 진정성을 보여 주기 위해 노력했다. 하지만 프로스페르는 다시는 과거와 같은 오류를 범하지 않겠다고 다짐했다. 달콤한 신혼생활은 곧 지나갈 것이고, 샬롯트의 본모습은 얼마 지나지 않아 드러날 것이다.

결혼한 지 2년이 지나자, 그는 다른 여자가 필요하다고 생각했다. 자신의 삶과 돈에 지나친 간섭을 하는 샬롯트에 싫증이 났기 때문이다. 물론 가정의 평안을 염원하는 샬롯트의 의지와는 상반되는 생각이었다. 일부다처제는 시대에 뒤떨어지는 제도이기 때문에 두 번째 아내가 필요하지 않다는 주장은 그에게 일종의 모욕이었다. 샬롯트는 그렇게 주장했다. 심지어 그의 스승이자 대부인 마티바가 그렇게 주장했더라도 참지 않았을 것이다. 이 땅에서 가장 위대한 남자들이 어떤 형태로든 일부다처제를 찬양하고 있는데 어떤 여자가 그것을 비난할 수 있단 말인가? 대통령조차 네 명의 아내를 소유하고 있으며 그것도 모자라 평화스러운 공화국 곳곳에 정부(情婦)를 두고 있지 않은가? 성직자 출신인 마티바와 그의 동료들 중 과연 누가 신의 이름으로 전국 도시 곳곳에 첩을 두고 불륜을 즐기는 자신들의 모습을 부인할 수 있겠는가? 고위층의 이러한 난잡한 혼외정사를 샬롯트는 어떻게 설명할 수 있단 말인가? 일부일처제? 천만에, 그것은 정확한 말이 아니다. 아내는 하나지만 첩은 다수? 아내는 다수지만 첩은 하나?

프로스페르가 두 번째 아내를 원한 또 다른 이유가 있었다. 애초부터 샬롯트는 자신이 선택한 여자가 아니었다. 타자에 의해 강요된 여자였다. 또한 결혼 전 교제 기간이 짧아 그녀에 대해 아는 것이 거의 없었다. 그는 그녀를 완전하게 신뢰할 수 없었다. 생일잔치가 끝난 지 얼마 지나지 않아 발생한 한 사건은 그녀의 진심에 대해 의구심이 들게 했다. 프로스페르는 그녀에게 마음을 열고, 물질적, 정신적으로 최선을 다했다. 그는 생일 파티가 끝나자마자 샬롯트에게 최상의 아파트를 마련해 주었다. 그녀를 위해 침대에서부터 TV, 비디오 기기, hi-fi 시스템(고성능 음악재생 장치)까지 모든 것을 아낌없이 제공했다. 그녀는 전례 없이 호화롭게 살게 되었다. 침실의 주인인 프로스페르는 사전 연락 없이 원하는 시간 언제라도 마음대로 드나들 수 있을 것으로 생각했다. 그렇지 않다면 여자 친구를 위해 그렇게 많은 돈을 쓸 이유가 없지 않은가?

이러한 엄청난 물량 공세에도 불구하고 그녀는 그가 집에 머무르는 것을 제한했다. 프로스페르는 그녀를 감시하기 위해 심부름꾼 아이를 고용했다. 그는 일하는 중간 중간 틈틈이 그녀를 찾았다. 때때로 오후 4시에서 5시 사이에 방문하기도 했다. 그가 왔을 때 샬롯트가 없을 경우 큰일이 났다. 사실 그녀는 외출할 권리도 없었다. 심지어 허락 없이는 쇼핑을 할 수도 없었다. 허락을 받았다 하더라도 프로스페르가 보낸 사람과 동행해야 했다. 프로스페르는 이러한 엄격한 감시를, 샬롯트가 자신의 아내가 되어 함께 살 자격이 있는지를 알아보기 위한 과정의 하나라고 정당화했다.

아파트는 곧 감옥이 되었다. 프로스페르의 감시로부터 벗어날 수 있는 유일한 방법은 심부름꾼 아이와 공모하는 것이었다. 그녀는 아이와 친구가 되었다. 용돈도 넉넉하게 주었다. 얼마 지나지 않아, 그녀는 성적 욕구 해소를 위해 사귀었던 대학생 필립을 다시 만나기 시작했다. 시간이 지남에 따라 필립과의 만남이 점점 잦아졌다. 필립이 올 때마다 샬롯트는 심부름꾼 아이에게 용돈을 주고, 대학 근처에 마련해 준 필립의 집으로 갔다. 어느 날 프로스페르가 아파트에서 샬롯트와 필립을 목격할 때까지 그들의 타이밍은 완벽했다. 프로스페르는 이 청년이 누구냐고 물었다. 그녀는 친척이라고 말했다. 프로스페르는 자신에게 미리 말하지 않은 이유를 조목조목 캐물었다. 샬롯트는 의심을 피하기 위해 화제를 바꾸고 마실 것을 가져왔다.

필립은 떠났다. 프로스페르는 아무 일도 아닌 것처럼 행동했지만, 결코 그 사건을 잊지 않았다. 프로스페르는 우연히 샬롯트와 마리-클레르의 대화를 엿들었던 기억을 떠올렸다. 필립은 샬롯트의 '스페어타이어'로 언급되었다. 프로스페르는 자신과 결혼하려면 보다 신중하게 처신하라고 경고했다. 프로스페르는 심증은 가나 증거가 없었기 때문에 그녀의 말을 믿을 수밖에 없었다. 이것이 그가 두 번째 아내를 원하는 다른 이유였다. 샬롯트가 이런저런 방법으로 자신을 속이려 할 때, 감시하고 보고할 누군가가 필요했기 때문이었다.

이러한 샬롯트에 대한 불신으로 인해, 프로스페르는 샨탈을 두 번째 아내로 맞이했다. 자신을 하찮게 여기고, 돈을 펑펑 쓰는 샬롯트를 감시하기 위해서였다. 샨탈은 샬롯트보다 몇 달 어렸다. 키는 약간 작았다. 그녀 또한 세련된 현대 감각의 여성이었다. 프로스페르는 최상위층이 가는 나이트클럽에서 샨탈을 처음 만났다. 그 후 2년 만에 결혼했다. 그곳에는 상위 1%의 부유한 사람들이 모였다. 미모에 집착하는 젊은 여성들 또한 신분 상승을 위해 자주 드나들었다. 샨탈은 서부 밈보랜드 국회의원들이 마련한 파티에 여러 친구들과 함께 왔다. 웅고손 씨의 쉰 번째 생일을 축하하기 위한 자리였다. 샨탈은 그날 밤 주인공의 관심을 거의 받지 못했다. 그날 프로스페르는 그녀에게 접근했다. 그와 샨탈은 웅고손 씨가 난잡한 여자 문제로 의원직을 상실하자 급속도로 가까워졌다. '깨진 거울'이라는 사회 풍자 신문은 그와 관련된 여러 스캔들을 영어로 보도했다. 물론 그의 실명을 언급하지는 않았다. 문제의 기사는 복사되어 밈보랜드 전역, 특히 영어 사용권에 광범위하게 유포되었다. '서부 밈보랜드 자유 운동'은 정적들에게 흑색선전과 인신공격의 빌미를 주고 싶지 않았다. 대통령은 응고손을 즉시 의회에서 내쫓았다. 샨탈은 영어로 된 기사의 내용을 프랑스어로 번역해 주었다. 그들은 막 사랑을 나누고 안락한 호텔방에서 휴식을 취하고 있었다. 내용은 아래와 같다.

우리의 첫 번째 '감시 거울'에 온 것을 환영한다. 모름지기 약속은 지켜야 한다. 빠르게 약속하고, 느리게 행동하는 대통령 같은 사람이 되지 말자.

지난주 거짓 약속의 중심, 니아만덤을 감시하기 위해 방문했다. 자선(慈善)은 집에서 시작된다(다른 사람을 도우려면 가족부터 보살펴라). 우리 아버지는 니아만덤에 있는 엘도라도 바에서 어머니를 처음 만났다. 그들은 술을 너무 많이 마시고 사랑에 빠져 나를 낳고 후회했다. 이것은 엘도라도를 고맙게 생각하는 나의 역사가 아니라 그들의 역사다. 나를 존재하게 한 그들의 과도한 성적 욕구에 감사한다. 그렇다고 쾌락주의에 탐닉하는 자를 찬양하는 것은 아니다.

우리의 과도한 쾌락주의자는 미심쩍은 자격의 정치가이

다. 유력 후보가 두 명의 못난이였기 때문에 그는 국회의원이 되었다. 그는 자질이 거의 없는 약골이다. 나는 대통령에게 체력으로 남자들을 평가하라고 말했다. 그는 대부분의 사람들처럼 술 마시는 것을 좋아한다. 하지만 그 지역에서 생산한 술을 마시지 않는다. 오직 *다른 세계*(서구)의 정신이 깃든 최상의 와인만 찾는다. 이것은 위로부터의 명령이다. 그는 서구의 노예상태가 되어 그들을 존경한다. 이러한 그의 본능적 성향은 지역주민들을 적으로 돌린다. 심지어 그는 지지율이 낮은 정부를 위해 일부러 반대되는 행동을 하는 스파이라고도 말해진다. 얼마나 훌륭한 공무원인가!

그는 영어를 사용하는 국회의원으로 보인다. 하지만 영어를 잘하지 못한다. 그는 프랑스어를 사용하지도 못한다. 그의 진정한 정체성을 알고 싶은 사람들은 하나를 가정해야 한다. 그는 신들린 듯이 명민하게 비쿠치(Bikutsi)* 춤을 춘다. 유명한 포르노 잡지의 기사를 스크랩한다. 그는 미니스커트 안에서 꿈틀거리는 모든 것을 좋아한다. 유아기 때 몰래 숨어서 부모님의 섹스 장면을 훔쳐보았다는 소문이 있다. 중학교 시절 여교사의 다리 사이를 거울로 비춰 보다 걸린 적이 두 번이나 되었다. 확실히 그는 진정한 쾌락의 수호신이었다.

그의 일상적인 발기는 회의 장소에서 사람들을 민망하게

---

* 카메룬 전통 춤의 하나.

한다. 모임이 끝나도 너무 민망스러워 일어나 회의장을 떠나
지 못하곤 했다.

　몇몇 여성들은 그에게 '바이러스'라는 별명을 지어 주었
다. 불쾌함의 표시였다. 그들은 정확했다. 그의 치명적인 불
알과 성기는 시간과 장소, 사람을 가리지 않았다. 그는 십대
여성들과 학생, 유부녀, 미망인 등을 가리지 않고 무차별적으
로 관계를 맺었다. 그의 거미줄에는 빈틈이 없었다. 성가대에
서 드럼을 칠 때는, 성가대에 소속된 여성들 모두를 임신시
켰다는 말도 있다.

　국회의원으로서 그는 사무실에 들어오는 모든 여성들의 스
커트를 사랑했다. 학생들과 말단 직원의 아내들이 최고의 목
표물이었다. 그는 석유 채굴 사업으로 부자가 되었다고 속삭
였다. 그렇게 번 돈으로 뚫지 못할 구멍이 어디에 있겠는가?

　이러한 국회의원의 이야기를 듣고, 어젯밤 꿈을 꾸었다. 나
는 커다란 거울 앞에 서 있었다. 영상을 보여 주는 화면이기도
했다. 거기에서 귀빈석이나 강단으로 보이는 제단을 보았다.
여성 신자들이 관람객으로 앉아 있었다. 갑자기 옆문이 열리
고 국회의원이 들어왔다. 내가 그를 알아보았던가? 아니다!
하지만 TV를 통해 많이 본 기름진 얼굴이었다. 얼마나 고급스
런 옷을 입은 멋진 남성인가! 애프터셰이브 로션의 진한 향기
가 퍼졌다. 선택받은 사람들 주위를 맴도는 '성령(Holy Spirit)' 같
았다. 이러한 교회, 성지, 극장은 니아만덤 어디에나 존재한

다. 정확히 기억나진 않지만 그것은 크게 중요하지 않다.

우리의 국회의원은 제사장이었다. 그는 망설이지 않았다. 뱀파이어처럼 갑자기 선택을 했다. 마치 곡예를 부리는 매와 같았다. "미사는 끝났다. 이제 평화가 다가올 것이다." 흥분된 곡예사의 말은 농담처럼 들렸다. 다음 미사는 누구의 미니스커트 속에서 진행될 것인가.

나는 어젯밤 꿈에 위대한 국회의원을 만났다. 나는 짜릿한 몽정을 했다. 누가 우리 남자들이 다 같지 않다고 말할 수 있겠는가? 다음 주를 기대하라.

그럼 이만 총총.
파인 메인으로부터.

돌이켜 보면, 대통령이 국회의원을 해고하는 것으로 끝내지 않고 기자에게 더 이상의 내용을 쓰지 못하도록 막은 것은 그리 놀랄 만한 일이 아니었다. 급진적인 서부 밈보랜드의 기준에 따른다고 해도, 그 기자는 도를 넘어섰다. 그 정도가 아니더라도 처벌받기 십상이다.

프로스페르와 샨탈의 관계는 결혼 전 오랫동안 지속되었다. 주위의 많은 사람들이 이들의 관계를 알고 있었다. 사실, 프로스페르는 샬롯트와 친구 사이였을 때부터 샨탈을 만나 왔다. 심지어 그들의 관계를 아는 사람들 중 몇몇은 샨탈이 첫 번째 결혼 상대일 거라고 추측하기도 했다. 두 가지 이유 때문에 그들의 관계는 잘 유지되었다. 첫째, 샨탈은 매우 물질주의적인 사람이었는데, 프로스페르가 이러한 물질적 요구를 쉽게 해결해 주었다. 둘째, 그들은 침실에서의 궁합이 잘 맞았다. 프로스페르는 섹스를 매우 좋아했다. 그는 밤새 사랑을 나눌 수 있었다. 그는 가난으로부터 그녀를 구출해 상류계층의 삶을 제공했다. 원하는 것이면 뭐든 들어주었다. 고급스런 선물, 안락하고 아늑한 주거 공간, 전국을 여행하는 기쁨 등. 프로스페르는 이러한 물질적인 요소뿐만 아니라, 처음 만난 대학교 1학년 때부터 진심으로 샨탈을 돌보았다. 수업에 빠지지 않도록 세심한 주의를 기울였다. 프로스페르는 그녀가 학업을 이어 갈 수 있도록 도와주었다. 그들은 많은 시간을 함께 보냈다. 샬롯트의 친구들 앞에서도 거리낌 없이 데이트를 했다. 샬롯트가 이들의 관계를 아는 것은 시간문제였다. 질투심 많은 샬롯트는 펄펄 뛰었다.

그들은 아주 가깝게 지냈다. 하지만 모두의 예상을 뒤엎고, 프로스페르는 샬롯트와 결혼했다. 주위의 많은 사람들이 충격을 받았다. 이는 샨탈에게도 큰 충격으로 다가왔다. 샬롯트와의 결혼은 수많은 추측을 낳았다. 더 사랑한 샨탈과 결혼하지 않은 이유에 대한 소문이 난무했다. 어떤 사람들은 상류 사회에 대한 열망 때문에 샬롯트와 결혼했다고 추측했다. 또한 샬롯트가 임신했기 때문이라고 수근거리도 했다. 하지만 프로스페르는 아무에게도 그 이유를 말하지 않았다. 놀랍게도 그는 신혼 첫날밤을 샨탈과 보냈다. 그는 샨탈에게 샬롯트를 선택한 이유를 납득시키기 위해 노력했다. 그는 샨탈에게 말했다. "샬롯트와 결혼한 이유를 논리적으로 설명할 수는 없지만, 여전히 당신을 사랑하고 있는 것만은 분명해." 이 말은 샨탈을 안심시켰다. 그녀는 비로소 주위에 퍼진 조롱과 소문을 견딜 수 있었다.

하지만 결혼 후, 샬롯트는 이들의 과거를 용납하지 않았다. 그녀는 샨탈과 관련된 남편의 모든 행동을 감시하기 시작했다. 남편의 주머니, 차, 서류가방 등을 몰래 살폈다. 상황은 점점 악화되었다. 샨탈은 자신이 진짜 프로스페르의 아내라고 말하고 다녔다. 샬롯트는 편의상 프로스페르의 집에 살고 있는 여자일 뿐이라는 것이다. 놀라운 점은, 프로스페르가 이러한 말을 들어도 샨탈을 말리지 않았다는 사실이다. 샨탈의 말이 틀리지 않았다고 생각하는 사람처럼 보였다. 그는 계속해서 샨탈과 더 많은 시간을 보냈다. 집에 돌아와서는 보통의 남편과 아빠가 하는 것처럼 태연하게 행동했다.

샬롯트는 샨탈에게 남편의 곁을 떠나라고 협박했다. 또한 남편에게 끊임없이 잔소리를 했다. 화가 난 프로스페르는 샨탈과의 관계를 자세히 설명했다. 샬롯트는 남편의 모든 행동을 조심스럽게 감시했다. 명백한 증거를 잡기 위해 그들을 미행하기도 했다. 그녀는 레스토랑, 호텔방, 휴식공간에서 그들을 놀라게 했다. 그녀는 남편을 비난하고 샨탈과 싸우려고 했다. 하지만 샨탈은 항상 자리를 피했다. 프로스페르와 샨탈은 샬롯트가 그들이 있는 장소를 어떻게 알아냈는지 궁금했다. 샬롯트가 그들을 감시하기 위해 돈을 주고 사람을 고용하는 경우는 거의 없었다. 그녀는 샨탈의 집을 알아낸 후, 거기에 가서 남편이 사 준 물건들을 모두 가져오기도 했다. 샨탈과 샬롯트는 프로스페르의 마음을 차지하기 위해 격렬하게 다투었다.

남편의 외도는 샬롯트를 두렵게 했다. 그녀는 심지어 남편의 성적 능력을 강화하는 정력제를 구하기 위해 도시의 '주술 치료사'를 방문하기도 했다. 걱정이 심화됨에 따라, 때때로 사랑의 묘약을 얻기 위해 도심에서 멀리 떨어진 토바시 지역을 찾기도 했다. 거기에는 지역 최고의 명성을 지닌 전문가가 살고 있었다. 이러한 노력을 통해 약초, 나무껍질, 분말 등이 혼합된 사랑의 묘약을 얻을 수 있었다. 최악의 발기 불능 상태도 충분히 치료할 수 있는 제품이라고 했다. 하지만 이러한 약도 별 효과가 없는 듯했다. 아마도 샨탈이 보다 뛰어난 '주술 치료사'를 발견했기 때문일 것이다.

샬롯트의 위협은 프로스페르가 사귀는 또 다른 젊은 여성들에게 보내는 샨탈의 그것과 동일했다. 샨탈이 프로스페르를 얼마나 사랑하는지와 무관하게, 그녀 또한 자신과 비슷한 또래의 젊은 남자들과 관계를 유지하고 있었다. 샬롯트의 위협은 이러한 젊은 미혼남들과의 관계를 더욱 친밀하게 만들었다. 그들의 관계에 영향을 미친 최초의 사건은 니아만덤 국제공항에서 발생했다. 샨탈과 프로스페르는 독일로 여행을 떠날 예정이었는데, 샬롯트가 이를 알아챘다. 그녀는 샨탈의 뒤를 밟아 비행기 체크인 몇 분 전에 공항에 도착했다. 그녀는 남편과 같이 떠나면 죽여버리겠다고 협박했다. 깜짝 놀란 샨탈은 집으로 돌아가 버렸다. 프로스페르는 홀로 떠날 수밖에 없었다.

이 사건 이후, 샨탈은 꽤 오랫동안 충격에서 벗어나지 못했다. 그녀는 프로스페르가 돌아오자 결혼하자고 우겼다. 프로스페르는 아직 결정을 내리지 못했다. 그가 약혼 날짜를 잡기 위해 샨탈의 부모님을 만나러 간다는 소문이 순식간에 퍼졌다. 하지만 소문은 그저 소문이었다. 대부분의 소문은 사람들이 꾸며낸 이야기이기 마련이다. 비록 한 가지가 마음에 걸리기는 했지만, 샨탈은 프로스페르와의 관계를 끝내는 것을 진지하게 고민하기 시작했다. 그녀는 프로스페르의 두툼한 지갑에서 나온 옷과 신발, 선물들을 과시하는 것을 좋아했다. 그녀는 대학을 그만두고 해외로 유학 가게 해 달라고 졸랐다. 하지만 프로스페르는 허락하지 않았다. 그녀를 잃을까 두려워서였다. 그는 샨탈을 설득해 학교로 돌아가게 만들었다. 그녀는 학교로 돌아가 그와 약속한 새로운 과정을 공부하기 시작했다. 해외 유학을 준비하는 프로그램이었다. 그 후 그들은 과거의 모습으로 돌아갔다.

샨탈은 유학의 꿈을 접었다. 하지만 여전히 프로스페르로부터 자신을 구해 줄 젊고 부유한 청년이 필요하다는 생각을 바꾸지는 않았다. 샨탈은 프로스페르가 마련해 준 자신의 생일파티에서 모종의 일을 꾸밀 생각이었다. 프로스페르는 출장 때문에 참석하지 못한다고 했다. 파티를 위한 모든 것이 순조롭게 준비되었다. 샨탈은 친구들과 함께 니아만덤과 사왕의 유망한 청년들을 초대했다. 프로스페르는 마지막 순간에 마음을 바꾸고 파티장에 도착했다. 그는 사랑하는 샨탈이 변호사로 보이는 젊은 청년의 무릎에 앉아 있는 것을 보았다. 질투심에 휩싸인 프로스페르는 그녀를 파티장 밖으로 끌고 나왔다. 어떻게 된 일인지 설명을 듣기 위해 자주 가던 교외의 호텔로 갔다. 그 젊은 남자가 그녀에게 어떤 의미인지 알고 싶었다. 그들은 격렬하게 다투었다. 샨탈은 프로스페르를 두고 홀로 파티장으로 향했다. 그녀가 도착했을 때 변호사는 막 떠날 참이었다. 그녀는 조금만 더 있다가 같이 나이트클럽에 가자고 그를 붙잡았다. 변호사는 거절했다. 변호사로서의 명성을 손상시키는 일에 관여하고 싶지 않다는 것이었다. 그는 곧장 집으로 갔다.

이후 몇 주 동안 프로스페르와 샨탈 사이에는 팽팽한 긴장이 흘렀다. 프로스페르는 샨탈이 부모님과 휴가를 보내기 위해 고향으로 떠나기 전, 잠깐 동안 사왕으로 여행을 가자고 제안했다. 샨탈은 호텔에서 시간이 날 때마다 젊은 변호사에게 전화를 했다. 나중에 들은 바로는, 변호사가 친구들에게 그녀가 5분마다 한 번씩 집이나 사무실로 전화했다고 자랑했다는 것이다. 지루해서 그가 보고 싶다는 것이었다. 그때 그들은 샨탈이 고향을 방문하기로 한 날 만나기로 약속을 했다. 프로스페르는 호텔 체크아웃을 할 때 같은 번호로 걸린 전화 요금이 많이 나온 사실을 발견했다. 그러나 샨탈에게는 말하지 않았다.

고향에 가기로 한 날 그녀는 먼저 머리를 땋기로 마음먹었다. 프로스페르는 미용실로 데려다 주었다. 머리 손질을 끝나고 떠날 때 연락하라고 당부했다. 그는 사업차 사왕에 가야 했다. 가는 도중 머리를 손질하는 데 시간이 얼마나 걸리는지 알아보기 위해 미용실로 전화를 했다. 샨탈이 머리를 땋지 않고 그냥 갔다고 했다. 의심스러운 생각이 들었다. 즉시 유턴을 해 니아만덤으로 돌아왔다. 미용사를 직접 만난 후, 샨탈의 소식을 수소문하기 시작했다. 부모님이 사는 애코농에 연락해서 그녀가 도착하지 않은 사실을 확인했다. 그녀의 아파트에도 가 보았다. 역시 없었다. 그녀와 친했던 친구들의 집에 전화를 했다. 어디에도 없었다. 그는 젊은 변호사를 생각해 냈다. 주변 사람들에게 연락해 변호사에 관한 정보를 수집했다. 변호사의 집으로 전화를 걸었다. 샨탈이 받기를 바랐다. 변호사가 받을 때마다 전화를 끊고 다시 걸었다. 변호사의 집에 도착할 때까지 통화가 되지 않았다. 그들은 집 바깥에서 저녁까지 지켰다. 어두워지자 두 남자에게 돈을 주고 밤새 감시하라고 지시했다. 그는 집으로 돌아왔다.

밤새 아무 일도 일어나지 않았다. 다음날 아침 프로스페르는 다시 변호사의 집으로 갔다. 기회가 왔다. 변호사의 차를 수리한 정비공이 그 집에서 나오는 것을 보았다. 프로스페르는 정비공에게 위층에 여자가 있었는지 물었다. 정비공은 한 여자를 보았다고 대답했다. 정비공이 묘사한 여자는 샨탈이 틀림없었다. "그들은 아침을 먹고 있었어요." 정비공이 덧붙였다. 프로스페르는 변호사의 집으로 달려들었다. 하지만 경비원이 들여보내 주지 않았다. 합법적으로 들어가기 위해서는 친구들의 도움이 필요했다. 그는 친구들을 데려오기로 했다. 고용한 남자들에게 어떤 일이 벌어질지 모르니 잘 감시하라고 당부했다.

얼마 후, 누군가 아래층으로 내려오는 인기척을 느낀 경비원이 변호사의 집으로 올라갔다. 변호사는 애코농행 차표를 구할 수 있는 버스 정류장까지 샨탈을 안전하게 데려다 주고자 했다. 그들이 집을 나서자 근처에 주차되어 있던 택시가 다가왔다. 변호사는 버스 정류장에 샨탈을 내려 주고 곧장 사무실로 향했다.

채 한 시간도 지나지 않아 경비원은 변호사에게 빨리 집으로 오라고 연락했다. 경비원의 제지에도 불구하고, 프로스페르는 강제로 집에 들어갔다. 그는 샨탈의 흔적을 샅샅이 뒤졌다. 경비원은 알람을 울렸다. 이웃들이 무슨 일인가 싶어 모여들었다. 사람들이 모여들자 도망치는 와중에 문의 손잡이를 망가뜨렸다. 아래로 뛰어내리다 발코니의 창문 유리창도 깨뜨렸다. 경비원에게 오만 프랑쎄파(FCFA)를 뇌물로 건넸으나 거절당했다. 이어 십만 프랑쎄파(FCFA)을 제시했으나 역시 거절당했다. 그는 변호사의 집에 인질로 잡혀 있었다. 주민들은 화가 나서 프로스페르를 호되게 꾸짖었다. 그 순간 변호사가 와서 긴장된 상황을 가라앉혔다. 그는 프로스페르를 여자 친구를 빼앗겨서 화가 난 자신의 친구라고 소개했다. 이 말에 군중들은 흩어졌다. 변호사는 피해변상을 요구했다. 폭력과 무단 가택침입으로 법원에 고소하겠다고 협박했다. 프로스페르는 즉시 2백만 프랑쎄파(FCFA)을 지불하겠으니 제발 고소는 하지 말아 달라고 애원했다. 하지만 마티바 각하가 중재하고 나서자 상황이 완전히 달라졌다. 오히려 마티바는 비밀경찰을 동원해 유부녀와 바람을 핀 변호사를 협박했다. 이후 변호사는 생명과 직업을 지키기 위해 샨탈을 가까이 하지 말아야만 했다.

이러한 일이 한창일 때, 프로스페르는 샨탈에게 이별을 통보하기 위해 애코농에 전화를 걸었다. 그녀는 내심 프로스페르로부터 벗어나고 싶었기 때문에 즐거운 마음으로 그 제안을 받아들였다. 하지만 프로스페르는 자신의 말이 진심이 아니었다고 애원하며 그녀에게 다시 시작하자고 매달렸다. 그는 애코농으로 달려갔다. 사건의 먼지가 채 가라앉기도 전에, 결혼에 대한 이야기가 나오기 시작했다. 프로스페르는 샨탈의 부모님을 만나기 위해 여러 번 애코농을 방문했다. 샨탈에게 차를 사 주고 운전사를 고용해 주었다. 이러한 상황에도 불구하고, 샬롯트는 할 수 있는 일이 없었다. 결혼 서약을 할 때, 프로스페르가 일부다처제를 조건으로 제시했기 때문이었다.

결혼식은 애코농에서 진행되었다. 호화로운 결혼식이었다. 하객들은 엄격하게 제한되었다. 마을 전체가 백만장자와 결혼한 아가씨를 축하하기 위해 들썩였다. 하지만 프로스페르의 하객은 고작 친한 친구 몇 명에 그쳤다. 니아만덤으로 돌아온 샨탈은 비로소 오랫동안 살았던 집의 공식적인 주인이 되었다.

샬롯트는 샨탈이 자신이 두려워 한 그런 여성이 아니라는 사실을 곧 깨닫게 되었다. 그들 둘은 '여성 지위 향상 클럽'의 회원이 되었다. 그들은 공통점이 많았다. 오래지 않아 그들 사이의 적대감은 자매와 같은 친밀감으로 바뀌었다. 둘은 도시적인 삶의 방식에 익숙했으며, 그것이 상징하는 모든 것에 열정적으로 빠져들었다. 하지만 백인들을 넘어서는 현대 문명의 원천, 니아만덤에서 태어나고 자란 샬롯트와 달리, 샨탈은 니아만덤에 공부하러 오기 전 11살까지 애코농에서 자랐다. 샬롯트는 공동체적 삶의 양식과 전통적인 가치를 철저하게 무시했다. 반면, 샨탈은 아직까지 전통적인 삶에 뿌리를 두고 있긴 했다. 부모가 애코농에 살고 있어서 드물게나마 그곳을 방문하기는 했다. 하지만 그녀 또한 샬롯트와 마찬가지로 전통적 삶의 양식에는 거의 관심이 없었다. 고향을 방문할 때마다 서둘러 떠나곤 했다. 그녀는 부모님들을 도시로 모시는 것을 좋아하지 않았다. 도시의 친구들이 전통적 삶의 방식과 자신을 연결시키는 것을 원치 않았기 때문이다. 누가 죽어 가는 문명과 문화를 좋아할 수 있단 말인가? 살아남을 능력이 있는 문명이라면 결코 사라지지 않을 것이다. 그래서 그들은 스러져 가는 전통문화에 신경을 쓰지 않았다. 물론 옳은 말이다. 마리-클레르와 같이, 그들은 고상한 도시 문명적 취향을 지녔다. 교양 있어 보이기 위해 밝은색 피부와 염색한 긴 머리를 유지하기 위해 노력했다. 사람들이 아프리카계-미국인 여성이나, 나아가 백인 여성들과 자신들을 비교하는 것을 좋아했다. 그들의 세계적 관점, 취향, 가치들은 영화, 라디오, 텔레비전, 잡지, 카탈로그, 베스트셀러 스릴러 소설 등을 통해 매일매일 수입된다.

그들 둘은 외모에 신경을 많이 썼다. 거의 모든 시간을 거기에 바쳤다. 늑대 같은 남성들의 시선을 유혹하기 위해 외양을 꾸미는 일보다 더 중요한 것이 무엇이겠는가? 그들은 매일 거울 앞에서 화장을 하면서 몇 시간씩을 보냈다. 자신들의 외모를 뚫어지게 응시하면서 나이 먹는 것을 걱정하는 경우가 많아졌다. 최대의 적은 가끔씩 생기는 얼굴의 잡티였다. 그것은 최고의 걱정거리였다. 잡티를 막을 방법은 없었지만 관리는 가능했다. 마리-클레르와 샬롯트, 샨탈 등은 파리발 여성 잡지들로부터 최신의 뷰티 정보를 정기적으로 공급받았다. 마리-루이스나 사왕의 거래업자가 그들에게 가져다주었다. 그들에게 아름다움은 규칙적인 노력과 관심, 섬세한 보호가 필요한 일종의 사유재산이었다. 따라서 그들이 끊임없이 프랑스로부터 값비싼 로션과 크림, 향수, 메이크업 세트 등을 주문하는 것은 전혀 놀라운 일이 아니다. 또한 그들이 니아만덤의 부유층 여성들만을 위한 아프리카계-미국인 미용사의 단골 고객이라는 점도 그리 놀랄 만한 일이 아니다.

그들에게 헤어스타일은 중요한 미적 기준이었다. 머리카락은 상류 계층의 남성들을 유혹하는 거미줄과 같았다. 헤어스타일은 그들이 추구하는 아름다움의 중심이었고, 이 아름다움은 상류층 남성들을 끌어들이는 성공의 지름길이었다. 이러한 점 때문에, 거울 앞에서 오랫동안 자신을 치장하는 시간이나, 미용사가 권하는 아름다운 헤어스타일에 투자하는 시간보다 더 중요한 약속은 없다. 그들은 가발, 이식한 머리카락, 장식용 수술 등과 같은 인공적인 헤어스타일에 열광했다. 이는 긴 머리카락이 미의 기준이라는 견고한 신념에 기반하고 있다. 이 모든 것들은 결국 멋있어 보이려는 욕구, 즉 공개적인 자리에서나 혹은 많은 사람들이 모여 있는 곳에서 다른 여성들보다 더 매혹적이고 아름다워 보이려는 욕망으로 귀결된다.

프로스페르는 완전한 행운을 움켜쥐었다고 생각될 때까지 항상 두 번 생각했다. 특히 여자 문제, 즉 소비 욕구가 강한 두 명의 여성과 결혼한 지금의 상황에서는 더욱 조심해야 했다. 하지만 성공한 백만장자이자 번창하는 사업가로서, 무엇보다 특권 계층의 구성원으로서, 거만함으로 똘똘 뭉친 겉만 번지르르한 출세지상주의와 백인을 넘어서는 현대 문명이 생산한 모든 것을 신성화하는 이곳에서, 극소수의 성공한 삶을 추구하는 사람들이 가장 열망하는 것은 아내를 많이 얻는 것이었다. 그것은 남자들에게 스스로를 과시하는 의미 있는 일이다. 부유한 남자가 아내들에게 재정적 지원을 중단한다는 것은 말도 안 되는 일이다. 프로스페르는 이 때문에 샬롯트와 샨탈과 결혼했다. 그는 가능한 모든 방법을 동원해 그들을 지원할 것이다. 이것이야말로 가장 강력한 남성의 언어이다. 모든 남성들이 일상적인 삶에서 배우고, 이해하고, 사용하려고 노력하는 최상의 언어이기 때문이다. 그런데 어떻게 아내들의 소비지상주의를 외면할 수 있단 말인가? 지금까지 이러한 능력을 인정받고 증명하기 위해 돈을 그토록 열심히 번 것이 아닌가?

하지만 샨탈과의 결혼이 그가 원했던 결과를 가져오지는 않았다. 그녀가 샬롯트를 견제해 주기를 기대했다. 수년 전 로즈가 그에게 상처를 입혔던 것처럼, 서로가 상처받기를 원했다. 하지만 그러한 일은 발생하지 않았다. 샨탈과 샬롯트는 항상 붙어 다

넀다. 프로스페르는 때때로 두 자매와 결혼한 느낌을 받았다. 그
들의 적대감과 질투심이 어떻게 사라지게 되었는지 의아했다.
원하는 상황은 아니었지만 그가 할 수 있는 일은 거의 없었다.
이를 해결하기 위해 또 다른 아내를 얻을 수는 없었다. 사업이
번창해 갈수록 아내들과 보내는 시간도 점차 줄어들었다. 이러
한 상황에서 어떻게 가정에 불화의 씨앗이 되는 세 번째, 네 번째
아내를 얻을 수 있단 말인가?

　프로스페르는 썩 내키지는 않지만 지금의 상황을 받아들이기
로 했다. 샬롯트와 샹탈은 계속해서 친밀한 관계를 유지했다. 그
들은 요구 사항을 조목조목 정리해서 한 목소리로 전달했다. 그
는 관심을 가지고 돌봐야 할 사업이 있다. 그리고 돈도 있다. 돈
은 로즈와 이혼한 이후 그 어떤 여자, 심지어 결혼 전의 샹탈도
충족시켜 주지 못한 즐거움을 가져다주었다. 반면, 샬롯트와 샹
탈 그리고 아마도 세 번째 아내를 포함한 여자들은 자신들의 세
계관 및 삶의 방식에 대해 전혀 고민할 필요가 없었다. 그녀들은
지금과 다른 삶을 상상조차 할 수 없을 것이다. 하지만 얼마나
오랫동안 이러한 상황이 지속될 수 있을까? 프로스페르가 아니
라면 누가 이들의 '후원자'라고 말할 수 있겠는가?

15

사랑에 도취된 흥분된 감정은 영원히 지속되지 않는다. 아내가 매일 똑같은 음식을 해 주면 남편은 불평하기 마련이라는 속담도 있다. 변덕스러운 사랑은 인간의 나약함을 투영하고 있다. 사랑하는 대상으로부터 끊임없이 달아나는 사람을 발견할 때마다 그 사람을 미쳤다고 비난하지는 말기 바란다. 사람들은 때때로 진심과 반대되는 행동을 하기 마련이다. 전 생애를 걸쳐 맹세했던 원칙과 약속을 깨기도 하고, 일반적으로 예상되는 방식에 어긋나는 행동을 하기도 한다.

프로스페르가 로즈와 이혼한 직후 다시는 결혼하지 않겠다고 선언했을 때, 몇몇 친구들은 자신들이 그의 입장이었다면 다르게 행동했을 것이라고 말했다. 몇 년 후 프로스페르가 성병의 위험에 노출된 오입쟁이(홀아비)의 난잡한 삶에 피로감을 토로했을 때도, 주변의 여러 친구들은(물론 장관과 마리-클레르, 샬롯트는 예외다.) 독신의 자유를 포기하기 전에 다시 한 번 생각해 보라고 권유했다. 하지만 프로스페르는 어쩔 수 없는 상황이 아니라면 다른 사람의 충고에 귀를 기울이는 그런 사람이 아니다. 작정하면 물불을 가리지 않고 덤벼드는 성격이다. 그를 막을 사람은 아무도 없다. 어린 시절 부모의 사랑을 충분히 받지 못해 이러한 독불장군이 되었을 것이다.

샬롯트와 샨탈과 결혼한 지 거의 15년이 지났다. 그는 이제 세 번째 아내를 얻기로 결심했다. 아내들은 그의 의지를 막지 못했다. 그는 10살 때부터 독립적으로 생각하고 결정을 내렸다. 가장 필요한 순간이었지만, 아무도 그의 이러한 독단적 결정을 바꿀 수 없었다.

사업은 최고조로 번창했다. 프로스페르의 삶은 풍요로워졌다. 그는 자신의 마흔두 번째 생일을 특별한 방식으로 기념하고 싶었다. 결혼이야말로 성공한 사람에게 주어지는 최고의 왕관이 아닌가! 사람의 행운을 평가하는 기준으로 이보다 나은 것이 어디 있겠는가? 달리 어떻게 남자의 인생을 즐겁게 하는 본질적 요소를 찾을 수 있단 말인가? 그는 삶의 의미 있는 성취는 교육을 통해 얻을 수 있다는 신화를 거부했다. 교양 있는 현대인과 공무원들이 주장하는 바와 달리, 정규 교육의 부족이 어리석음과 동의어가 아니라는 사실을 증명하고 싶었다. 그는 이를 통해 자만

심과 자존감을 되찾았고, 다른 사람들이 이를 존중하고 인정해
주기를 바랐다. 세월이 흘러감에 따라 이러한 염원은 자신의 반-
문맹 상태 때문에 웃음거리로 전락하게 된다.

세 번째 아내를 얻는 데 큰 문제는 없었다. 그는 엄청난 부자
가 되었기 때문에 그 어떤 일도 거침없이 해냈다. 과거 마마 로
사가 돈으로 죽은 남편을 살릴 수 없다고 한 말은 분명 사실이
다. 하지만 프로스페르에게는 돈으로 할 수 없는 일이 없어 보였
다. 그는 불도저처럼 돈으로 밀어붙였다. 상류 계층 사람들의 콧
구멍과 귓구멍을 살살 간질이며 그들의 정규 멤버가 되었다.

모니크는, 오래 전 그에게 행운을 가져다준 시끌벅적한 경제
도시, 사왕으로 출장 가서 만난 '군침이 도는 싱싱한 과일'이었
다. 그녀와의 만남은 굉장히 특이했다. 그녀는 그에게 강한 인상
을 남겼다. 만난 지 채 3개월도 되지 않아, 프로스페르는 자신의
세 번째 아내가 되어 달라고 애원했다. 샤를 드 골 호텔에서 함
께 한 멋진 기억들이 쉽게 가라앉지 않았다. 진정으로 모니크와
결혼하고 싶었다. 그가 생각하기에 자신을 막을 수 있는 것은 아
무것도 없었다. 자신이 속한 사회를 마음대로 주무를 수 있다고
생각하는 사람 말고 누가 이렇게 자신 있는 태도를 보일 수 있겠
는가?

프로스페르가 자신의 삶을 바꿀 운명의 순간을 기다리며 그
를 추종하는 니아만딤의 수많은 여자들이 아니라 모니크를 선택

한 진짜 이유를 아무도 몰랐다. 모니크는 전처 로즈를 떠올리게 했다. 자신을 배신한 로즈가 아니라, 포망의 숲에서 처음 발견한 순수하고 매혹적인 숫처녀로서의 로즈, 즉 아직 소돔과 고모라에 노출되기 전의 모습 말이다. 모니크는 확실히 즙이 많은 오염되지 않는 과일이었다. 처음으로 깨물어 그 순결한 달콤함으로 오랜 갈증을 풀어야 했다. 그 과일은 뱀이 기어올라 따먹을 때까지 온전히 그만의 보물이어야 했다. 그는 잃어버린 자존심, 즉 한 여자의 삶을 책임지는 첫 번째 남자라는 느낌을 되찾고자 했다. 샬롯트와 샹탈은 결코 제공할 수 없는 어떤 감정이었다.

마흔두 번째 생일날, 프로스페르는 모니크를 데리고 니아만덤 시청으로 갔다. 교회에 가려고 했으나 주교가 허락하지 않았다. 가톨릭교회는 일부다처제를 인정하지 않았다. 하느님을 섬기는 신성한 장소에서 '이교도'가 결혼하는 것을 허용할 수 없다는 것이었다. 하지만 프로스페르는 루이스-필립 주교가 옳지 않다고 생각했다. 교회는 니아만덤에서 이중적 잣대를 적용했다. 금욕의 맹세를 저버린 신부들이 보살펴야 할 교구 주민들과 부적절한 관계를 맺고 사생아를 양산하고 있다는 것은 널리 알려진 사실이다. 자신들의 행동은 생각하지 않고 대대로 내려온 관습인 일부다처제를 금하고 있다. 프로스페르는 손가락을 깨물며 분노를 삭였다. 심지어 주교라는 자가 천국이라는 이름으로 아름다운 여성을 유혹해 여러 명의 신성한(?) 사생아를 낳지 않았는가? "이중 잣대! 위선!" 그는 머릿속에서 주교를 떨쳐 버리며 저주했다.

시청에는 샬롯트와 샨탈, 그리고 국내에 남아 있던 아이들이 참석했다. 일이 많아 집에 있는 시간이 줄어들자, 아이들 교육에 대한 걱정이 늘어나기 시작했다. 그는 아내들과 유모들을 믿을 수 없었다. 장남감도 형편없었다. 그래서 프로스페르는 아이들의 조기교육을 위해 "완벽한 환경"을 갖춘 프랑스로 보내기로 마음먹었다. 비록 자신은 정규교육의 혜택을 받지 못했지만, 아이들은 문명의 혜택을 마음껏 누릴 수 있도록 세심한 배려를 했다. 그는 아이들이 어릴 때부터 가장 진보된 프랑스 교육을 받아야 한다고 생각했다. 백인들의 교육 시스템이 밈보랜드의 문제를 해결할 수 있다면, 그 나라가 추구했던 교육 체계를 배울 필요가 있다. 그는 글을 잘 읽고 쓰지 못했기 때문에 삶의 과정에서 많은 어려움을 겪었다. 자신의 아이들은 그런 수모를 겪지 않도록 해야 했다. 이러한 태도는 강한 강박으로 작용했다.

모니크의 부모님은 쫙 빼입고 왔다. 그들은 돈과 선물을 퍼붓는 프로스페르에게 감사했다. 시장은 절친한 동료를 위해 결혼 증명서에 사인했다. 결혼식이 끝나고, 프티 파리 지역에 있는 신랑의 호화 빌라에서 성대한 축하 파티가 열렸다.

12년 전 마티바 각하의 소개로 프로스페르는 성공과 출세의 상징인 현재의 집을 구입했다. 마티바의 집으로부터 세 블록 정도 떨어져 있었다. 비록 정치인은 아니었지만, 그때 그는 부와 권력을 소유했다는 느낌을 받았다. 모든 장관들, 고위 공무원들과 마찬가지로, 마티바의 집은 공짜였다. 하지만 그는 다른 지역에 세를 놓은 여러 채의 집을 가지고 있었다. 프로스페르와 같은 출세지상주의자들만이 보다 많은 혜택을 누리기 위해 프티 파리 지역의 집을 직접 샀다. 지명직인 장관이나 공무원들은 공직을 떠날 때 관사를 비워 줘야 했다. 내각에서 밀려난 마티바가 프티 파리를 떠나 두 번째 부촌인 산타 바버라로 이사를 간 이유도 이 때문이다. 그때 프로스페르는 그의 집을 샀다. 주택건설부 장관이 그 집을 싸게 구입하는 데 큰 도움을 주었다. 영수증에 기록되는 금액보다 많은 돈을 지급하기로 약속했기 때문이다. "내 입술에 기름을 발라 주면, 너의 입술에도 기름칠을 해 준다(주는 것이 있으면 받는 것이 있다.)." 장관이 활짝 웃으며 말했다. 프로스페르는 장관의 입술이 정말로 갈라져서 기름칠이 필요하다고 생각했다. 그때 이래로, 프로스페르는 "내 가려운 데를 긁어 주면, 당신 등도 긁어 준다."는 게임의 전문가가 되었다. 그 게임은 밈보랜드를 2년 연속 세계 최고의 부패도시로 만들었다. 프로스페르는 다양한 사업 허가증을 얻기 위해 수많은 장관들의 등을 긁었다(수출입 사업, 열대우림 개발, 공장 설립, 호텔 건설과 영업, 슈퍼마켓 체인, 회사 이전 등). 샴페인을 미네랄워터나 화장지로 신고해 수입하기 위해 관세청장과 재정부 장관도 구워삶았다. 그는 관세도 정직하게 신고하지 않았다. 집권당의 유니폼을 입는 행위만으로 믿을 수 없을 정도로 수많은 문들이 열렸다. 권력자에게 기부하는 것이 수익을 많이 남기는 비결이었다. 그는 니아만덤에 온 지 얼마 되지 않아 이러한 모든 것에 통달했다. 그리고 그 대가로 엄청나게 많은 것을 수확했다.

마티바와 에밀 등 친한 친구들이 정부에서 일한 5년 동안 프로스페르는 거대한 이득을 챙겼다. 그들 또한 이익을 챙겼다. 프로스페르보다 더 많이 챙겼을 것이다. 하지만 니아만덤에 와서 이러한 정부의 관리들을 만나지 못했다면, 프로스페르의 사업은 그렇게 빨리 성장하지 못했을 것이다. 마르크시즘의 추종자이자 괴짜 철학 교수인 응디케 응돈고는 이러한 니아만덤을 "마약 도시"라 불렀다. 친구들은 진정한 조력자였다. 그들이 정부에서 오랫동안 일하기를 바랐다. 하지만 여러 부족들의 균형과 참여를 중시하는 정치적 역학관계는 그들을 그렇게 내버려 두지 않았다. 많은 사람들이 다음과 같이 말했다. "당신들은 이미 많이 해먹었다. 이제 굶주린 암소들을 위해 자리를 양보해라." 정부가 가능한 한 많은 자신의 잇속을 챙기고 국민의 돈을 빼돌리기 위해 존재하는 것은 아닌지 의구심이 들 정도였다. 누군가 말했듯이, 정부에서 일하는 것은 망고나무에 오르는 것과 같다. 한 번 오르고 나면 달려 있는 모든 망고를 따야 한다. 과일이 익었는지 그렇지 않은지는 고려의 대상이 아니다. 그 나무에 달린 망고가 다른 사람들의 생계를 유지시켜 준다는 사실도 중요하지 않다.

일반적으로 니아만덤의 정치가들과 권력자들은 공동체의 배꼽(이익)이 아니라, 개개인의 배꼽을 위해 일한다고 한다.

빌라에는 값비싼 음식들이 충분히 준비되어 있었다. 하지만 프로스페르가 초대한 중요한 사람들 여럿이 참석하지 못했다. 그의 세 번째 결혼 날짜가 공교롭게도 중요한 정치 행사와 겹쳤다. 그래서 대부분의 장관들과 정치인들은 오지 못했다. 시장이 프로스페르와 모니크가 남편과 아내가 되었음을 선언한 바로 그 순간, 의회는 제1차 세계대전 이래로 프랑스와 영국의 지배로 양분되었던 서부 밈보랜드와 동부 밈보랜드의 통합을 위한 투표를 진행하고 있었다. 만일 미리 이 사실을 알았다면, 프랑스로부터 샴페인, 냉동 통닭 그리고 다른 비싼 음식들을 그렇게 많이 들여오지 않았을 것이다. 그리고 중요 인사들이 대부분 참석할 수 있도록 결혼식도 미루었을 것이다. 그가 결혼을 다시 하는 것, 그것도 모니크와 같이 젊고 싱싱한 아가씨와 하고자 한 진짜 이유 중의 하나는, 마흔두 살이지만 아직도 청춘들 못지않게 젊다는 사실을 친구들에게 자랑하고 싶어서였다. 돈이면 못할 것이 없다는 사실을 증명하고 싶었다.

나중에 들은 이야기지만, 대통령을 제외한 그 어떤 정부의 고위인사들도 사전에 서부 연합과 동부 연합을 밈보랜드 통합 국가로 전환하는 투표일을 정확히 알지 못했다고 한다. 대통령은 밈보랜드 내 영어 사용권의 급진적 자유 운동을 효과적으로 억

누르기 위해 도처에 편재하는 프랑스 및 프랑스 사용권의 문화와 가치를 강조해 왔다. 영어사용자의 정체성을 해체하려는 교묘한 전략의 일환이었다. 이제 로우곰 다리는 더 이상 영어권 밈보랜드와 프랑스어권 밈보랜드를 나누는 분단의 상징이 아니었다. 머지않아 앵글로-색슨의 모든 것이 밈보랜드 공화국에서 흔적도 없이 사라질 것이다. 프랑스라는 신의 뜻으로! 대통령의 이러한 기발한 책략은 외국 잡지에 글을 기고한 한 정치평론가에 의해 폭로되었다. 장관들과 국회의원들이 전능한 보스의 은밀한 술수에 충격을 받지 않았다면, 확실히 프로스페르에게 미리 알려 주었을 것이다. 그랬으면 결혼은 연기되었을 것이다.

이 때문에 모든 참석자들 중 프로스페르 혼자만 후회했다. 대부분의 하객들은 파티에 만족했다. 그들은 값비싼 음료수와 귀한 음식들을 마음껏 즐겼다. 그들은 내일까지 흥청망청 먹고 마시고 난 후, 고향에 돌아가 친구들과 자손들에게 정말 멋진 결혼식이었다고 떠들고 다닐 것이다.

모니크의 부모와 친척들은 기분이 좋았다. 그들의 딸이 부유한 남자와 결혼해서, 일생에 맛보지 못할 귀한 음식들을 마음껏 먹었다. 그들은 이틀 후 음반강으로 돌아가기로 했다. 사위와 딸이 파리로 신혼여행을 떠나야 했기 때문이다. 신혼여행? 딸과 사위는 그들에게 설명할 겨를이 없었다. 신혼여행이 무엇이든 간에, 그들은 이 둘의 해외여행이 영원히 지속되지 않기를 바랐다.

더 많은 행운이 돌아오기를 바랐기 때문이다. 그것은 결혼하는 딸이 가져다주는 것이다. 신부 값은 충분할 수가 없다. 처가에 대한 남편의 책임은 죽을 때까지 끝나지 않는다. 여자를 결혼시킨다는 것은 정유공장에 파이프를 연결하는 것과 같다. 공장에 기름이 많으면 많을수록 돌아오는 것이 많다.

프로스페르가 처음으로 결혼하자고 했을 때, 모니크는 특별한 감흥을 받지 않았다. 좋은 남편감이긴 하지만, 굳이 결혼 때문에 학업을 중단하고 싶지는 않았기 때문이다. 이로 인해 프로스페르의 청혼에 대한 최초의 반응은 단호한 "아니요."였다. 하지만 그녀는 이러한 생각을 끝까지 밀어붙이지 못했다. 음반강 사람들의 관습에 따르면, 결혼과 관련된 사항은 그녀 혼자 결정할 문제가 아니었다. 결혼 같은 가문의 중대사는 부모님이 결정하였다. 특히, 자신들의 딸이 프로스페르와 같은 부유한 사람과 결혼할 경우, 그들은 이러한 황금 기회를 놓치지 않기 위해 안간힘을 썼다.

모니크는 뼈다귀를 차지하려고 달려드는 굶주린 개 같은 부모님의 태도가 마음에 들지 않았다. 부모라면 최소한 딸의 학문적 열망을 희생시키는 이러한 결혼을 심각하게 고민했어야 했다. 하지만 얼마나 큰 착각이었던가! 아버지와 주위 사람들은 결혼을 위해 학업을 포기하라고 강요했다. 그렇다면 프로스페르는? 많이 배운 사람이 학업을 그만두고 결혼하자고 했다면 그녀는 결코 용서할 수 없었을 것이다. 하지만 당시에는 학교 근처에도 가 보지 못한 사람들, 심지어 프로스페르처럼 진보적인 사람들조차 교육에 대해 무지한 경우가 많았다. 프로스페르가 어떤 결정을 내릴지 확신이 서지 않았기 때문에 그녀는 부모님께 그를 소개하지 않았다. 하지만 결혼은 이미 진행되고 있었다. 너무 늦었다.

* * *

프로스페르는 파리에서 모니크와 멋진 허니문을 보낼 생각이었다. 밈보랜드의 젊은 아가씨들에게 파리는 꿈의 도시였다. 여름이었다. 하지만 쌀쌀한 날씨를 위한 준비까지 해 왔다. 파리의 궂은 날씨에 구애받지 않을 최고의 신혼여행을 준비했다. 프로스페르에게 프랑스 여행은 니아만덤 도심을 운전하는 것처럼 익숙했다. 이 여행은 모니크의 이미지를 돋보이게 하는 최상의 선물이 될 것이다. 일생의 꿈인 파리의 풍경을 머릿속에 담고 고향으로 돌아가는 수천의 젊은 아가씨들이 있다. 파리를 여행하고 돌아간 이들은 주위 사람들에게 "죽기 전에 파리를 보아라."라고 거들먹거리며 일생동안 두고두고 이를 자랑할 것이다. 모니크는 의심할 여지없이 행운아다. 그녀의 친구들이 파리에 오려면 엄청난 대가를 치러야 했을 것이다. 그런 후 파리에 왔다면, 밈보랜드로 돌아가 아는 사람들에게 자랑하기 위해 주요 관광지를 둘러보고 사진을 찍느라 여념이 없었을 것이다. 파리 여행은 식민지 원주민의 공허한 자부심이 판을 치는 밈보랜드에서는 도저히 상상할 수 없는 특별한 경험을 선사할 것이다.

프로스페르는 가장 비싼 호텔 중 하나를 예약했다. 그들은 최상의 요리를 주문했고, 프랑스산 최고급 와인과 샴페인을 마셨다. 그는 "넘버 3"라고 부르는 연인에게 깊은 인상을 주려고 노력했다. 모니크는 숫자로 자신을 지칭하는 것을 좋아하지 않았다. 하지만 내색하지는 않았다. 왜 그런지는 잘 모르겠지만, 프로스페르가 자신을 "넘버 3"라고 부를 때마다, 숫자로 불리지 않는 샬롯트와 샨탈을 의식하지 않을 수 없었다. 이는 그녀가 원하는 바가 아니었다. 그들과 함께 있을 때 마음이 편치 않았기 때문이다. 더욱이 그녀는 천성적으로 남을 시기하는 것에 익숙하지 않았다.

샬롯트와 샨탈에 대한 모니크의 첫인상은 별로 좋지 않았다. 자신의 부모님에 대한 그들의 속물적인 태도는 강한 반감을 불러일으켰다. 그들은 결혼식과 피로연에서 그녀에 대한 증오를 공공연하게 표출하였다. 그들은 그녀의 부모님을 조롱했다. 가난에 찌든 농부들이 감히 꿈꿔 보지도 못할 값비싼 옷으로 치장했다는 것이다. 그것이 어쨌단 말인가? 부자들이 떨어뜨린 부스러기를 가난한 사람들이 주워 먹는 것이 뭐가 그리 잘못되었단 말인가? 포크와 나이프를 제대로 사용하지 못한다고 조롱하며 그녀의 부모를 바보로 만드는 것이 정당한 행위란 말인가? 그리고 코스 요리의 순서, 즉 전채요리, 메인요리, 후식을 구별하지 못한다고 해서 그렇게 놀림감이 되어야 하는가? 그들은 아버지에게 집중적인 포화를 퍼부었다. 맥주나 과일 주스를 가득 채워 마시듯, 칵테일 잔에 위스키를 가득 부었다고 공개적으로 모욕하는 것은 얼마나 못된 행동인가? 그들은 농촌 사람들을 마치 죄인처럼 취급했다. 하지만 그녀가 아는 한, 희생적인 농부의 지원이 없다면 도시는 단 하루도 유지될 수 없다. 얼마나 위선적인가! 얼마나 공허한 자만심인가! 그렇다면 이는 결국 도시에 그러한 기여를 하지 못한 부모들로부터 나온 두 여자의 생각이 아닌가! 그녀가 알기로, 샬롯트는 친아버지가 누구인지 전혀 알지 못한다. 그래서 항상 양아버지를 친아버지인양 소개한다. 이것은 그녀만의 작은 비밀이다. 모니크는 우연한 기회에 그 사실을 알게 되었다. 그녀가 타인의 곤경을 통해 이익을 취하는 사람이었다면, 이러한 비밀을 이용해 샬롯트를 괴롭혔을 것이다.

하지만 모니크는 그들이 왜 지극히 상식적인 일을 가지고 그렇게 호들갑을 떠는지 도저히 이해할 수 없었다. 자신의 부모에 대한 그들의 태도는 확실히 공정하지 못했다. 다른 사람들보다 문명화되었다는 자부심을 가진 자들은 보다 공손한 태도를 보여야 한다. 돈 때문이 아니라면, 왜 그녀가 자신보다 스물두 살이나 많은 남자와 결혼했겠는가? 모니크는 그들 사이의 대화를 분명하게 들었다. 그들은 그녀와 부모님에 대한 기억하고 싶지 않은 끔찍한 이야기를 많이 했다.

모니크는 자신이 이 결혼을, 심지어 일부다처인 상황의 결혼을 진정으로 원하지 않았다는 사실을 그들 둘이 이해해 주기를 간절히 바랐다. 샬롯트와 샨탈에 대한 생각이 많아질수록 그만큼 불안감도 커졌다. 남편이 즐겁게 해 주려고 노력하고 있음에도 불구하고, 허니문을 즐기려는 마음이 영 생기지 않았다. 프로스페르는 유럽 전역에서도 찾아보기 힘들다는, 태양을 숭배하는 원시 부족들의 모습을 보여 주었다. 그들은 슈퍼마켓에 가서 다양한 연령, 계층의 백인들과 섞여 가격을 비교해 가면서 물건을 사기도 했다. 그는 에펠탑과 박물관, 유리 궁전, 샹젤리제 거리, 국회의사당 등 여러 관광지를 구경시켜 주었다. 그들은 역사적으로 유명한 카페도 갔다. 센강을 가로지르는 거대하고 아름다운 다리를 건너기도 했다. 프로스페르는 자식들과 효도관광을 하는 할머니처럼, 나중에 자신도 아버지가 되어 온가족과 함께 여행하는 모습을 상상해 보았다.

하지만 그녀는 그의 꿈과 함께 하지 못했다. 당면한 현재의 문제, 즉 당장 걱정하고 해결해야 할 실존적인 문제들이 많았기 때문이다.

또한 남편에 관한 걱정거리가 하나 있었다. 왜 프로스페르는 자신이 "넘버 3"라는 이름을 탐탁지 않게 생각한다는 사실을 깨닫지 못하는 것일까? 말을 하지 않아도 알아야 하는 것 아닌가?

그리고 그는 왜 먼저 결혼한 아내들에 대해서 말하기를 꺼리는 것인가? 그들이 어떤 사람들인지에 대해 알려 줘야 하는 것이 아닌가? 그녀들을 처음 만났을 때 당황하지 않도록 충분히 배려했어야 하는 것이 아닌가? 이러한 무관심이 지속되자, 모니크는 자신의 삶이 일부다처제를 신봉하는 프로스페르의 별장 중 하나와 같다는 의구심이 들었다. 자신의 감정을 이해하지 못하는 남편과 적대적인 부인들 사이에서 앞으로 어떻게 살아야 하는가? 그녀는 이러한 생각을 하면서 몸서리를 쳤다.

이러한 여러 생각들이 그녀를 괴롭혔다. 모니크는 상황이 나아지기를 기대했다. 상황이 나아졌다면, 비록 밈보랜드보다 평균기온이 낮아 조금 쌀쌀했지만, 파리에서의 신혼여행은 매순간 즐거웠을 것이다. 또한 파리의 아프리카인들에 대한 프로스페르의 해박한 지식과 이야기를 즐겼을 것이다. 교양 있는 프랑스 사람들을 위한 복지 시스템의 장점을 교묘하게 이용하려는 사람들의 이야기가 재미있었다. 동생이 자동차 사고로 다리 하나를 잃어 큰돈을 보상금으로 받았다는 소식을 들은 한 밈보랜드 사람이 일확천금을 노리고 파리로 왔다. 그는 지나가는 차에 달려들어 두 다리를 잃었다. 사고의 책임이 그에게 있다는 판단이 내려지자, 프랑스 정부는 그에게 달랑 토큰 하나를 주었다. 동생에게 지급한 보상과 전혀 다른 판결이었다. "동생은 다리 하나를 잃고 그렇게 많은 돈을 보상금으로 받았는데, 두 다리를 모두 잃은 저는 왜 이렇게 적습니까? 당신들 프랑스인은 대체 왜 그러십니까?" 담당자는 프랑스의 복지 시스템을 설명하려 했다. 하지만 그는 그들의 말을 전혀 알아듣지 못했다. "프랑스 사람들은 잔혹한 유머감각을 가지고 있는 듯합니다." 그는 전능하신 신이 초대한다 해도 다시는 그 나라에 '발'을 들여놓지 않겠다고 맹세하며 자리를 떠났다.

또 다른 이야기는 프랑스 당국이 일부다처제라는 말을 들어보지도 못했을 때, 아내를 딸로 둔갑시켜 파리로 불러온 이민자에 관한 것이었다. 그리고 이 여성이 어떻게 거짓말을 이용해 북아프리카 출신의 젊은 남자와 사랑에 빠지게 되었는가에 대한 내용이었다. 이는 프로스페르가 가장 좋아하는 이야기 중의 하나였다. 그는 지치지도 않고 이런 저런 이야기를 계속했다. 평소라면 모니크도 배꼽을 잡고 파안대소했을 것이다. 하지만 그녀의 현재 상황에서는 그러지 못했다. 그녀는 이 일부다처제 가정에서 앞으로 어떤 삶이 펼쳐질 지에 대해 온종일 고민했다. "확실히 즐겁지는 않을 것이다." 그녀는 암울한 전망을 예상하며 혼잣말을 내뱉었다. 하지만 상황이 어떻게 전개되든, 싫든 좋든, 동료가 된 아내들을 더 잘 이해하고 그들과 함께 사는 법을 익히기로 다짐했다.

16

샬롯트는 일어났다. 남편은 아직 침대에 누워 있었다. 그는 기진맥진했다. 하지만 그녀는 멀쩡했다. 그들은 지난밤 같이 잤다. 그녀 차례였기 때문이다. 한 주가 시작될 때마다 프로스페르가 세 아내에게 알려준 일정표에 따르면, 샬롯트는 오늘밤도 그와 보낼 수 있다. 그는 한 주에 이틀 밤씩 배정했다. 일요일부터 한 주가 시작되었으므로 토요일은 그 혼자 보냈다. 토요일 밤이면 나이트클럽, 스낵바, 치킨주점 등을 어슬렁거리거나 아니면 집에서 휴식을 취하며 다음 주를 준비했다. 모니크가 오기 전에는 샬롯트와 샨탈이 각각 사흘 밤씩 보냈다. 샬롯트는 침실에서 매우 적극적인 요부(妖婦)형이었다. 그녀를 만족시키려는 프로스페르의 노력은 번번이 실패했다. 그녀의 성욕은 타오르는 산불과 같아, 쉽게 수그러들지 않았다. 그녀와 잠자리를 같이 할 때마다 프로스페르는 녹초가 되어 제시간에 일어나지 못했다. 기네스-캄파리나 '킥-스타터' 같은 정력 강장제를 준비했지만 허사였다. 그에게 있어 샬롯트는 분출을 막을 수 없는 화산이었다.

오늘 아침 그녀는 지난밤 섹스가 만족스럽지 못해 짜증이 났다. 고통과 쾌락 사이에 걸려 있는 방울(불알)을 긁으며 누워 있는 남편을 보니 실망감이 밀려왔다. 밤일을 제대로 못할 때 남편이 가장 혐오스러웠다. 그녀는 문을 닫고 샤워를 하러 나섰다. 바쁜 하루를 준비해야 했다. "넘버 1"이라는 지위는 남편이 운영하는 여러 슈퍼마켓의 총지배인이 되게 했다. 그녀의 사무실은 가장 번화한 상업 중심가의 메인 슈퍼마켓에 있었다. 샨탈은 조그마한 정유 회사와 택시 사업을 맡고 있었다. 프로스페르가 가장 최근에 뛰어들어 급성장하고 있는 사업이었다. 모니크는 특별히 할 일이 없었다. 프로스페르가 그녀에게 맞는 사업을 아직 정하지 못했기 때문이다. 그는 생각을 행동으로 옮길 시간이 없을 정도로 바빴다.

샬롯트는 욕실로 가는 길에서 막 샤워를 하고 나오는 모니크를 만났다.

"굿모닝, 샬롯트!" 모니크가 생기발랄하게 인사했다. 가슴에서부터 넓적다리까지를 목욕수건으로 가린 그녀의 모습은 너무나 섹시했다. 그녀는 샬롯트의 반응을 기대하며 반가운 마음으로 멈췄다. 2주 전 신혼여행에서 돌아온 이래로 샬롯트가 자신을 피한다는 사실을 알고 있었다. 그들은 거의 대화를 나누지 않았다.

샬롯트는 대답하지 않았다. 하지만 모니크의 인사에 대한 반응은 해야 할 것 같아 입안에서 무슨 말인가를 웅얼거렸다.

"잘 잤어요?" 모니크가 물었다. 다른 사람의 진심을 무시하는 것이 얼마나 무례한 일인지를 샬롯트에게 알려 주고 싶었다.

"그게 당신과 무슨 상관이에요?" 샬롯트는 모니크 쪽으로 고개를 돌리며 악의적인 어투로 내뱉었다. 모니크는 그녀의 모습을 보며 오래 전 성생활이 만족스럽지 못했던 영어사용권의 통통한 소녀를 떠올렸다. 그 소녀는 필립과의 사이에서 원하는 만큼의 쾌락을 얻지 못했다. 그 당시 필립은 "현지의 파리 사람"이라 불렸다. 그는 상상과 욕망을 바탕으로 프랑스 파리 사람들의 삶의 방식을 끊임없이 흉내 냈기 때문이다.

"아니에요. 그냥 반가워서……." 모니크는 최대한 겸손하게 말했다. 사랑으로 적대감을 넘어서려는 그녀의 전략이었다. 시간이 지나면 결국 적의는 사라질 것이다.

"나에게 관심 끄세요." 샬롯트가 으르렁거렸다. "우리는 당신의 관심 필요 없어요." 그녀는 눈을 부릅뜨고 모니크에게 말했다. "당신 할 일이나 신경 쓰세요." 앙심을 품은 듯이 쏘아붙였다. 샬롯트는 우아한 자태를 과시하는 걸음으로 욕실로 향했다. 그녀는 모니크보다 나이가 두 배나 많았다. 하지만 행동은 마치 소녀 같았다. 그녀는 나이 들어 보이는 것을 가장 싫어했다. 가

슴 라인과 몸매를 유지하기 위해 모유 수유를 거부하고 분유를
먹였다. 프로스페르는 이러한 모습이 탐탁지 않아 여러 번 불평
을 늘어놓았다. 하지만 아이들이 모유에 의해 적절하게 양육되
는지를 항상 점검할 수는 없었다.

모니크는 화가 나 꼼짝하지 않고 서서 곰곰이 생각했다. "그
녀는 왜 '우리'라고 말했을까?" 그녀의 말을 곱씹어 보았다. 누가
그 '우리'에 포함될까? "샹탈…… 그래, 샹탈이야." 그녀는 손가락
끝을 깨물며 속삭였다. 자신에 대해 잘 알지도 못하는 두 여자가
그녀를 미워하는 이유를 몰라 짜증이 났다. "내가 무슨 잘못을
했기에 그렇게 침을 뱉는가?" 눈물이 터졌다. 그녀는 수건으로
얼굴을 가리고 침실로 뛰어 들어갔다. 모니크는 문을 닫고 서럽
게 울었다.

모니크는 하루종일 침대에서 나오지 않았다. 아무것도 먹지
않았다. 샬롯트와 샹탈이 자신의 삶을 짓밟고 있다. 너무 화가
났다. 이틀 전 샹탈은 식사를 같이 하자는 제안을 거절했다. 그
때는 샹탈이 배가 고프지 않다고 해서 별다른 의구심을 갖지 않
았다. 모든 것을 다시 생각해 보았다. 그들 둘은 자신을 괴롭히
려고 서로 공모하고 있었다. 그들은 왜 자신을 못 잡아먹어서 안
달인가? 일부다처제만의 문제는 아니다. 그녀의 고향, 음반강에
는 행복한 일부다처제 가정이 많았기 때문이다. 뭔가 다른 이유
가 있다. "종족이 다르다는 것이 아니라면 대체 무엇인가?" 모니

크는 그들과 주파수가 다른 자신의 부족어로 말했다.

프로스페르는 퇴근을 했다. 모니크가 보이지 않는 것이 이상했다. 오늘 하루는 너무 바빠서 그녀를 챙길 여유가 없었다. 정부의 새로운 당사 건설 계약을 따내기 위해 하루종일 뛰어다녔다. 당사는 "평화 공화국의 적들"을 물리친 최근의 승리를 기념하기 위해 웅장한 스타일로 지어질 예정이었다. 가장 큰 건설 회사를 가지고 있었으므로 계약 수주는 식은 죽 먹기라고 생각했다. 하지만 정치인들은 입술을 적셔 줘야 하는 복잡미묘한 계층이다. 믿을 수 있는 소식통에 따르면, 쓸모없는 연방제 때문에 최근의 정세가 급변하고 있다고 한다. "일이 잘 진행되기 위해서는 여러 복잡한 문제들을 일사분란하게 처리하는 한 명의 독재자가 필요하네. 우리는 그를 따를 의무가 있지." 친구가 말했었다. 앞으로 정치인의 입술을 적시는 뇌물의 양이 줄어들 수 있을까? 프로스페르는 의심스러웠다. 친구의 말은 명쾌하지 않았다. 기다리며 사태를 관망하는 것이 최선일 터이다. 그는 여전히 강한 회의주의자로 남아 있지만, 묶여 있는 염소에게 주변의 안전한 풀을 뜯어먹지 말라는 것 또한 상식에 어긋나는 일이었다.

맞다. 그것은 상식에 어긋나는 일이다. 염소에게 자신이 묶여 있는 주변의 풀을 먹지 말라니! 말도 안 되는 소리다. 프로스페르의 가장 친한 친구인 전직 교육복지부 장관, 마티바 각하는 12년 전 그가 이곳으로 처음 왔을 때 공짜로 도와주지 않았다. 프로스페르는 같은 부족 출신이라는 혈연을 내세워 접근했다. 그의 지위와 조건을 이용해 은행에 돈을 예치했다. 은행장만이 안전하게 계좌를 만들어 줄 수 있었다. 그리고 멀티 사업가로 성공했다. 프로스페르는 이러한 문제를 단순하게 생각했지만, 장관은 그것의 대가로 3천만 프랑쎄파(FCFA)를 요구했다. 프로스페르는 불안했다. 그래서 염소에게 묶여 있는 곳의 풀을 먹게 한 것이다. 그들은 친구가 되었다. 그때부터 마티바는 정부와 관련된 사업의 정보를 주기 시작했다. 그는 퇴임하기 전까지 핵심적인 내부 정보를 끊임없이 제공했다. "이것이 묶여 있는 염소에게 주변의 풀을 먹게 해야 하는 이유이다." 프로스페르는 너무 늦지 않게 이러한 사실을 깨달은 것에 만족하며 미소를 지었다. "염소를 쫓아내려고 하는 것보다 마음 놓고 먹게 내버려 두는 것이 좋다." 그는 의미심장하게 웃으며 침실로 들어갔다.

그는 넥타이를 풀고 불룩한 뱃살을 조이지 않게 고안된 셔츠로 갈아입었다. 사업을 시작한 이래로 프로스페르의 몸은 점차 불었다. 과거의 여성들은 그를 핸섬하다고 했다. 돈만 있으면 완벽한 남자라고 치켜세웠다. 이제 그 아름다운 외모는 사라졌다. 반면 여자들에게 지출하는 돈은 엄청나게 늘었다. 이 무슨 아이러니란 말인가! 여자들이 두툼한 지갑 때문이 아니라 여전히 잘생긴 외모 때문에 따른다고 생각하고 싶었다. 그는 편안한 의복으로 갈아입고 모니크의 거처로 향했다. 노크 없이 침실 문의 손잠이를 돌렸다. 안에서 잠겨 있었다. 노크를 했다. 그는 아내들에게 침실 문을 잠그지 말라고 주의를 주곤 했다. 물론 아내들은 이에 반대했다. 하지만 아직도 그는 아내들의 침실에 노크를 하고 들어가야 하는 이유를 알 수 없었다.

"거기 누구세요?" 그녀가 소리쳤다.

"누구?" 그는 잘 들리지 않았다.

"누구도 보고 싶지 않아요." 그녀가 다시 소리쳤다. 그녀는 진짜 누구인지 알지 못했고, 또한 누구인지 관심도 없었다.

"제발 문 좀 열어요." 그가 문을 두드렸다.

그때서야 모니크는 남편이 방문을 노크하고 있다는 사실을 알았다. 그녀는 침대에서 일어나 재빨리 옷을 입었다. 그리고 문을 열었다. "미안해요." 그가 들어오자 그녀는 사과했다. "당신인 줄 몰랐어요."

"그렇다면 문을 잠그지 말았어야지요." 그는 그녀를 가볍게 책망했다. "두려울 게 뭐가 있다고 그래요." 그녀를 침대로 끌어당기며 말했다. "여기는 매우 안전한 곳이라는 것을 몰라요?" 그는 다소 거칠게 애무하기 시작했다. 그녀의 체온이 평소보다 높았다. "몸이 좋지 않아요?" 그가 물었다. "두통 아니면 감기?" 그녀의 이마를 짚어 보았다.

"두통과 감기 둘 다요." 모니크가 대답했다. "당신이 괜찮다면, 침대로 돌아가고 싶어요." 애무하는 손을 부드럽게 거절하며 그녀가 덧붙였다.

"언제부터 아팠어요?" 그가 걱정했다. 그녀는 그의 이러한 모습이 좋았다.

"오늘 아침부터요." 모니크는 자세한 이야기를 하고 싶지 않았다. 그녀는 샬롯트를 만났던 아침을 떠올리고 다시 흐느끼기 시작했다. 샬롯트와 샹탈만 아니라면 행복할 것이라는 생각을 떨쳐 버리기 위해 노력했다. 남편은 이러한 마음을 이해하지 못할 것이다. 그녀는 질투심에 빠져 고자질을 하고 싶지 않았다. 그것은 그녀의 스타일이 아니었다.

"당장 제르베 의사를 오라고 할게요." 그가 일어났다. "곧 다시 올게요." 그는 그녀의 뺨에 키스하고 방문을 조심스럽게 닫고 나왔다.

얼마 지나지 않아 주치의 제르베가 왔다. 그는 모니크를 진찰하고 그리 심각하지는 않다고 말했다. "스트레스 때문입니다." 제르베는 상태가 악화될까 걱정하는 프로스페르에게 말했다. "충분한 휴식이 필요합니다." 그가 프로스페르를 응시하며 말했다. 그리고 환자에게로 시선을 돌려 말했다. "한두 주 정도 일을 하지 말고 푹 쉬세요. 알겠죠?"

모니크는 고개를 끄덕였다. 근심의 진짜 원인을 뿌리 뽑을 수 있다면 좋을 텐데! 샬롯트와 샹탈이 마음을 고쳐먹지 않는다면, 아무리 휴식을 많이 취해도 상황은 나아지지 않을 것이다. 그녀는 무례하고 부정직한 사람들과 친해지려고 노력하는 것이 얼마나 헛된 일인가를 잘 알고 있었다. 모니크는 사랑으로 적대감을 치유하려고 했던 시도가 실패했음을 깨달았다.

그날 저녁 프로스페르는 아내들 사이의 문제를 더욱 악화시키는 결정을 내렸다. 그는 샬롯트에게 슈퍼마켓 중 하나를 정리하라고 지시했다.

"모니크에게도 일을 주고 싶어요." 그가 설명했다. "하는 일 없이 빈둥거리며 너무 지루해 하는 것 같아요. 이것이 스트레스의 원인이 아닌가 싶어요." 그는 계속했다. 샬롯트는 전혀 그의 말에 집중하지 않았다. 하지만 그녀가 할 수 있는 일은 없었다. 심지어 프로스페르가 그녀가 맡고 있는 일 전부를 빼앗는다 해도 마찬가지였다. 그녀는 남편의 자비 아래에 있었다. 그녀는 이 사실을 누구보다 잘 알고 있었다. 남편은 무소불위의 힘을 가진 자이다. 그가 이혼하고자 마음먹는다면, 이를 막을 그 어떤 법정도 이 나라에는 없다. 그는 정의를 살 수 있는 돈뿐만 아니라, 대부분의 권력자들을 친구로 가지고 있다. 그들은 여성의 권리 따위는 신경도 쓰지 않는다. 여성들에게 호의적인 여성 판사조차도, 이혼 법정에서는 그들과 다를 바 없다. 샬롯트는 이 아이(모니크)가 자신의 삶을 망칠 수도 있다는 생각을 떨쳐 버리려 고개를 흔들었다.

"그런가요?" 샬롯트가 할 수 있는 말의 전부였다.

"그럼요. 내가 말한 그대로입니다." 그는 이 문제를 길게 끌고 싶지 않았다.

"알았어요." 그의 방문을 꽝 닫으며 그녀가 말했다. 오늘밤이 잠자리 순번이어서 여기로 다시 돌아와야 한다는 사실을 의식하지 못했다. 화가 머리끝까지 치솟았다. 모니크의 침실로 달려가 분노를 토해 내고 싶은 감정을 간신히 억눌렀다. 모니크는 그녀의 살을 파고드는 악마의 가시였다. "죽여 버릴 거야!" 샬롯트는 복수를 다짐했다. "감히 지렁이같이 남편의 가슴에 구멍을 뚫어?" 그는 혼잣말을 했다. 그리고 샨탈의 거처로 향했다. 그리고 덧붙였다. "우리, 샨탈과 내가 반드시 끝장을 내고 말거야."

17

결혼한 지 3년이 지났다. 모니크에게는 아직 아이가 없었다. 처음에는 그리 걱정하지 않았다. 생활이 안정되면 차차 아이를 갖게 될 것이라고 그녀를 안심시켰다. 하지만 3년이 지난 지금, 프로스페르는 로즈와 가지기를 상상했던 아름다운 아이들을 기대하기 시작했다. 프로스페르는 점차 노심초사하게 되었다. 만약 그녀가 불임이라면 큰일이었다. 혹 그런 나쁜 소식이 들려올까 두려워 산부인과 검진을 되도록 연기했다. 하지만 진실은 피할 수 있는 것이 아니다.

프로스페르는 젊은 아내의 아이를 갖고 싶어 미칠 지경이었다. 누군가가 그녀의 앞날을 지켜 줘야 한다고 생각했다. 자신이 항상 곁에서 보호해 줄 수는 없는 일이다. 아들딸이 그렇게 해 줘야 할 것이다. 모니크가 남자 아이를 낳는다면 이름을 셍으로 지을 작정이다. 셍은 자신이 어려웠을 때 용기를 북돋우어 준 위대한 예언자였다. 하지만 그는 생전에 충분한 보상을 받지 못했다. 지금까지는 돌아가신 부모님과 친척들의 이름을 따 아이들의 이름을 지었다. 이제 자신이 그토록 원했던 부자가 되도록 도와준 사람에 대한 보답을 할 때가 되었다. 이것이야말로 아직 그가 하지 못한 일이다. 이름뿐만 아니라 최상의 교육 기회도 제공할 것이다. 아이들에게 그가 겪었던 고난과 굶주림을 물려주지 않을 것이다. 정규교육의 권리를 부정하는 것은 어떠한 상황에서도 용납될 수 없는 죄악이었다. 돈은 많이 벌었다. 이제 돈이 인생의 전부가 아니게 되었다. 앞으로는 자녀 교육이 중요했다. 아이들의 성장과 성공은 쓸쓸한 노년을 견디는 최선의 방법이다.

시간이 지남에 따라 샬롯트와 샨탈은 점점 사이가 좋아졌다. 깃털이 같은 새들이 모여 떼를 짓기 마련이다. 확실히 이 두 여성은 비슷한 깃털을 많이 가졌다. 그들은 앉아서 수다 떠는 것을 좋아했다. 항상 붙어 다녔다. 두 여자는 각각 세 명의 아이를 낳았다. 각각의 큰 아이 둘은 프랑스에서 공부하고 있다. 프로스페르는 아이들 교육을 중시했다. 자식들이 백인이 갈 수 있는 곳만큼 멀리 가기를 원했다. 돈과 교육의 힘으로 백인들을 넘어설 수 있다는 것이 그의 신념이었다. 프로스페르는 또한 금융의 귀재였기 때문에, 막내딸이 백인들의 금융 전략을 배우기 위해 해외로 나가 공부하는 것을 보고 싶었다.

프로스페르는 엄청난 부자다. 거짓말이 아니다. 어떤 사람은 그를 전국의 다섯 부자 중 하나로 꼽는다. 혹자는 그가 위조지폐를 찍어 진짜 돈과 교묘하게 섞어 은행에 예금한다고도 말한다. 더 나아가, 지폐를 위조하는 데 왜 수사를 하지 않느냐고 항의하기도 한다. 또 다른 사람들은 그의 돈이 악마로부터 나온다고 주장했다. 그가 개인적인 치부를 위해 친척들이나 친구들의 피를 빨아먹는 좀비라는 것이다. 도시에는 다양한 소문이 떠돌기 마련이다. 따라서 남의 이야기를 신중하게 듣고 판단할 필요가 있는데, 이러한 사람들은 거의 찾아보기 어렵다.

세 아내는 각기 고급 차를 소유했다. 모니크만 기사를 따로 두었다. 샬롯트와 샹탈은 그들의 인생에 운전기사가 끼어드는 것을 원치 않았다. 그들은 운전사를 고용하는 것은 불필요한 낭비라고 주장했다. 스스로가 운전할 수 있다는 점을 강조했다. 그래서 프로스페르는 운전기사를 스파이로 이용했던 예전의 방식을 포기했다. 스스로 운전하는 것을 계속 반대했다면, 그들은 프로스페르가 직접 운전해 줄 것을 요구했을 것이다. 이는 모니크와 결혼하기 전부터 있어 온 주장이었다. 그때 프로스페르는 아내들과 이성적으로 대화했다. 하지만 지금 모니크가 그렇게 주장한다면 받아들이지 않았을 것이다. 그런 논리는 오직 샬롯트와 샹탈에게만 허용되는 것이었다.

하지만 모니크는 운전기사가 딸린 차를 기꺼이 받아들였다.

그녀의 소박함과 수수함은 늘 프로스페르를 만족시켰다. 옷을 입는 방식이나 스타일이 로즈의 그것과 비슷했다. 그래서 물질적인 보상보다는 아이를 갖게 함으로써 기쁘게 해 주고 싶었다. 그녀의 상태에 대한 근심이 깊어지면서 점점 임신이 되지 않는 이유가 궁금해졌다. 그는 슬펐다. 이렇게 젊고 아름다운 식물이 어떻게 꽃 한 송이조차 피우지 못한단 말인가! 이 무슨 저주란 말인가!

사왕에서의 삶을 되돌아보면, 모니크는 언제나 주목받는 아가씨였다. 그녀는 투명할 정도로 순결했다. 그녀는 자연스럽게 도시적 삶의 방식을 터득했다. 도시의 포식자들에게 희생되지 않고도 살아남을 수 있다. 모니크가 그랬다. 그녀는 4년 전 프로스페르를 처음 만난 순간을 생생하게 기억하고 있다. 음반강의 부모님이 용돈을 제때 보내 주었다면, 그들은 절대 만나지 못했을 것이다. 하지만 가난한 부모님은 때때로 용돈을 부쳐 줄 여유가 없었다. 용돈만 바라보고 무작정 기다릴 수만은 없었다. 이틀 후 대학입학자격 시험을 봐야 하는데 이렇게 굶주려서는 제대로 치를 자신이 없었다. 그녀는 절망에 빠져 친구의 화려하고 세련된 옷을 빌려 입었다. 그녀는 숙련된 남자 사냥꾼의 모습으로 택시를 타고 샤를 드 골 호텔로 갔다.

탄산음료를 마시고 있을 때였다. 잘 차려입은 사업가 한 명이 다가와 자신을 프로스페르라고 소개했다. 그는 돈으로 모니크를 유혹했다. 유혹은 치명적이었다. 그녀는 미끼에 걸려 끝없는 나락으로 떨어졌다. 젊은 아가씨들에게 호의를 베푸는 남자들을 조심해야 한다는 경고도 소용없었다. 그들은 기억할 수조차 없는 낯선 이름들로 나열된 복잡한 프랑스 요리를 먹었다. 그녀 생애 최고의 식사였다. 그리고 같은 호텔 스위트룸에서 잤다. 욕정이 솟구쳐 올랐지만 크게 내색하지 않았다. 모니크는 소심하고 자존심이 강한 여자였다. 첫 경험이었다. 프로스페르는 매우 만족했다. 모니크는 프로스페르에게 다시 결혼하고 싶은 마음을 불러일으키기에 부족함이 없었다. 군인에게 빼앗겼던 로즈를 대신할 수 있는 여자였다. 하지만 이 결혼은 지금까지 모니크에게 두통과 악몽만 가져다주었을 뿐이었다.

그렇다면 과거의 그 무엇이 불임의 원인이 되었을까? 모니크는 곰곰이 생각했다. 도저히 이해할 수 없다! 수많은 처방전이 소용없는 이유는 무엇일까? 먼저, 한쪽 눈이 작고 찌그러진 주치의가 진찰했다. 그는 항상 어두운 선글라스를 쓰고 있었다. 의사로서의 능력보다는 그저 불쌍히 여겨 계속 고용하고 있는 사람이었다. 프로스페르는 인생의 거의 대부분을 돌팔이 의사의 전통적인 처방에 의존해 왔다. 현대 의학의 과학적 진료 방식에 신뢰감이 가지 않았다. 그는 건강검진을 싫어했다. 처방하기 전 검사를 하는 의사들이 못마땅했다. 꼭 필요해서 주치의를 고용한 것은 아니다. 오히려 다른 부자들이 그렇게 하니까 혹은 돈을 지불할 여유가 있어서 고용한 것에 가깝다. 샬롯트와 샨탈은 보다 젊고 능력 있는 다른 의사를 불러 진료를 했기 때문에 그는 거의 할 일이 없었다. 하지만 모니크는 주치의 제르베가 진찰했다. 그는 모니크가 아이를 갖지 못하는 이유를 찾지 못했다. 심리적 스트레스가 임신을 어렵게 하고 있는 것 같다고 말했다.

다음으로, 전통적 처방을 따르는 의사들이 진료했다. 그들은 물불을 가리지 않았다. 어떤 의사는 쓴 물약을 처방했고, 다른 이는 역겨운 약초와 나무껍질을 주기도 했다. 또 다른 자는 마법의 주문을 적어 주기도 했다. 하지만 차도가 없었다. 두 명의 주술사는 첫 번째 아내와 두 번째 아내가 질투심에 빠져 마법으로 그녀의 자궁을 파괴했다고 주장했다. 샬롯트와 샨탈은 모니크를 시기하고 미워하기는 했으나, 마법을 사용하여 그녀의 자궁을 훼손하지는 않았다고 토로했다. "다른 여자에게 그렇게 하는 여자는 없어요." 그들은 주술사가 사이비라고 비난했다.

프로스페르는 니아만딤으로 온 이듬해, 즉 셍이 세상을 떠난 후부터 이러한 전통 의술의 암울한 미래를 예측했었다. 그 노인은 죽어 가는 전통 의술의 희망이었다. 셍은 자신의 지혜를 후대에 제대로 계승하지 못했다. 프로스페르, 더 정확히 말하면 '디오도네'는 셍의 마지막 예언을 정확히 이해하지 못했다. 셍은 세속적 성공에 눈이 멀어 고향을 등진 프로스페르를 비난했다. 그는 조상의 도움 없이는 출세할 수 없다고 했다. 젊은 남자(프로스페르)

가 디오도네를 통해 보내온 셍의 긴급한 방문 요구를 거절했다면, 그것은 제 무덤을 스스로 판 것이다. 머리가 희끗한 사람의 지혜를 무시한 아이는 나중에 어떤 문제가 발생해도 절대 남 탓을 할 수 없다. 모든 문제는 자기 탓이 될 수밖에 없다.

셍이 살아있었다면 확실한 진실을 알려 주었을 텐데……. 그는 두고두고 아쉬워했다. 셍은 첫 번째 아내와 두 번째 아내가 어느 정도의 시기와 질투를 가지고 모니크를 얼마나 괴롭혔는지 정확하게 밝혀낼 수 있었을 것이다. 하지만 셍은 이제 여기에 없다. 상황이 이러한데 어떻게 돈만 밝히는 사이비 예언가의 말만 믿고 샬롯트와 샨탈을 추궁할 수 있겠는가? 그들이 돈을 위해 처방한 것이 아니란 사실을 어떻게 증명할 수 있단 말인가? 혹 도시의 돌팔이 의사들이 자신들을 먹여 살리는 고객의 손가락을 물어뜯는 것이 두려워서, 프로스페르가 원인이라는 사실을 밝히기 꺼려하는 것이 아닐까?

18

시간이 흘렀다. 샬롯트와 샨탈은 또 다시 임신했다. 모니크는
불안하게 자신의 차례를 기다렸다. 그녀는 도무지 이해할 수 없
었다. 왜 신은 동료들에게 각기 네 명의 아이들을 주시면서, 자
신에게는 단 한 명도 점지해 주지 않는단 말인가? 전생에 무슨
죄를 지었던가? 매일 교회에 나가지 않았던가? 그것도 일요일에
는 두 번. 매일 밤 잠자리에 들기 전 정성스레 기도를 하지 않았
던가? 자신의 첫 남자, 프로스페르를 만족시키기 위해 최선을 다
한 충실한 아내가 아니었던가?

모니크는 자존감이 무너져 사람들 앞에서 고개를 들지 못했
다. 집이나 사무실에 틀어박혀 꼭 필요한 경우가 아니면 일체 외
출을 하지 않았다. 샬롯트와 샨탈은 계속해서 그녀를 조롱했다.
그들은 모니크를 끊임없이 못살게 굴었다. 끔찍한 소문을 만들

어 주위에 퍼뜨리기도 했다. 상처에 소금을 뿌리는 경우였다. 그들은 모니크가 고통스러워 하는 모습을 지켜보며 즐거워했다. 모니크의 삶은 절망의 구렁텅이로 빠졌다. 프로스페르는 이혼이라는 카드로 두 아내를 협박했다. 하지만 샬롯트와 샨탈은 어린 아내에 대한 조롱을 멈추지 않았다.

그들은 모니크가 방탕한 삶을 즐기는 신세대 여성이라고 비난했다. 신여성은 피임약을 무분별하게 사용하여 자궁을 불모로 만든다는 것이다. 또한 치명적인 성병을 전염시킨다고도 했다. "그녀는 알아야 해." 모임에 참석한 한 친구가 단호하게 말했다. "이는 문란했던 젊은 시절에 대한 대가야!" "불임!" 다른 친구는 냉담한 어조로 소리쳤다. "후세에 방탕하고 무분별한 여인으로 낙인찍히는 것은 얼마나 수치스러운 일인가?" 샬롯트가 과장된 프랑스어 톤으로 우아한 포즈를 취하며 말했다. "자신을 구해 줄 왕자님을 찾지 못했기 때문이지!" 샨탈이 덧붙였다. 그들이 원하는 결말은 바로 이것이었다.

모니크는 이 두 여인이 자신을 얼마나 헐뜯고 다니는지 잘 알고 있었다. 그들의 거짓말에 담긴 노골적인 악의는 무시하고 넘어갈 수 있다. 하지만 아이를 가지지 못하고 있다는 것은 모든 사람들이 알고 있는 사실이었다. 저주받은 나무였다! 열매를 맺지 못하는 식물! 생명의 강을 가로막는 바위! "왜 나란 말인가?" 그녀는 신세를 한탄하며 물었다. "공평하지 않아. 삶은 너무나 불공평해." 눈물이 하염없이 흘렀다.

상황은 점점 더 악화되었다. 점점 식욕을 잃어 갔다. 그녀는 날이 갈수록 창백해지고 허약해졌다. 걱정이 많아졌다. 사색에 잠겨 몇 시간을 훌쩍 보내기도 했다. 즐겁지 않은 생각뿐이었다. 그녀는 괴로움에 잠겼다. 타는 듯한 괴로움이었다. 얼마나 큰 고통이었던가! 마침내 더 이상 참을 수 없는 단계에 이르렀다. 그녀는 부모님에게 돌아가기로 마음먹었다. 하지만 운명이 그러하듯, 뜻밖의 사건이 발생했다.

주치의 제르베가 손쓸 수 없을 정도로 상황이 나빠졌다. 주치의는 집중적인 치료를 위해 입원할 것을 제안했다. 모니크는 전 교육보건부 장관, 마티바가 소유한 개인병원에 입원했다. 늙은 마티바와 결혼한 마리-클레르가 운영하고 있는 프랑스 클리닉은 평판이 아주 좋았다. 전국 최고의 전문의들이 근무하는 병원이었다.

이때 프로스페르는 밈보랜드에 없었다. 출장 중이었다. 마티바 각하는 오랫동안 사업을 같이해 온 좋은 동료였다. 15년 전, 프랑스 클리닉은 프로스페르의 이름으로 등록해 개원했다. 마티바가 장관으로 일하는 동안 프로스페르의 개인 사업체로 운영되었다. 공무원들이 개인 사업을 하지 못하도록 엄격하게 제한하고 있을 때였다. 지금도 이 법은 여전히 유효하다. 하지만 공무원들은 법의 망을 피해 사업체를 소유하고 국가의 자금을 끌어 쓰는 방법을 어떻게든 찾아내고 있다.

프로스페르가 귀국할 때까지 샬롯트와 샨탈은 모니크가 입원한 병원을 한 번도 찾지 않았다. 자신들의 삶에 바빠 다른 사람을 챙길 여유가 없었다. 좋아하지도 않는 사람이라면 더더욱 그렇다. 프로스페르가 출장을 가기 3주 전, 샬롯트는 교통사고를 냈다. 애마 르노 18이 수리할 수 없을 정도로 완전히 망가졌다. 운 좋게도 다치지는 않았다. 동승한 젊은 남자 또한 무사했다. 남편이 프랑스에서 사오기로 한 새 자동차가 도착하기를 기다리는 동안 그녀는 샨탈의 차를 같이 이용했다. 모니크는 가끔씩 그들이 부럽기도 했다. 그들 반만큼이라도 행복했으면 좋겠다고 생각했다. 그들은 자유로웠다. 개인적 근심이나 가정의 울타리에 묶여 있지 않았다. 아무 때나 외출하고 내키는 시간에 귀가했다. 우연히 그들이 나누는 어떤 남자에 대한 이야기를 엿듣고, 그들의 정조를 의심하게 되었다. 하지만 남편에게 말하지는 않았다. 프로스페르는 너무 바빠 샬롯트와 샨탈의 삶을 살필 여유가 없었다.

모니크의 건강은 급속도로 악화되기 시작했다. 프랑스 클리닉은 전혀 도움이 되지 않았다. 거기의 의사들은 거의 아무것도 할 수 없었다. 그녀의 병은 심리적 요인의 문제이거나 혹은 약으로 처방하기 힘든 그런 질환이었다. 어떠한 의술과 약도 그녀의 건강과 아름다움을 회복시킬 수 없어 보였다. 심지어 기침, 설사, 감기 등에 처방하는 약도 그녀에게는 효과가 없었다. 의사와 간호사들은 당황했다. 그녀는 입원한 지 일주일도 되지 않아 빗자루처럼 야위었다. 의사들이 처방한 약도 무용지물이었다. 환자들에게 심리적 안정을 주기 위한 가짜 약과 다를 바 없었다. 마티바와 마리-클레르는 불안해졌다. 사업의 일환으로 병원을 설립했기에 의학에 무지했다. 오히려 환자보다도 못했다. 하지만 친구를 위해 무언가를 하고 싶었다. 모니크의 상태를 직접 치료할 수 있는 위치에 서고 싶었다. 그들은 의사들을 끊임없이 닦달했다. 하지만 모니크의 상태는 점점 악화될 따름이었다. 의사들이 24시간 내내 달라붙었지만 소용이 없었다. 프로스페르는 모니크의 상태가 진전되지 않고 점점 악화되고 있다는 소식을 들었다. 그는 일을 중간에 팽개치고 니아만덤으로 날아왔다.

프로스페르는 버림받은 창백한 연인을 보고 눈물을 흘렸다. 그녀는 너무나 쇠약해져서 빗자루보다 가늘어졌다. 피골이 상접했다. 그는 눈물을 흘리며, 한때 세상에서 가장 아름다웠던 얼굴이었던, 그녀의 앙상한 뺨에 부드럽게 키스했다. 모니크는 희미한 미소를 지으며 속삭였다. "잘 지내세요. 당신이 돌아오기를 기다렸어요. 사랑해요……." 그녀는 움푹 꺼진 눈을 감고 영원히 숨을 멈추었다.

19

이주 후 모니크의 장례식이 거행되었다. 그때 프로스페르의 친구이자 영어사용권의 차관인 느웨롱 씨가 일라간 지역의 한 예언가에 관해 말해 주었다. 프로스페르가 위대한 예언가 생의 죽음을 애통해하자, 느웨롱은 그를 조용한 곳으로 끌고 가서 웅케에 관한 흥미로운 이야기를 전해 주었다.

"웅케는 모든 병을 치료할 수 있는 *위대한** 남자네. 그것이 인간에 의한 것이든, 자연에 의한 것이든 상관없이 말이네. 그는 진짜 모든 것을 치료한다네. 석 달 전 여동생을 그에게 데리고 간 적이 있었네. 여동생은 많이 아팠네. 치료할 수 있는 모든 방

---

* 문강(mungang)은 서아프리카, 특히 카메룬 지역에서 뛰어난 점쟁이 혹은 주술사를 지칭하는 용어이다. 이 책에서는 어감과 문맥을 고려하여 이를 '위대한'으로 번역하였다.

법을 시도해 보았지만 소용이 없었네. 우리는 모든 희망을 포기했었네." 그가 프로스페르에게 말했다.

"여동생의 병에 대한 모든 이야기를 들은 웅케는 작은 약봉지를 꺼내 그것으로 여동생의 등과 가슴을 쳤다네. 그런 후 면도날을 들고 그녀의 머리카락을 자르더군. 그는 면도날로 이마와 그 옆에 칼자국을 냈다네. 이렇게 절개한 부분에 약초로 만든 듯한 약을 발랐네. 그리고 가루로 된 어떤 약을 여동생의 콧구멍으로 불어넣더군. 이상하게 들릴지 모르지만, 거기에 있는 다른 모든 사람들은 연신 재채기를 해댔는데, 여동생은 단 한 번도 재채기를 하지 않았네." 그때 웅케가 혼성영어(Pidgin-English)로 말하기 시작했다. "이 여자는 너무 멀리 갔다." 하지만 배가 고파 여동생의 심장을 노리는 마녀로부터 그녀를 안전하게 구하는 것이 자신의 임무라고 말했다.

"그는 우리에게 단돈 10프랑과 흰 수탉 한 마리, 그리고 야자유 한 병을 가져오라고 했다네. 우리는 그의 아내 중 한 명에게 야자유를 사서 가져갔네. 그는 안방으로 들어갔네. 다시 나왔을 때, 그의 손은 숯 색깔의 약으로 범벅이 되어 온통 검은색이었네. 그는 여동생 쪽으로 건너가 이마를 두 손으로 잡았네. 그리고 아무 말 없이 한 20여 분 동안 그대로 서 있었네. 몇몇 사람들은 그 모습이 재미있어 킥킥거리기도 했네. 그들은 웅케가 무슨 말이라도 해 주기를 바랐네. 하지만 웅케는 그녀가 잠들 때까지 머리를 잡고 있었을 뿐 아무 말도 하지 않았네."

"다음날 아침, 놀랍게도, 여동생은 생기발랄한 모습으로 우리를 깨웠다네. 우리는 너무 기뻐 웅케에게 3십만 프랑을 내밀었지. 하지만 그는 거절했다네. 우리는 간청하고 또 간청했지만, 그는 끝내 돈을 받지 않았다네. 무엇 때문에! 우리는 이와 같은 경우를 처음 보았다네. 우리가 전에 만난 모든 치료 주술사들은 여동생의 병을 치료하는 것보다 우리의 지갑 속에 들어 있는 내용물에 더 관심을 가졌다네. 그 지역에서 영향력이 있는 첫째 아들의 중재로 웅케는 약간의 돈을 받기로 했다네. 그는 2십만 프랑만 요구했네. 그리고 즉석에서 그 돈의 4분의 1을 거기에 있는 사람들의 음료수를 사는데 써 버렸다네."

"웅케는 너무나 유명한 사람이라네. 중요한 정치가나 사업가들이 그를 보러 니아만덤을 떠난다네. 자신을 지키기 위해서이지. 불운을 쫓고 행운을 불러오기 위해서이네. 뛰어난 점술가를 찾는다면, 더 이상 망설이지 말라고 말해 주고 싶네."

"이러한 사실을 몇 주 전에만 말해 주었어도 좋았을 텐데." 친구의 감동적이 이야기를 들은 후 프로스페르가 말했다.

"자네가 알다시피 그때 나는 여기에 없었네." 느웨롱이 변명했다. "우리 국민당 대표단의 일환으로 런던에 가 있었다네. 우리는 파리와 같이 런던에도 우리 당의 해외 지사를 설립하고자 했었네."

"자네를 비난하고자 하는 것이 아니네. 단지 그런 생각이 들었을 뿐이지." 프로스페르는 어색한 웃음을 지었다. "응케가 예언도 하는가?" 그가 물었다.

"당연하지. 그는 치유도 하고, 점도 치네. 저승으로부터 마음을 되찾게 해 주지. 모든 것을 다 할 수 있네. 그는 만능 치료사네. 자네는 그를 잘 알지 못하겠지만, 내가 알기로 그는 최고네. 물론 이것이 나만의 생각은 아니네."

"그럼 그를 한번 찾아가 보아야겠네." 프로스페르는 친구가 진심으로 고마웠다.

프로스페르가 응케를 찾아가려는 이유는 긴급한 상황 때문이었다. 그는 모니크가 죽은 진짜 이유를 알고 싶었다. 자신의 생명을 구하기 위해 아내의 삶을 희생양으로 삼았다는 소문이 돌았다. 소문에 따르면, 사실 그 소문이 새롭지는 않았지만, 그의 재산이 정상적으로 축적되지 않았다는 것이다. 그는 니옹고*라 알려진 위험한 마법 집단과 악마의 계약을 맺었다. 계약의 내용은, 재산을 유지하고 더 큰 부자가 되려면, 소중한 사람을 제물로 바쳐야 한다는 것이었다. 그래서 모니크가 희생되었다. 모니크와 결혼한 이유도 바로 여기에 있다는 것이다. 모니크와의 사랑은 허울뿐이었던 셈이다. 심지어 비슷한 소문이 그와 전혀 무관

---

* 카메룬과 나이지리아 지역에 전해지는 마녀 집단의 일종.

한 신비한 관습과 결부되기도 했다. 부유하고 활기차게 살기 위해서는 모니크를 죽여야 하는 운명이었다는 식이다.

루머에 따르면, 파리 신혼여행 때 사 준 금목걸이가 모니크를 죽였다는 것이다. 그는 모니크에게 이 목걸이가 사랑의 증표이니 어떠한 상황에서도 벗지 말라고 요구했다. 루머 유포자들은 이 목걸이가 미스터리하게 죽은 그의 수많은 여자 친구들 중 하나에게 준 것과 똑같은 것이라고 주장했다. 소문은 계속되었다. 프로스페르는 한 아가씨에게 목걸이를 선물하고, 자신은 섹스를 잘 하지 못하니 그냥 좋은 친구로 지내자고 거짓말을 했다. 불쌍한 소녀는 그 어떤 성적 대가도 요구하지 않고 돈으로 자신을 행복하게 해 주는 남자를 아무런 의심 없이 따라 나섰다. 이전에 그 어떤 금목걸이도 가져 보지 못한 소녀는 진정으로 감동했다. 전해진 바에 의하면, 프로스페르는 자신을 사랑한다면 항상 목걸이를 착용해야 한다고 말했다. 순금이기 때문에 목욕할 때도 전혀 문제가 없다고 말했다. 소녀는 꽤 오랫동안 그 목걸이를 착용했다.

어느 날, 소녀는 택시를 타고 친구와 이야기를 하고 있었다. 그때 같은 택시에 타고 있던 한 늙은 남자가 그녀를 보고 놀라움과 두려움에 가득 찬 눈빛을 보냈다. 그녀는 왜 그러느냐고 물었다. 남자는 뭔가 문제가 있다고 말했다. 어떻게 그런 것을 목에 걸고 다닐 수 있느냐는 것이었다.

소녀는 선물 받은 것이라고 설명했다. 그녀는 너무 값비싼 목걸이라서 그러는 것이라고 짐작했다. 노인은 목걸이가 지닌 의미를 자신은 잘 알 수 없으니, 신부나 점쟁이를 찾아가 보라고 권유했다. 소녀는 노인을 예수의 이름으로 여성들의 귀금속을 갈취하는 사기꾼이라고 의심했다. 그녀는 운전사에게 즉시 택시를 세우라고 소리치고 거기에서 내렸다.

소녀는 친구와 그 일을 상의했다. 그들은 *점쟁이*에게 문의해 보기로 했다. 집에 들어서자마자, *점쟁이*는 소리쳤다. 당장 목걸이를 빼라고 했다. 소녀는 영문을 몰라 무슨 일인지 설명해 달라고 요구했다. *점쟁이*는 당장 목걸이를 벗어 핸드백에 넣으라고 소리쳤다.

소녀가 당황해하는 모습을 본 *점쟁이*는 그녀가 목걸이가 지닌 의미를 깨닫지 못하고 있음을 알 수 있었다. 그는 목걸이를 어디서 샀는지 물었다. 아가씨는 친구에게 선물 받은 것이라 대답했다. 주술사는 그것을 준 사람에게 가서 돌려주라고 권고했다. 뱀처럼 생긴 목걸이는 예사롭지 않다고 했다. 그 목걸이에는 거대한 뱀을 섬기는 토템이 스며들어 있다는 것이다. 프로스페르는 이 특별한 뱀 토템을 어디에 두어야 할지 고민할 정도로 많은 토템을 가지고 있었다. 그는 그것이 여자 친구의 목에 있는 것이 가장 안전하다고 생각했다. 소녀는 목걸이를 봉투에 넣어 프로스페르의 사무실에 가져다주었다. 이것으로 그들의 관계는 끝났다.

며칠 후 소녀는 원인 모를 이유로 목이 졸려 죽었다.

프로스페르는 샹탈과 결혼한 직후부터 또 다른 잔인한 루머에 시달려 왔다. 이 소문은 그가 잠깐 데리고 놀다가 버린 한 소녀가 퍼뜨렸다고 한다. 그녀는 프로스페르가 친구의 죽음에 책임을 져야 한다고 주장했다. 이야기는 매우 정교했다.

소문에 따르면, 프로스페르는 리무진을 몰고 다가가 한 아가씨를 태워 주겠다고 했다. 호의적인 미소와 몇 마디의 칭찬이 오간 후, 그녀는 차에 탔다. 프로스페르는 그녀에게 5만 프랑쎄파(FCFA)를 주면서 한잔하자고 제안했다. 그는 침실로 가자고 요구하지는 않았다. 그녀는 집에 돌아가자마자 친구들에게 전화했다. 친구들은 한 목소리로 그녀가 "봉(돈 많은 사람)"을 잡았다고 부러워했다. 모든 이들이 그를 놓치지 말라고 충고했다.

프로스페르와 소녀는 일주일쯤 후 다시 약속을 잡았다. 그는 소녀에게 자신은 섹스에 전혀 관심이 없다고 말했다. 그리고 7만 5천 프랑쎄파(FCFA)를 건네며 와 줘서 고맙다고 인사했다.

다음 약속은 호텔로 정해졌다. 소녀는 그가 섹스를 원할지도 모른다고 생각해 나가지 않았다.

어느 날 소녀는 갑자기 돈이 필요했다. 그래서 그가 적어 준 전화번호로 연락했다. 로또복권처럼 간직하고 있던 "수상한 번호"였다. 그들은 약속 장소를 정했다. 그녀는 거기로 갔다. 술을 마신 후, 프로스페르는 15만 프랑쎄파(FCFA)를 주었다. 그들은 호텔로 갔다. 프로스페르가 너무 많은 호의를 베풀어서 이제 그의 요구를 거절하기 어려운 상황이 되었다.

프로스페르는 방을 잡고, 룸서비스 담당자와 접수원에게 어떠한 일이 있어도 방해하지 말라고 주의를 주었다. 방에 들어서자 소녀에게 옷을 벗으라고 지시했다. 소녀가 너무 부끄러워 뒤로 물러서자 그가 직접 나서 옷을 벗겼다. 옷을 벗긴 후, 지금까지 자신이 해 준 모든 것을 환기시키며, 그녀가 몹시 필요하다고 말했다. 그는 자신의 벨트를 풀고 바지를 벗기라고 명령했다. 그녀는 몸을 숙여 바지를 벗겼다. 그러자 고름과 구더기로 뒤덮여 완전히 썩은 프로스페르의 다리가 드러났다.

소녀는 깜짝 놀라 아무 말도 하지 못했다. 프로스페르는 자신의 다리를 깨끗이 핥아주면 상태가 좋아질 것이라고 말했다. 그녀는 단호하게 거절했다. 그리고 그에게서 받은 15만 프랑쎄파(FCFA)를 돌려주려고 했다. 그는 자신은 돈이 많으니 그럴 필요가 없다고 했다. 그리고 그녀에게 최면을 걸었다. 소녀는 다리를 핥기 시작했다.

일이 끝나자 프로스페르는 사라졌다. 소녀는 비로소 프로스페르가 자신에게 무슨 짓을 했는지 깨닫게 되었다. 그녀는 호텔 접수대로 달려갔다. 하지만 그녀가 설명한 남자에 대해 아는 사람이 아무도 없었다. 그런 손님 자체가 없었다고 했다. 꿈이나 상상에서 발생한 사건이 아닌가 하는 의구심이 들었다. 충격을 받은 소녀는 병원에 가서 상담을 받아야겠다고 생각했다. 그녀는 택시를 잡았다. 하지만 살아서 병원에 도착하지 못했다.

이 소문을 처음 접하고 프로스페르는 재빨리 바지를 내려 자신의 다리가 멀쩡한지 살펴보았다. 도시적 삶에서 그런 종류의 이야기는 나름의 논리와 생명력을 지니고 있다. 소문이 퍼지기 전에 그것을 원천봉쇄하는 방법은 거의 없다. 불합리한 소문을 합리적인 이성으로 파괴할 수는 없는 법이다.

비슷한 소문의 다른 버전도 있다. 여기에 따르면, 프로스페르는 절대 소매의 단추를 잠그지 않는다. 그 아래에 큰 상처가 있기 때문이다. 그는 소녀에게 그 상처에서 신선한 피가 나올 때까지 핥도록 요구하였다. 소녀는 협박을 당해 어쩔 수 없이 핥았다. 상처를 다 빨고 나자, 프로스페르는 그녀에게 백오십만 프랑쎄파(FCFA)를 주었다. 소녀는 갑자기 배가 아프기 시작했다. 집으로 돌아오는 길에 친구를 만난 소녀는 이 일을 털어놓고 도움을 요청했다. 그녀는 급히 병원으로 달려갔으나 15분 후 죽었다. 백오십만 프랑쎄파(FCFA)는 그녀의 장례비로 사용되었다.

프로스페르는 고등학교나 대학에 다니는 어린 여자들에 집착하는 추잡한 유형의 부자였기 때문에, 이와 관련된 소문을 퍼뜨리는 사람들은 그들의 입장에서 자유롭게 재단하고, 배치하고, 분류했다. 소문은 많았다. 그를 한 번도 보지 못한 사람들이 퍼뜨린 것도 있다. 여러 소문들이 뒤섞여 당사자에게 큰 타격을 주지 못하는 경우도 있다. 사람들은 그저 밈보랜드 최상위층 인물에 대해 이러쿵저러쿵 떠드는 이야기를 흥밋거리로 소비할 따름이다. 하지만 대조적인 예도 있다. 이에 따르면 프로스페르는 앞을 보지 못하는 맹인이다. 그를 맹인으로 설정한 소문은 매우 흥미롭다.

루머에서 프로스페르는 쉰 살이 넘은 엄청난 부자로 설정되어 있다. 그는 수많은 사업체에서 많은 사람들을 고용하고 있으며, 여러 채의 화려한 빌라를 소유하고 있다. 한차례 결혼했으나, 널리 알려진 이유로 이혼했다. 그는 여러 명의 아이들을 낳았는데, 특히 딸들은 아버지의 집으로부터 하나씩 하나씩 도망가기 시작했다. 치마 속의 것을 탐하는 광적인 집착 때문이었다. 딸들의 친구 대부분은 이러한 욕구의 희생자가 되었다. 소문에 따르면, 남아 있는 딸들은 그가 그녀들의 친구들에게만 관심을 가졌기 때문에 도망가지 않은 것이었다. 하지만 프로스페르는 자신의 딸들을 포함한 어린 여성들에 대한 욕구를 결코 억제하지 못했다. 아마도 이 때문에 눈이 멀었을 것이다. 그는 시력이 나빠지자 손을 이용해 욕망의 대상을 보기 시작했다. 따라서 딸과 딸의 친구들을 구별하는 것은 사실상 불가능했다.

사람들은 또한 프로스페르가 열심히 일을 해서 돈을 벌었다고 생각하지 않았다. 그는 광신적 악마 숭배 집단의 구성원인데, 이를 통해 돈을 모았다고 믿었다. 이 과정에서 소녀들은 소중한 자산이었다. 여자가 필요하면 프로스페르는 운전기사의 차를 타고 시내로 간다. 그는 짙은 선글라스를 끼고 파제로(자동차) 뒷좌석에 편안하게 앉아 있다. 그들은 큰 도로로 가다가 마침내 한산한 길에 멈춘다. 예쁜 여학생을 발견한 기사는 프로스페르 옆에 탈 것을 정중하게 부탁한다. 프로스페르는 그녀가 내리기 전에 한 잔하자고 제안한다. 그들은 빌라로 간다. 프로스페르는 그녀를 애무하기 시작한다. 그는 손으로 느낀 촉감을 묘사한다. 묘사는 거의 정확하다. 심지어 손의 감각만으로 소녀의 피부색까지 정확하게 맞춘다.

프로스페르가 소녀를 개인적으로 접대한 적이 있었다. 그들은 약간의 대화를 나눈 후 방으로 가 성행위를 한다. 소녀에게 10만 프랑쎄파(FCFA)가 넘는 큰돈을 지급한다. 다음 약속을 잡으며 한 가지 제안을 한다. 남자 친구와 관계를 맺은 후 씻지 않고 와서 자신과 다시 섹스를 한다면, 더 많은 돈을 주겠다고 약속한다. 사람들은 이러한 방법 때문에 프로스페르가 사업에 성공하고, 막대한 부를 축적할 수 있었다고 했다. 여기에는 젊은 희생양의 생리혈을 마시는 것도 포함되어 있다. 소녀의 성기에 섞인 남자친구의 정액과 그녀의 분비물은 프로스페르와 성교를 하면서 신비스럽게 이용된다고 한다. 여자가 젊으면 젊을수록, 순결하면 순결할수록, 프로스페르에게는 더 좋다. 때문에 그는 어리고 순결한 소녀의 질 분비물과 생리혈에 더 많은 돈을 지불했다.

프로스페르는 이러한 방법으로 그들의 행운을 훔쳐 자신의 것으로 만든다. 남자친구와 섹스를 하고 온 소녀가 다시 프로스페르와 성행위를 하는 순간, 그는 소녀와 남자친구의 행운을 신비스러운 방식으로 훔친다는 것이다. 이것이 바로 사업 성공의 비결이다.

프로스페르와 한때라도 사귄 아가씨는 절대 성공하지 못한다는 소문 또한 유행했다. 그녀는 시험에 떨어지기 일쑤였고 의욕적으로 착수한 사업은 번번이 망했다. 또한 프로스페르가 준 돈은 늘 과소비를 불러일으키는 요인이 되었다. 아가씨들은 비싼 옷을 사거나, 고급 식당에서 외식을 하거나, 화려한 파티를 여는 데 그 돈을 낭비했다. 그 돈으로 투자를 하면 매번 실패했다. 프로스페르는 항상 승자의 월계관을 썼고, 여성들 모두에게는 이중의 패배자라는 낙인이 찍혔다.

이러한 기묘한 소문을 처음 들었을 때 프로스페르는 그냥 웃어넘겼다. 자신과 너무나 멀리 떨어져 있는 이야기라서 걱정할 필요가 없어 보였다. 그의 가족은 묘사된 것과 확실히 다르다. 그는 결혼을 했을 뿐만 아니라 일부다처주의자이다. 그의 딸들도 아들들과 마찬가지로 파리에서 공부하고 있다. 또한 그와 매우 친밀하게 지내고 있다. 이러한 소문들은 어디에서 발생한 것일까? 소문들을 만든 사람들은 무엇을 얻으려고 하는 것일까? 그리고 소문을 퍼뜨리는 사람들은?

또 다른 소문에서 그러듯, 누가 그를 아름다운 여고생과 데이트하는 매혹적인 의사로 간주하고 싶어 하는가? 저자가 누구이든, 목적이 무엇이든, 그 소문에서 의사 프로스페르는 사귀는 소녀에게 아내 이외에 만나는 여자는 당신뿐이라고 말했다. 소녀는 의사에게 당신은 섹스를 할 때 왜 콘돔을 끼지 않느냐고 물었다. 의사는 그녀의 질문을 탐탁지 않게 받아들이며, 만일 나에게 성병을 옮기면 큰 문제가 발생할 것이라고 경고했다. 의사는 소녀가 다른 남자들과 데이트를 하면서 자신과 즐기고 있다고 넘겨짚었다. 소녀는 의사인 프로스페르가 자신에게 한 황금빛 약속을 굳게 믿었기 때문에, 언젠가 그와 결혼할 것이라는 희망을 품고 프로스페르의 곁을 충실하게 지켰다. 이러한 결정을 내리자마자 소녀는 의사가 자신에게 준 모든 돈이 성병 치료를 위한 임상실험에 사용되었다는 사실을 깨닫기 시작했다. 친구들은 겪은 일을 의사에게 털어놓으라고 충고했지만, 그녀는 다른 남자들과 데이트한 사실을 비난받을까 두려워 차마 말하지 못했다. 그녀는 이러한 방식으로 계속해서 고통 받았다. 이상하게도 이의사는 성병에 대해 전혀 불평하지 않았다.

가장 최근의 소문은 매우 악질적이었다. 그래서 그는 소문의 진원지를 캐고 유포자를 처벌하기 위해 사설탐정 고용을 고려하고 있다. 이 기괴한 소문에 따르면, 그는 이상한 행동을 하는 불가사의한 인물로 설정되어 있다. 한 어린이가 니아만덤에 있는 빵집에 빵을 사러 간다. 프로스페르는 그녀에게 다가간다. 그녀의 부모님을 잘 안다고 안심시키며, 가족의 매우 가까운 친구인 척 행동한다. 방심한 어린 소녀는 순순히 그의 차에 탄다. 그는 그녀의 집을 지나친다. 그녀가 불평한다. 그는 아무 일도 없을 테니 걱정하지 말라고 안심시킨다. 그녀를 외딴 건물로 데려가 옷을 벗으라고 요구한다. 그녀가 멈칫한다. 그는 두려워하지 말고 옷을 벗으라고 종용한다. 옷을 벗자 용변을 보라고 한다. 그녀는 그 어떤 짓도 하고 싶지 않다고 말한다. 하지만 갑자기 용변을 보고 싶은 느낌을 받는다. 프로스페르는 작은 병 두 개에 대변과 소변을 모은다. 그리고 주사기를 꺼내 그녀의 몸에서 마실 피를 뽑는다. 그는 2십만 프랑쎄파(FAFC)를 건네며, 장례식 비용이니 부모님께 갖다 주라고 말한다. 집에 도착한 소녀는 오빠에게 이 이야기를 들려준다. 오빠는 대수롭지 않게 받아들인다.

"잊어버려! 오늘날 세상 곳곳에는 이상한 행동을 하는 이상한 사람들이 널렸어. 너에게는 아무 일도 없을 거야. 그는 괴짜야!" 그는 어린 동생을 구슬려 돈을 뺏었다. 3일 후 소녀는 열병을 앓고 죽었다.

프로스페르는 놀랍다고 생각했다. 이 루머 유포자는 자신이 똥과 오줌으로부터 벗어나기 위해 일생을 바쳤다는 사실을 알고 있기나 한 것일까? 그가 기억하기도 싫은 올드-벨리로부터 탈출하고자 했다면, 그것은 배수로와 노변의 그 지긋지긋한 악취를 견디지 못했기 때문일 것이다. 그런 그가 똥을 좋아하는 악취미를 가졌다니! 오줌을? 놀라움은 끝이 없다!

이러한 소문들은 사왕에서 맥주를 배달했던 시절에 떠돌던 이야기를 떠올리게 했다. 아직도 그중 하나를 생생하게 기억하고 있다. 미리엄이라는 엄청나게 부유한 여성 사업가와 관련된 이야기였다. 그때 그녀는 40대 후반이었다. 해외에서 유학하고 있는 두 아이가 있었다. 그녀가 결혼을 한 부인인지, 이혼녀인지, 아니면 과부인지는 분명하지 않았다.

미리엄은 상당한 부자였다. 큰 저택에서 살았고, 멋지고 비싼 자동차를 몰았다. 수많은 사치품을 소유하고 있었다. 그녀는 화려한 옷을 입고 "최신 유행의" 카페에 자주 나타났다. 그녀는 주위의 모든 사람들에게 호의를 가지고 친근하게 다가갔다. 예배를 마치고 교회를 빠져나올 때 주위 사람들에게 따뜻한 관심과 인사의 말을 빠뜨리지 않는 그런 다정한 사람이었다.

하지만 루머들은 그녀가 자신에게 주어진 삶보다 더 많은 것을 욕망했다고 주장했다. 이러한 탐욕 때문에 사악한 비밀 결사의 구성원이 되었다는 것이다. 약간의 희생을 치른다면 그녀의 재산은 보장되었다. 하지만 그 희생의 형태는 아직 초기 단계라 불분명하게 남아 있었다.

어느 날 이 비밀결사 종파는 그녀에게 아들을 제물로 바치라고 요구했다. 그러면 그녀의 재산을 보존할 수 있다고 했다. 하지만 그녀는 아들을 너무나 아끼고 사랑했다. 그녀는 그렇게 할 수 없다고 했다. 그러자 종파는 그녀 자신을 바치라고 했다. 그녀는 분명하게 거절했다.

그 후 그녀는 미친 남자와 성관계를 하라고 요구받았다. 그녀는 선택의 여지가 없었다. 종파는 이틀 안에 그 일을 해야 한다고 지시했다. 그녀는 48시간은 긴 시간이라고 생각했다. 눈앞에 닥친 시련과 고난을 어떻게 극복할 것인가를 고민하면서 첫날을 보냈다. 이제 24시간 남았다. 시간이 흘렀다. 이제 15시간, 10시간.

미리엄은 패닉에 빠지기 시작했다. 설상가상으로 자동차가 고장이 났다. 미친 남자를 찾기 위해 택시를 탔다. 그리고 다시 탔다. 또 탔다. 그 어디에서도 미친 남자는 보이지 않았다. 이제 5시간 남았다. 시간은 총알같이 지나갔다. 새벽 3시가 되었다. 택시가 없었다. 무심한 택시가 야박했다.

신의 가호로 택시기사 한 명을 찾을 수 있었다. 운 좋게도 빈 택시였다. 그녀는 큰 소리로 택시를 불렀다. 택시가 멈췄다. 행선지도 말하지 않고 무작정 택시에 올라탔다. 택시기사는 밤새 일했기 때문에 너무 피곤해 더 이상 영업을 할 수 없다고 말했다.

미리엄은 절망감에 빠져 택시비로 2만 5천 프랑쎄파(FCFA)를 지불하겠다고 제안했다. 택시기사는 받아들이지 않았다. 째깍째깍, 시간이 지나갔다. 택시기사와 쓸데없는 이야기를 나눌 시간이 없었다. 그에게 사정을 이야기했다.

미친 남자가 있는 가장 가까운 곳으로 데려다 달라고 애원했다. 15만 프랑쎄파(FCFA)를 주겠다고 했다. 기사가 수락했다. 하지만 가까운 곳 어디에도 미친 남자는 없었다. 그녀는 미친 남자가 종종 라틴지구 입구에 있는 목재공원에서 자고 있었던 것을 생각해 냈다. 급히 그쪽으로 갔지만 허사였다. 특정한 장소를 수색한 후 그들은 시내 곳곳을 훑고 다니기 시작했다. 이렇게 불안한 감정으로 미친 남자를 찾는 일은 그들을 절망의 나락으로 떨어뜨려 미치기 일보직전의 상황으로 몰고 갔다. 그날 밤 모든 미친 사람들이 미지의 장소로 성지순례를 떠난 것처럼 보였다.

아침 6시가 되었다. 그녀는 기진맥진해서 택시를 세웠다. 그녀는 택시기사에게 5만 프랑쎄파(FCFA)를 지급했다. 미친 남자를 찾았으면 15만 프랑쎄파(FCFA)를 받았을 거라고 말해 주었다. 그는 따지지 않고 흔쾌히 받았다.

소문은 미리엄이 어떻게 그 문제를 해결했는지 알려 주지 않았다. 다만, 미친 남자를 찾는 헛된 시도를 한 후 그녀의 생각이 많이 바뀐 것처럼, 그녀의 재산 또한 급격히 줄어들었다. 그녀는 기독교 신자로 "다시 태어나" 나중에 목사가 되었다. 하지만 때때로 광기가 발동되면, 발가벗은 채로 도심에 나가 교통 통제를 한다고 한다. 들리는 바에 따르면, 그녀는 누더기를 입은 더러운 미치광이들을 욕하는 사람들, 즉 광기를 혹평하는 자들의 말을 몰래 엿듣기도 한다고 한다. "광기에 오명을 씌우는 사람은 바로 당신 같은 사람들이야!" 그녀는 호통을 쳤다. 그리고 그들에게 침을 뱉었다. 그들은 몹시 당혹해하며 자리를 떴다.

프로스페르에 관한 악성 루머들은 급속히 증가했다. 그는 골머리를 앓으며 소문들을 가라앉히기 위해 필사적으로 노력했다. 그러던 중 갑자기 *위대한 남자 웅케*가 떠올랐다.

프로스페르는 이러한 루머들을 퍼뜨리는 사람들이 누구인지 알 수 없었다. 앞으로도 알 수 없을 것이다. 오랫동안 사업을 해오는 과정에서 수많은 적들이 생겼다. 특권층 친구들은 적들의 복수로부터 그를 지켜 주었다. 어떤 희생자들은 이에 절망하면서 복수를 포기했지만, 몇몇은 분노를 되돌려 주는 대안적인 방법을 고안했다. 대중들 앞에서 그의 얼굴에 먹칠을 하는 루머들이 그런 방법 중의 하나였다. 심지어 샨탈을 사이에 두고 다툼을 벌였던 젊은 변호사 같은 사람들도 소문들 속에서 대리만족을 하며 개인적 보상을 받을 수 있을 것이다. 그들은 프로스페르를 중상모략하기 위해 객관적 사실을 사용할 수는 없었다. 그는 자신의 과거를 필사적으로 숨겼기 때문이다. 심지어 아내들에게까지도 드러내지 않았다. 그는 해롭지 않은 과거만 이야기했다. 또한 니아만덤에 오기 전 쿠티 공화국에서 사업을 했다고 말했다. 사왕에서의 삶은 단 한마디도 언급하지 않았기 때문에, 자신의 과거를 추적하는 사람들에게 그 어떤 단서도 남기지 않았다. 이렇듯 과거에 대한 말을 아꼈기 때문에 그렇지 않은 사람들보다 잃을 것이 적었다. 루머는 그의 적들이 얼마나 사실과 동떨어진 이야기에 주목하고 있는지를 측정하는 기회를 제공한다. 이는 또한 얼마나 많은 사람들이 그에 대한 올바른 정보에 굶주려 있는지를 보여 주는 사례이다.

20

 프로스페르는 두 번째로 엘라칸에 가고 있었다. 두 명의 경찰, 샬롯트 그리고 샹탈은 처음 가는 길이다. 일주일 전까지 엘라칸은 프로스페르에게 존재하지 않는 마을이었다. 그가 이쪽으로 가장 멀리 와 봤던 곳은 아바콰였다. 웨스트 밈보랜드에서 맥주 배급을 할 때였다. 그때 그는 영어권 지역에서 주로 사용하는 혼성영어 몇 마디를 배울 수 있었다.

 해가 빨리 졌다. 그들은 피곤했고 낯선 외로움을 느꼈다. 동이 틀 무렵부터 계속된 여행이었다. 엘라칸으로 가는 길은 차로 접근하기 어려워서 아바콰부터의 여정은 악몽이었다. 그야말로 멀고, 가파르고, 낯설고, 성가신 길이었다. 급박한 용무를 지닌 사람들만이 이 길을 다녔다. 프로스페르는 확실히 그러한 경우에 속했다. 그에게는 풀어야 할 중대한 문제가 있었다. 모니크의 죽음은 로즈를 잃었을 때와 같이 그의 가슴을 까맣게 태웠다.

그들은 마지막 다리를 건너 마을로 들어가는 지루한 평야에 들어섰다. 엘라칸은 아름다운 산맥의 기슭에 자리 잡고 있었다. 산을 등지고 있는 아담한 마을이었다. 어둠이 밀려오고 비가 쏟아질 것 같았다. 걸음을 재촉했다. 느웨롱이 만나 보라고 권했던 *위대한 남자*, 웅케를 보러 가는 길이다.

프로스페르는 일주일 전 웅케를 방문했다. 결코 잊지 못할 만남이었다. 그 지역에는 상상했던 것보다 훨씬 더 영험한 셈들이 있다는 사실을 깨닫게 해 준 특별한 경험이었다. 일행들이 평원을 힘들게 지나고 있는 지금, 마음은 웅케를 처음 만났을 때로 달려가고 있었다. 그때의 기억이 아직도 생생했다.

첫 번째 방문 때는 마을로 가는 길을 제대로 알지 못했다. 해가 지고 어둠이 밀려와 발아래만 보고 걸었다. 오늘처럼 매우 피곤하고 힘들었다. *위대한 남자*의 저택은 귀가 위로 올라간(양 끝이 뾰족한) 추장의 궁전 안에 있었다. 멀리서 본 궁전은 천둥소리에 깜짝 놀란 어린 공주가 어머니의 집으로 달려가는 뒷모습처럼 보였다. 번개의 순간적인 섬광이 암흑 같은 어둠을 찢는 장면을 상상해 보았다. 웅케의 저택에 도착하자 조심스럽게 문을 두드렸다. 두 번 두드렸을 때까지 응답이 없었다. 노크 소리를 듣지 못한 듯했다. 세 번째 노크를 했을 때 프로스페르는 깜짝 놀랐다.

"그래. 프로스페르 어서 들어오시게." *위대한* 남자가 자신의 이름을 불렀다.

그는 누구에게도 이름을 말한 적이 없었다. 엘라칸에는 아는 사람조차 없었다. 이 사실을 니아만덤으로 돌아와 영어 사용권 친구 느웨롱에게 털어놓았다. 느웨롱은 자신의 말이 맞지 않았냐고 맞장구를 쳤다. *위대한* 남자가 들어 보지도 못한 자신의 이름을 미리 알고 있었다는 사실을 과연 누가 믿겠는가? 그는 궁금했다. 하지만 이것은 놀라움의 서막이었다.

프로스페르는 문을 열고 안으로 들어갔다. 어둡고 낯선 방의 주위를 두리번거렸다. 차츰 어둠에 익숙해지자 대나무 의자에 묻혀 있는 백 살도 넘어 보이는 한 노인이 눈에 들어왔다. 노인의 끔찍하게 긴 하얀 턱수염을 보고 깜짝 놀라 뒤로 흠칫 물러날 뻔했다. 이 장면을 지금도 생생하게 기억한다. 찾아온 목적을 되새기며 침착함을 유지하기 위해 노력했다. 하지만 그가 어떻게 이러한 낯선 두려움을 억누르고 이 불가사의한 집주인에게 반가운 인사를 건넬 수 있단 말인가?

"자네 이름을 알고 있어서 놀랐는가?" *위대한* 남자는 어찌할 바를 몰라 허둥대는 프로스페르를 향해 물었다. 그는 대답할 틈도 주지 않고 계속해서 말했다. "나는 아네. 자네는 니아만덤에서 부자가 되었지. 결혼해서 여덟 자식이 있네. 아이를 낳지 못하고 죽은 아내 때문에 나를 찾아온 것이네. 내 말이 틀렸나?" 그는 소름끼치는 눈을 들어 당황한 손님을 응시했다. 프로스페르는 어리둥절해서 할 말을 잃었다. 가까스로 머리를 흔들어 틀리지 않았다는 표시를 했다. *위대한 남자*의 말은 소름끼칠 정도로 정확했다. 그는 니아만덤의 부자였고, 결혼해서 여덟 명의 아이를 가지고 있다. 그리고 아이를 갖지 못하고 떠난 모니크에 대해 조언을 구하고자 여기에 왔다. 더 이상 무슨 말이 필요하단 말인가? "나는 그것에 대해 모든 것을 아네." 늙은 남자가 계속해서 말했다. "하지만 자네에게 말하지 않겠네." 그가 덧붙였다. 프로스페르는 크게 낙담했다.

*위대한 남자*의 말을 듣자마자, 프로스페르는 응케가 이 분야의 고수라는 사실을 깨달았다. 첫 만남에 대한 충격으로부터 어느 정도 회복되자, 프로스페르는 모니크의 죽음에 대해 말해 달라고 애원하기 시작했다. "아버님. 제발 부탁입니다. 말해 주세요. 제발." 그는 더듬거리며 말했다.

"불길한 이야기는 하고 싶지 않네." *위대한 남자*가 말했다. "자네가 들으면 좋지 않을 거네."

"아버님. 말해 주세요. 제발. 어떤 대가도 치르겠습니다." 그가 간청했다.

"돈으로 쓸데없는 짓 하지 말게. 하지만 나는 많이 두렵네. 진실을 알게 된다면, 불행이 찾아올 것이네." 응케가 경고했다.

"그래도 말해 주세요. 저는 남자입니다." 겁을 먹고 꽁무니를 빼지 않겠다는 의지를 담아 말했다.

"알았네. 내 말을 듣고 싶으면, 자네의 아내들과 두 명의 경찰을 데리고 다시 오게."

프로스페르가 아내들과 두 명의 경찰을 데리고 온 이유도 여기에 있다. 그는 첫 번째 방문에서 깊은 인상을 받았다. 웅케의 예언 능력에는 의심의 여지가 없었다. 하지만 마음에 걸리는 것이 있었다. *위대한 남자*가 언급한 '불행'이었다. 늙은 노인의 초자연적인 능력은 경이로웠다. 웅케가 자신의 이름과 방문 목적을 정확하게 맞춘 사실은 여전히 불가사의했다. "인생은 우리가 상상하는 것보다 훨씬 크고 위대하다." 이 땅에 사는 인간들의 행동에 영향을 미치는 복잡미묘한 운명이 떠올랐다. 일행들이 웅케의 집 앞에 막 도착했을 때, 그는 화들짝 몽상에서 깨어났다.

저택의 문은 굳게 닫혀 있었다. 프로스페르는 노크를 했다. 나머지 일행들은 불안한 마음으로 뒤에 서 있었다. 세 번째 노크를 했을 때 웅케의 손자가 문을 열었다. *위대한 남자*는 저번과 같은 자리에 앉아 있었다. 그는 손자에게 프로스페르와 일행들이 앉을 의자를 가져오라고 지시했다. 의자를 가져오자 손자에게 나가 있으라고 명했다. 일반적으로 손자는 방에 남아서 점치는 일을 도와주면서 그 전 과정을 빠짐없이 배우곤 했다. 하지만 프로스페르의 경우는, 마음이 여린 손자에게 감당하기 버거운 충격을 줄 수도 있었다. 세상에 대한 불신을 심어 줄 수도 있었다.

응케는 프로스페르 쪽으로 몸을 돌렸다. 준비가 되었다는 신호였다.

프로스페르는 샬롯트와 샨탈을 각각 첫 번째, 두 번째 아내라고 소개했다. 이어 두 경찰을 소개했다.

응케는 고개를 끄덕이며 만족감을 표시했다. *위대한 남자*는 두 경찰의 이름을 호명하는 놀라운 능력으로 프로스페르의 소개를 완성했다. 그는 예언 도구 세트를 가져왔다. 프로스페르와 두 경찰에게 의자를 앞쪽으로 당기라고 지시했다. 그렇게 하고 나자 그들에게 말했다.

"이 빅 맨(Big man)은 아이를 낳지 못하고 죽은 아내를 위해 나를 찾아 왔다네. 내 말을 들으려면 사람들을 데리고 오라고 했네. 어떤 결과가 나오든 나를 비난하지 말게. 잘 들리는가?" 그가 쭈글쭈글한 왼쪽 귀를 잡아당기며 물었다.

경찰들이 고개를 끄덕였다. *위대한 남자*는 귀를 계속 잡아당기며 보다 확실한 대답을 요구했다. 그들은 분명하게 대답했다. "예. 아버님. 잘 들립니다."

"노트를 가지고 와서 쓰게." 경찰들은 노트를 꺼내 응케가 막 설명한 내용을 적었다. 그들은 거기에서 일어나는 모든 일을 **빠짐없이** 적었다. 프로스페르는 *위대한 남자*에게 모든 것을 다 말해 달라고 부탁했다. 따라서 이후 발생하는 모든 일은 전적으로 그 자신이 책임져야 했다. 응케에게는 경찰들이 적는 내용에 대한 책임이 없었다. 다 적고 나자, 그들은 다음을 기대하는 눈빛으로 노인을 바라보았다.

하지만 *위대한* 남자는 아직 말할 준비가 되지 않았다. 그는 때를 기다리고 있었다. 그는 샬롯트와 샨탈에게 즉시 앞으로 나와 자신의 옆자리에 앉으라고 명했다. 그들은 망설였다. 프로스페르는 지시에 따르라고 소리쳤다. 그는 갑자기 짜증을 내면서 공격적이 되었다. 어떤 예감이 그를 스쳐갔다. 불안해졌다. 위대한 남자는 경찰들에게 샬롯트와 샨탈 옆에 각각 앉으라고 지시했다. 그리고 프로스페르에게 다가왔다. 프로스페르 혼자 *위대한* 남자 바로 앞에 앉아 있게 되었다.

"빅 맨(Big man) 프로스페르!" 그가 소리쳤다. 그는 남성 고객의 이름 앞에 접두사(Mr.)의 의미로 빅 맨(Big man)을 붙여 사용하기를 좋아한다. 여자 고객의 경우 그냥 이름을 부르는 경우가 많다. 혹 발음하기 어려운 이름의 경우 "나의 딸(my daughter)"로 호칭하기도 한다.

프로스페르는 깜짝 놀랐다. 그는 갑자기 깨달았다.

"빅 맨 프로스페르!" 두 번째로 소리쳤다.

프로스페르는 당혹감을 감추며 대답했다.

"아들이여. 잘 듣게. 경찰들이여. 자네들도 잘 듣게. 딸들이여. 귀를 열고 잘 듣게. 빅 맨 프로스페르!" 세 번째로 소리쳤다. 마치 점치는 과정의 일부분인 듯 했다. 수많은 점쟁이들이 존재하듯, 점치는 방법 또한 각양각색이다.

위대한 남자는 조그마한 검은색 부적을 꺼냈다. 흔들 때마다 쉬익 소리가 났다. 부적으로 프로스페르의 이마, 어깨, 팔뚝, 무릎 등을 잇달아 툭툭 때렸다. 그리고 말했다. "모니크는 자네들 때문에 죽었네. 듣고 있나?" 그가 얼굴을 들며 물었다.

강한 죄책감이 프로스페르를 강타했다. 그는 머리를 흔들었다. 샬롯트는 연신 헛기침을 했다. 샨탈은 초조한 기색으로 자세를 고쳐 앉았다. 경찰들은 이러한 반응들을 기록했다.

"그래. 자네는 모니크를 헛되이 죽게 했어. 이제 그녀의 손은 더러움으로부터 해방되었네. 하지만 자네, 빅 맨 프로스페르, 자네는 여자에게 아이를 낳게 할 수 없어. 듣고 있나?" 웅케는 손가락으로 기업계의 거물을 가리키며 엄숙한 표정으로 말했다.

"그게 무슨 뜻입니까? 무엇을 의미하는 말입니까?" 프로스페르는 화가 났다. 그는 격분한 레슬링 선수같이 벌떡 일어났다. "저에게 여덟 명의 아이가 있단 사실을 모르신단 말입니까?" 그는 손가락으로 여덟을 꼽았다. "그리고 여기에 있는 두 아내가 또 다시 아이를 가졌다면 어쩌시겠습니까?" 아내들의 불룩한 배를 가리키며 그가 덧붙였다. 바로 그 순간, 그는 갑자기 기진맥진해서 털썩 주저앉았다. 그리고 *위대한* 남자에게 깊은 좌절감이 깃든 표정을 지어 보였다. 서로에 대한 불신이 가득 찬 분위기 속에서 프로스페르가 낮은 목소리로 말했다. "아버지." 그는 웅케를 불렀다. "저는 많은 아이들을 가졌어요. 여덟이라고요. 농담이 아닙니다. 알겠어요?" 그는 자신의 오른쪽 귀를 잡아당겼다. 많은 자식을 가진 아버지들의 자부심을 표현하는 행위였다.

이러한 드라마틱한 상황을 지켜보던 노인이 냉소적으로 웃었다. "자네는 이 세상에서 아이를 가질 수 없네." 그는 프로스페르의 말을 부정했다. "여기에 있는 아내들도 자네의 아이를 낳은 것이 아니네." *위대한* 남자는 '가혹하지만 꼭 알아야 할 진실'에 대한 진술을 이렇게 끝냈다.

프로스페르는 분노가 치밀었다. 힘이 빠졌다. 혼란스러웠다. 연신 땀이 났다. 그는 어리둥절한 표정으로 웅케를 응시하며 말없이 앉아 있었다. 이 모든 상황이 꿈이었으면 좋겠다고 생각했다. 마법의 희생양이 된 듯한 기분이었다. 아내들이 바람을 피웠을지도 모른다는 생각이 머릿속을 스쳤다. 하지만 더 이상 생각을 이어 갈 여유가 없었다.

"기다려 보게. 빅 맨 프로스페르." 웅케는 고객을 진정시키고 옆에 있는 작은 바구니에서 부적 두 개를 꺼냈다. 그 부적을 샬롯트와 샨탈에게 주며 말했다. "오직 진실만을 말하게. 거짓을 고하면 죽을 것이네. 어떻게 아이들을 가졌는지 말하게. 거짓말을 하면 죽네. 알겠는가?" 그는 자신의 쭈글쭈글한 귀를 다시 당겼다.

여자들은 더 이상 망설이지 않았다. 그들은 하나하나 고백하기 시작했다. 충격적인 내용이었다. 첫 번째 아내의 자격으로 살롯트가 먼저 이야기했다. 샨탈이 그 뒤를 따랐다. 부적의 효험은 생각보다 훨씬 강력했다. 두 여성은 놀라운 말들을 쏟아냈다. 프로스페르는 망연자실해서 입을 딱 벌리고 앉아있었다. 분노와 실망감으로 손이 부들부들 떨렸다. 그는 그들의 말을 듣고 경악했다. 경찰들은 웅케가 자신들의 임무를 환기시켜 줄 때까지 받아 적는 것을 잊어버리고 있었을 정도였다.

샬롯트와 샨탈은 아이들이 다른 남자들의 씨앗이라는 사실을 인정했다. 그들은 남편이 불임이라는 사실을 알고, 아이를 낳기 위해 다른 남자를 만났다고 고백했다. 프로스페르에게 쫓겨날까 두려웠기 때문이라고 했다. 남자들은 자신에게 문제가 있다는 사실을 절대 인정하려고 하지 않기 때문에, 두 여성은 이혼당하기보다는 차라리 다른 남자와 관계해 아이를 낳는 것이 좋겠다고 생각했다는 것이다. 그들은 남편이 불임이라는 사실을 감히 말하지 못했다. 그 사실을 인정하지 않음은 물론 이혼하자고 했을 것이기 때문이다. 남편의 돈 없이 그들이 할 수 있는 것은 아무것도 없었다. 그래서 모니크에게 문제가 있는 것처럼 꾸미기 위해 다시 임신을 했던 것이다.

그들은 자신들이 어떻게 아이들을 가지게 되었는지 고백했다. 부적의 힘은 위대했다. 그들은 술술 말했다. 아이들의 아버지 이름을 말했다. 그들은 각계각층의 남자들과 관계를 맺었다. 남편의 친구였던 고위 공무원들과 장관들에서부터 학생, 택시기사, 심부름꾼 등 다양했다. 종종 두 여성은 유전적 차이가 크지 않은 아이를 갖기 위해 한 남자를 순차적으로 공유하기도 했다. 샬롯트는 예전의 섹스파트너 필립과 관계를 유지했다. 프로스페르와 결혼한 후에도 계속 만났다. 결혼을 앞당기게 한 임신도 프로스페르가 아니라 필립에 의한 것이었다. 한편, 샨탈은 젊은 변호사와의 관계를 완전히 정리하지 않았다. 그녀는 따뜻하고 세심한 남자에게로 다시 돌아갔다. 샨탈은 아이 아버지의 하나로 변호사를 선택했다.

아내들이 비밀을 고백하고 있을 때, 프로스페르는 갑자기 셍이 생각났다. 날카로운 고통이 느껴졌다. 회한의 통증이었다.

"이것이 다가 아니네." 긴 이야기가 끝나자 옹케가 말했다. 그의 눈이 프로스페르의 당황한 얼굴에 꽂혔다. 그가 덧붙였다. "빅 맨, 자네가 잘못한 것은……. 자네가 모니크의 관에 결정타를 날렸네."

프로스페르는 깜짝 놀랐다. 위대한 남자가 이번에는 또 무슨 말을 하는 것인가?

"자네가 모니크를 그렇게 만들었네. 이렇게 못된 병은 나도 고칠 수 없네." 그가 선언했다.

이 말을 듣자 두 아내는 숨이 턱 막혀 두려움에 떨며 서로를 쳐다보았다.

옹케가 그들을 돌아보며 말했다. "자네들의 남편이 타고난 끔찍한 병은 아주 오랫동안, 영원히 자손들에게 유전될 것이네. 치유할 방법이 없네."

프로스페르는 완전히 풀이 죽었다. 그는 *위대한 남자*에게 진심으로 감사하며 두툼한 봉투를 내밀었다. 그리고 잠깐 마음을 진정시키기 위해 나갔다 오겠다고 말했다. 밤은 칠흑같이 어두웠다. 홀로 나오자 두려움과 자책감이 그를 덮쳤다. 자신을 용서할 수 없었다. 이러한 바보 같은 삶이 어디 있단 말인가? 그가 말한 끔찍한 병은 도대체 무엇이란 말인가? 주치의 제르베는 몰랐단 말인가? *위대한 남자*처럼 고칠 수 없다고 생각한 것일까? 전에는 왜 자신의 남성성에 대해 한 번도 의심하지 않았을까? 하지만 그렇게 된 데에는 그만의 이유가 있다. 여자를 경계하라는 셍의 말에 더 세심한 주의를 기울여야 했다. 그는 자신의 무모한 삶을 자책했다. 이렇게 쓸모없는 사람이 삶의 존엄성을 누릴 자격이 있을까? 삶의 막다른 골목에 다다랐다는 예감이 들었다.

5분 정도가 지났다. 웅케는 걱정이 되었다. 그는 프로스페르를 찾아오라고 두 명의 경찰관을 내보냈다.

그들은 밖으로 나와 주위를 둘러보았다. 프로스페르는 보이지 않았다. 집 뒤에 있는 덤불 쪽으로 이동했다. 소똥 같은 것이 여기저기 흩어져 있었다. 악취가 코를 찔렀다. 하지만 그들은 수색을 계속했다. 그들은 받기로 한 돈의 두 배를 요구할 작정이었다. 박봉에 시달리는 경찰들은 돈을 보고 이곳까지 따라왔다.

"염소는 밧줄로 묶인 곳에서만 먹을 수 있다." 그들은 공무원들의 격언을 떠올리며 계속 프로스페르를 찾아 나섰다. 이 부유한 남자를 꼭 찾아야만 했다. 그래야 보다 많은 돈을 받을 수 있기 때문이다.

수색을 포기하고 막 돌아서려는 순간, 한 경찰의 눈에 덤불 너머 작은 오두막 하나가 들어왔다.

"이봐. 저기 가서 한번 살펴보자." 그가 동료에게 권유했다. "아마 저기 숨어 있을 거야." 그는 상대방의 손을 잡고 손전등을 비추며 앞장을 섰다.

"그래. 가 보자." 상대편이 응답했다. "그가 우리를 속이지는 않을 거야. 고자라고 욕하지도 않았잖아."

"그럼!" 손전등을 든 이가 동의했다. "우리는 돈을 원할 뿐이지. 돈을 받은 후에는 그가 무엇을 하든 상관할 일이 아니지. 아마도 그는 끝장이 나겠지. 침대를 정리하면서 그곳에 누워 보라고 하지는 않는 법이지."

"그는 돈과 지위를 이용해 여자를 후리는 악명 높은 오입쟁이였나 봐." 뒤따르던 이가 추측했다. "인생이 그렇듯, 그는 그것에 대한 대가를 치르고 있는 중이지. 얼마나 수치스러운 일이야. 자식들의 친아버지가 될 수 없다는 게 말이야."

"그럴 만해." 손전등을 든 이가 대답했다.

말이 끝나자마자 그들은 오두막에 도착했다. 그들은 입구 가까이로 가서, 프로스페르가 깜짝 놀라길 기대하며 손전등을 비췄다. 그리고 애들 장난 같은 숨바꼭질은 그만두고 어른같이 행동하라고 말할 참이었다. 하지만 예상치 못한 충격적인 장면이 기다리고 있었다. 프로스페르가 쓰러져 있었다. 머리에서 흘러내린 피로 바닥이 홍건했다. 총으로 머리를 쏜 것이다.

"어떻게 하지?" 충격이 어느 정도 가시자 손전등을 든 이가 말했다.

"주머니를 뒤지자." 다른 이가 허리를 굽히며 말했다.

"우리가? 우리가 그래도 될까?"

"우리는 받아야 할 돈이 있어."

"그렇긴 해. 그래도……."

"지갑을 찾았어."

"보자."

"잠깐! 안 돼! 내가 먼저 발견했어!"

"하지만 나는 손전등을 들었어. 손전등이 없었다면 그와 지갑을 찾지 못했을 거야! 이리 줘! 지갑을 줘!"

"어허, 내가 고참이야!"

"말도 안 되는 소리 집어치워. 우리가 지금 출장 온 줄 알아?"

이렇게 지갑을 두고 싸움이 한창인 순간에도, *위대한* 남자와 두 여성은, 법과 질서를 수호하는 사람들과 프로스페르가 어둠으로부터 돌아오기를 기다리고 있었다.

작품해설

카메룬의 속살, '영어'와 '프랑스어'의 긴장

고인환

1. 카메룬, 복잡하고 다층적인 역사

아프리카 대륙의 국가들은 거대한 심상지리의 일부로 인식되곤 한다. 어둠의 심연, 야생의 대륙, 기아와 질병, 종족 갈등(내전, 분쟁 등), 미개한 인종, 서구 열강의 식민주의 쟁탈전 등의 이미지가 개별 국가들의 고유성을 잠식하고 있는 것이다. 이렇듯, 외부자(특히 서구 인)의 규범적 틀로 조작된 허상이 아프리카의 실상을 왜곡하고 있는 경우가 많다. 하지만 아프리카 각국의 속사정은 그 어떤 다른 대륙 의 나라들보다 복잡하고 다층적이다.

카메룬의 경우를 살펴보자. 1472년 포르투갈 선원들이 처음으로 서아프리카 해안에 들어왔다. 처음 도착한 유럽인들은 우리(Wouri) 강에 새우 떼가 많은 것을 발견하고 강 이름을 리오 도스 카마롱이스(Rio dos Camarões, 포르투갈어로 새우의 강)라고 명명하였다. 카메룬(Cameroon)의 국명은 여기에서 유래하였다. 19세기 초 영국은 카메룬 해안 지역의 상업적 주도권을 장악하였다. 이후 독일은 우리(Wouri) 강 유역의 두알라(Douala) 주민들과 조약을 체결하면서 영국을 축출하였다.

독일이 제1차 세계대전에서 패배하자, 프랑스와 영국은 카메룬을 분할 점령하였다. 카메룬은 1916년에서 1960년까지 프랑스와 영국에 의해 분할 통치되었다. 1960년 프랑스령 카메룬은 프랑스로부터 독립하여 아마두 아히조를 초대 대통령으로 추대하였다. 하지만 영국령 카메룬은 북부와 남부로 분할되었다. 1961년 영국령 카메룬의 북부 지역은 나이지리아에 합류하고, 남부 지역은 프랑스로부터 독립한 카메룬과 통합하여 연방공화국을 구성하였다. 1982년 아히조 대통령은 22년간 유지해왔던 대통령직을 사퇴하였다. 당시 총리였던 폴 비야에게 대통령직이 승계되었다. 1984년 재취임한 폴 비야 대통령은 국명을 카메룬공화국으로 변경하였다. 그는 1982년부터 현재까지 무려 37년을 집권하고 있다. 현존하는 가장 오래된 독재자이다.

이렇듯 카메룬은 포르투갈, 독일, 영국, 프랑스 등 다양한 서구 열강들의 침략을 받았으며, 독립 후에도 프랑스령과 영국령으로 분열되어 심각한 내분을 겪어 오고 있다. 대통령의 장기독재, 이슬람과 기독교의 갈등, 다양한 부족들 사이의 긴장과 대립, 영어권과 불어권의 지역적·언어적 갈등 등 복잡하고 다층적인 모순이 집약된 국가이다. 이러한 카메룬의 현실을 다루고 있는 작품 속으로 들어가 보자.

2. 풍자적 시선 혹은 전통과 사랑의 상실

『프랑쎄파의 향기』는 '밈보랜드(카메룬으로 여겨짐.)'라는 가상의 공
간을 배경으로 성공을 갈망하는 한 인물의 흥망성쇠를 그리고 있는
장편소설이다. 주인공 프로스페르의 굴곡진 삶을 통해 독립 이후
카메룬 사회가 처한 현실을 생생하게 포착하고 있는 작품이다. 밈
보랜드는 카메룬 혼성영어(Cameroon Pidgin English)로 알코올성 음
료(alcoholic beverage), 즉 술을 의미한다. 카메룬은 아프리카에서 맥
주 소비량이 가장 많은 국가 중의 하나이다. 남아공에 이어 2위에
해당한다.

스무 살의 젊은 아내와 결혼한 프로스페르는 맥주를 배급하는 일
을 한다. 어느 날 그는 아내가 낯선 남자와 침대에서 뒹굴고 있는 장
면을 목격한다. 이 사건으로 인해 그들의 관계는 산산조각이 난다.
이후 프로스페르는 우연히 두 명의 위조 지폐범을 만난다. 이 사기
꾼들은 프로스페르에게 뜻밖의 횡재를 가져다 준다. 프로스페르는
이들이 남기고 간 돈을 이용하여 출세가도를 달린다. 그는 점점 돈
과 성(性)의 노예가 되어 간다. 이러한 프로스페르의 삶은 결국 비극
적 종말을 맞는다. 그는 자신의 여덟 아이가 다른 남자들의 씨앗이
라는 사실을 깨닫고 지나온 삶을 자책하며 스스로 목숨을 끊는다.

이 작품의 중심 키워드는 돈, 부정부패, 매춘, 가난, 문맹, 권력,
일부다처제, 주술, 소문 등이라 할 수 있다. 니암조는 이러한 키워드
가 지배하는 카메룬의 현실을 풍자적 기법으로 포착하고 있다. 작

가는 카메룬의 부패한 현실, 상류층의 서구 중심주의적 태도, 복잡하고 다층적인 식민의 역사, 영어권과 불어권의 긴장과 갈등 등을 현실에서 한 발 물러난 자의 시선(프로스페르의 관점)으로 슬쩍슬쩍 들춰 보인다. 부정적이고 혼란한 현실에 슬쩍 비껴 선 자세로 응전한다는 점에서 풍자는 정공법이 아니다. 아이러니와 자조, 환멸이 뒤엉킨 풍자적 시선은 앞으로 나아갈 수도, 그렇다고 뒤로 물러설 수도 없는 카메룬의 딜레마적 현실을 효과적으로 포착하는 데 기여하고 있다.

주인공 프로스페르를 바라보는 작가의 시선은 양면적이다. 프로스페르는 풍자의 주체인 동시에 풍자의 대상이기도 하다. 그는 자신보다 부패한 인물들을 만나면서 이들을 풍자하는 주체로 거듭난다. 하지만 프로스페르 또한 풍자의 칼날에서 자유롭지 못하다. 그는 부조리한 카메룬의 현실에는 아무런 관심도 없다. 오직 세속적 성공에 대한 욕망으로 가득 찬 인물이다. 이러한 프로스페르의 삶이 펼쳐지는 과정에서 카메룬의 혼란한 시대상이 우회적으로 드러날 따름이다.

이렇듯 작품에 등장하는 대부분의 인물들은 풍자의 대상이 되고 있다. 부유한 기업가 가스통 아반다는 끝이 없는 욕심으로 인해 법의 심판을 받는다. 마티바 장관은 카메룬의 완전한 독립을 염원했던 '움'의 혁명정신을 배신한 세속적이고 탐욕적인 인물이다. 그는 부정한 방법으로 프로스페르의 신분상승을 돕는다. 여성 인물들 또한 풍자의 대상이 되고 있다. 그들은 '밝은 색 피부와 염색한 긴 머리'로 대변되는 서구적 가치(프랑스적 삶의 방식)를 추종하기에 여념이 없다. 서구인들보다 더 서구적인 삶을 추종하는 이들의 실루엣은 독립 이후에도 여전히 식민주의적 유령으로 되살아나 카메룬을 떠돌고 있다. 작가는 이러한 니아만덤(카메룬의 수도 야운데로 짐작됨.)의 풍경을 '백인을 넘어서는 현대 문명의 원천'이라고 꼬집고 있다. 이렇듯 등장인물들은 그들이 살고 있는 카메룬의 부패한 사회상을 투영하고 있다.

작가는 이러한 도시적(서구적) 문명과 카메룬의 전통적(농촌공동체적) 삶의 양식을 대비시키고 있다. 프로스페르는 고향을 버리고 도시를 선택한 인물이다. 그는 고향의 주술사 셍의 예언, 즉 '자신의 뿌리를 잊지 말고 여자를 조심하라는 당부'를 무시하고 눈앞에 보이는 이익에만 급급해 결국 파국을 맞고 마는 인물이다. 작가는 물질적 욕망을 추구한 한 인물의 몰락 과정을 전통적 가치의 상실과 포개놓고 있는 것이다. 이러한 뿌리(전통적 가치)의 상실로 인한 주인공의 파국은 사랑의 좌절과 동일한 궤적을 그리고 있다. 프로스페르는 낯선 남자와 떠난 첫사랑 로즈를 끝내 잊지 못한다. 로즈와 이혼하고 다시 두 명의 여자를 맞이하지만 그의 공허한 마음은 채워지지 않는다. 하지만 첫사랑 로즈와 닮은 '넘버 3', 모니크는 이전의 두 아내와 달랐다. 그녀는 '군인에게 빼앗겼던 로즈를 대신할 수 있는' 여성이었다.

프로스페르는 로즈와 모니크의 모습에 매혹된다. 이들은 '포망

(로즈의 고향인 시골 마을)의 숲에서 처음 발견한 순수하고 매혹적인 숫처녀'(로즈) 혹은 '도시의 포식자들에게 희생되지 않고 살아남'은, '투명할 정도로 순결한' 여성(모니크) 등의 이미지로 그려진다. 프로스페르는 '소돔과 고모라'(도시적 삶)에 노출되기 이전의 순결한 여성을 갈망하고 있는 셈이다. 이렇듯 로즈와 모니크는 전통적 삶과 연결되어 있다. 이에 반해 샬롯트와 샨탈은 전통(뿌리)과 단절되어 있는 인물들이다. 그들은 '공동체적 삶의 양식과 전통적인 가치'를 '죽어가는 문명과 문화'로 여기며 철저하게 무시한다.

이렇듯, 프로스페르에게 도시적 삶과 순수한 사랑은 양립할 수 없는 가치로 그려지고 있다. 성공을 향해 달려갈수록 그만큼 그가 갈망하는 사랑은 멀어진다. 도시적 삶(세속적 욕망)을 추구하는 인물이 이에 물들지 않은 순정한 사랑을 욕망하고 있기 때문이다. 결국 로즈의 상실과 모니크의 죽음(사랑의 실패)은 그가 이룬 모든 성공의 의미를 무화시키는 계기가 된다. 작품의 처음과 끝에 로즈와 모니크가 손을 맞잡고 있는 형국이다. 세속적 성공을 갈망한 주인공의 성취와 좌절 이야기는 진정한 사랑을 욕망한 인물의 비극적 드라마와 꼬리를 물고 있는 셈이다.

프로스페르의 몰락이 도시적(서구적) 삶에 물들지 않은 전통적 가치(예언과 사랑)에 의해 촉발되고 있다는 점은 의미심장하다. 뿌리(고향)의 상실은 '불임'이라는 부메랑으로, 여자를 조심하라는 당부는 샬롯트와 샨탈의 배신이라는 치명적인 비수로 되돌아오고 있는 셈이다. 이렇듯 전통(정체성)의 상실과 무분별한 도시적(서구적) 삶의 추구는 미래에 대한 그 어떤 전망도 허용하지 않는다. 이러한 점에서 프로스페르의 자살은 카메룬의 암울한 현실에 대한 작가의 신랄한 풍자라 할 수 있다. 환멸과 냉소로 가득 찬 니암조의 날카로운 풍자적 시선이 돋보이는 대목이다.

이렇듯, 니암조는 소외와 절망으로 가득 찬 카메룬의 현실 이면에 전통적 가치의 상실과 순정한 사랑의 좌절을 음각하고 있다. 현실에 대한 신랄한 풍자(카메룬의 구체적 현실)와 인간 본연의 가치(전통과 사랑)를 희구하는 작가의 지향이 만나는 지점은 바로 여기이다.

3. '영어', 제국의 언어를 넘어 소수자의 목소리로

프랜시스 니암조(1961~)는 카메룬 북서부 주(카메룬의 10개 주 중 남서부 주와 더불어 영어권 지역에 속하는 주이다.) 범(Bum)에서 태어나 대학을 마치고 영국으로 건너가 박사학위를 받았다. 그리고 카메룬과 보츠와나, 세네갈 등을 떠돌다가 케이프타운 대학에 교수로 부임하면서 남아공에 정착하였다.

니암조의 첫 소설 『마음 찾기』(1991)는 카메룬의 현실에 대한 신랄한 풍자를 담고 있다. 두 번째 소설 『환멸의 아프리카인』(1995)은 동시대 아프리카 대륙이 처한 곤경과 딜레마를 형상화한 작품이다. 이후 『잃어버린 영혼들』(2008), 『결혼했지만 사용가능한』(2009), 『친밀한 이방인』(2010) 등의 문제적 소설을 잇달아 발표했다. 그는 자신의 조국 카메룬이 처한 구체적 현실과 아프리카 대륙의 정체성과 방향성에 대한 탐색을 동시에 진행하고 있다. 구체성과 보편성, 소설과 인류학, 영어와 불어, 카메룬(아프리카)과 유럽, 비서구와 서구 사이의 경계에 선 지식인이라 할 수 있다. 특히 프랑스령 흑아프리카 지역 출신이면서 영어로 작품 활동을 하고 있다는 점은 주목을 요한다.

카메룬은 아프리카 대륙 중서부 지역에 위치해 있는 국가로, 10개의 주로 나누어져 있다. 카메룬의 헌법은 영어와 프랑스어를 동시에 공용어로 지정하고 있다. 200여 개가 넘는 부족어가 여전히 통용되고 있다. 전체 10개 주 중 8개는 불어권 지역이고, 나머지 2개 지역에서는 영어를 주로 사용한다. 불어권 지역과 영어권 지역 사이의 갈등은 독립 이후 지속적인 사회문제로 제기되고 있다.*

이는 물론 과거 프랑스(직접 통치를 통한 동화정책)와 영국(독립 자치령들의 연방추구)의 식민지배 방식의 차이 때문이기도 하다. 독립 이후

---

* 2016년 말 카메룬의 영어권 지역 교사, 변호사들이 대규모 파업을 일으켰다. 영어권 지역 학교와 법원에 영어를 하지 못하는 불어권 교사나 판사들을 파견한 것에 대한 불만이 표출된 것이다. 수많은 사람들이 구속되고 납치되었다. 이 지역의 많은 시민들이 정치적 탄압을 피해 다른 지역이나 이웃 국가인 나이지리아로 이주했다. 이후 현재까지 두 영어권 지역에서는 자치권을 요구하는 분리주의 운동이 지속적으로 벌어지고 있다. 전체 인구의 15~20% 정도를 차지하고 있는 영어권 주민들은 경제적 불평등과 차별, 특히 교육과 법률 부분에서 심각한 고통을 겪고 있다.

프랑스의 영향력이 지배적인 카메룬에서 통합정책을 추구하는 정부의 지향과 이를 거부하고 자치권과 분리를 요구하는 영어권 지역의 대립이기 때문이다. 이런 점에서 구 식민세력들의 주도권 싸움으로 비춰질 수도 있다. 하지만 다수자와 소수자, 지배와 피지배, 독재와 저항의 관점에서 바라본다면 다른 해석도 가능하다. 획일화와 동화를 강요하는 지배문화에 맞서 소수자의 권리를 대변하는 '영어'는 식민 제국의 언어로서의 기능을 넘어 저항의 도구로 전화될 수 있기 때문이다. 우리가 니암조의 '영어'소설에 주목하는 이유도 바로 여기에 있다.

아프리카는 흔히 '영어권', '프랑스어권', '포르투갈어권' 등 구 식민지배 국가를 기준으로 나뉜다. 침략에 의해 강요받은 이러한 구분법은 편의주의적인 답습, 혹은 신식민주의의 흔적이라는 비판을 받곤 한다.* 아프리카 문학 연구 또한 예외가 아니어서 영어권 문학, 불어권 문학 등 과거 식민 지배국의 언어로 문학을 정리한 경우가 많다. 아프리카 개별 국가들의 문학사는 찾아보기 어렵다. 이는 아프리카의 문학을 영문학자나 불문학자가 독점적으로 전유하고 있는 현상과도 무관하지 않다. 과거 식민 지배국의 언어가 여전히 아프리카의 문학을 지배하고 있는 셈이다. 이런 점에서 본다면 국민 국가적 의미의 카메룬 작가는 존재하지 않는다고 할 수 있다.

---

* 오은하, 「식민주의, 언어, '프랑스어권' 혹아프리카」, 『불어문화권연구』, 21권, 서울대학교 불어문화권연구소, 2011, 145쪽 참조.

카메룬 출신 작가를 한국에 소개하고 있는 아래의 대목을 음미해 보자.

> '카메룬 작가 페르디낭 오요노'라는 표현으로 이 글을 시작하긴 했지만, 사실 어떤 의미에서 오요노는 **카메룬 작가라기보다는 '프랑스어권 흑아프리카 작가'이다. 과거에 프랑스의 식민 지배를 받은 사하라 이남 아프리카 나라들의 프랑스어 문학은 일반적으로 개별 국민문학이 아니라 프랑스어권 흑아프리카 문학이라는 하나의 범주로 뭉뚱그려져왔기 때문이다.** 그리고 그렇게 뭉뚱그려진 프랑스어권 흑아프리카 문학의 출발점이 바로 1930년대 네그리뛰드 문학이었고, 프랑스어권 흑아프리카 문학의 첫 고전 작가들은 네그리뛰드의 대표 시인인 에메 쎄제르와 레오뽈드 쌍고르였다. (강조는 인용자)*

'프랑스어권 흑아프리카 작가'들은 프랑스의 식민 지배가 지닌 모순과 폭력성, 그리고 독립 후의 영향들을 주로 '프랑스어'로 다루어 왔다. 이들은 개별 국가의 작가라는 고유한 명칭을 획득하지 못하고, '프랑스어권 흑아프리카 작가'라는 뭉뚱그려진 일반 명사로 지칭되고 있다. '영어'로 된 카메룬 출신 작가의 작품은 거의 존재하지 않는다. 프랑스어권 흑아프리카에서 소수 언어인 '영어'로 작품 활동을 하기가 쉽지 않았기 때문이다. 우리가 니암조의 작품에 주

---

* 심재중, 「식민 지배의 모순과 폭력성을 풍자하다」, 『늙은 흑인과 훈장』(페르디낭 오요노), 창비, 2014, 203쪽.

목하는 지점은 바로 여기이다. 독립 이후 프랑스어권 사람들이 주류가 된 카메룬 사회에서 영어권 주민들이 차별과 소외를 느끼며 고통받아 왔다는 사실을 감안할 때, 『프랑쎄파의 향기』가 이러한 언어·지역권 사이의 긴장을 포착하고 있다는 점은 그리 놀라운 일이 아니다. 카메룬 출신인 니암조의 '영어'소설이 프랑스와 서구에 의해 규정되고 기술되는 '프랑스어권 흑아프리카 작가'라는 범주에 미세한 균열을 내고 있는 지점도 바로 여기이다.

　『프랑쎄파의 향기』에서 이러한 언어권 사이의 긴장이 드러난 대목을 따라가 보자. 먼저 노점상 사내가 물건 값을 깎으려는 프로스페르에게 영어권 사람 같다고 쏘아붙이는 장면이다.

　　"진짜 원한다면 4,000에 줄게요. 맹세코 마지막 가격입니다." 행상인은 최종 가격을 제시했다.
　　하지만 프로스페르는 "딱 2,500밖에 없다고 했잖아요."라고 주장했다. "아니면 어쩔 수 없고요."
　　"어떻게 당신은 **영어 사용권 사람**같이 흥정을 합니까?" 사내는 프로스페르를 영어권 주민과 비교하며 쏘아붙였다. 독일은 제1차 세계대전에 패배하자 자신들이 점령하고 있던 지역을 영국에 넘겨주었다. 이 **영어권 밈보랜드인들은 대체로 인색하다는 평가**를 받았다. "물건이 이렇게 싼데 그 무슨 불만이 그렇게 많습니까? 이게 도대체 무슨 매너입니까? **영국인의 매너**입니까? 그렇다면 그만두세요. **당신은 정말 짠돌이야.**" 사내의 말에 구경꾼들이 웃음을 터뜨렸다. 동시에 영어권 밈보랜드인 몇몇은 행상인의 선입견을 탓하며 자리를 떴다. 이는 영어권 사람들과 프랑스어권 주민들 사이의 긴장된 공존을 보여 주는 수많은 고정관념들 중 하나였다.

프로스페르는 사내의 말에 기분이 상했지만 침착함을 유지하려고 노력했다. "돈이 없다고 분명히 말했잖아요. 진짜란 말이에요." 그는 밈보랜드에서 벌어지고 있는 **언어 주도권 싸움에서 영어를 물리친 프랑스인**에게 단호하게 말했다.

"이보슈. 돈은 결코 주머니에서 소리치지 않아요."라고 사내는 쏘아붙였다. 주위에서 큰 웃음이 터져 나왔다. 프로스페르는 <u>수치심</u>을 느끼며 자리를 떠났다. (26~27쪽, 강조는 인용자)

인용문에서 보듯, 밈보랜드(카메룬)는 '영어권 사람들과 프랑스어권 주민들'이 긴장된 공존 상태로 살아가고 있는 나라이다. 이들의 '언어 주도권 싸움'은 독립 이후 식민 지배자들의 문화적 영향력을 시사한다. 영어권 주민들은 소수자들이다. 이러한 소수자들의 시선은 독립 이후 프랑스의 영향력으로부터 자유롭지 못한 카메룬의 식민 상황을 폭로하는 역할을 한다. 여기에서 '영어'는 식민 지배자의 언어이면서 동시에 이를 비판적으로 성찰하는 '소수자'의 언어로 기능하고 있다. 불어권 인물로 설정되어 있는 프로스페르가 자신을 영어권 사람으로 비유하는 행상인의 말에 수치심을 느끼고 떠나는 장면은 이를 보여주는 한 사례이다.

인용문의 이탤릭체는 '프랑스어'로 표기되어 있는 부분이다. 작가는 행상인이 프로스페르를 구두쇠라고 비난하는 목소리, 즉 다수자의 목소리 중 일부를 '프랑스어'로 표기하고 있다. 이들의 목소리에는 영어권 밈보랜드 사람들을 무시하고 경멸하는 선입견이 담겨 있다. 프랑스어가 지배적인 카메룬의 상황을 '영어'로 표현한 소설*에서 굳이 일부 대목을 프랑스어로 표기하여 강조한 점은 강압적인 프랑스 분화를 문학적 상상력을 통해 전도시키려는 의도를 함축하고 있는 것으로 보인다. 이탤릭체로 표현된 부분이 풍자적인 의도를 담고 있는 경우가 많기 때문이다.

다음으로 두 개의 밈보랜드를 하나로 통합하려는 정부의 시도에 반대하는 과격 영어사용자들의 운동이 드러난 대목을 들 수 있다.

로운곰강에 닿을 때까지 별다른 일은 없었다. 다리가 놓여지기 바로 직전, 두 개의 밈보랜드를 하나로 통합하려는 움직임에 반대하는 과격 영어사용자들은 새로운 **영어 간판**을 세웠다. 그들은 프랑스와 관련된 모든 것을 부정했다. 이 운동의 지도자들은 추종자들로부터 은밀한 보호를 받았기 때문에 겉으로 드러나지 않았다. 오직 정부의 가슴에 테러에 대한 공포를 확산시키는 그들의 행동만이 눈에 보일 뿐이었다. 새로운 이정표가 **굵은 글씨체**로 새겨져 있었다.

모든 외국인들에게: 서부 밈보랜드를 방문해 주셔서 감사합니다. 당신들이 우리 앵글로-색슨인들의 환대와 호의를 즐겼기

---

* 이 작품의 등장인물들은 거의 모두가 프랑스어로 소통하고 있다. 작가는 이를 영어로 표현하고 있을 뿐이다.

를 바랍니다. 앞으로 수많은 위험이 도사리고 있는 *공화국*으로
의 여행이 부디 잘 마무리되길 기원합니다. 우리는 그들의 야
만적인 행위로부터 당신을 보호할 수는 없지만, 당신을 위해 기
도하겠습니다. 그들의 약탈에서 살아남는다면 다시 오십시오.

(79~80쪽, 강조는 인용자)

이 작품 속의 대통령은 밈보랜드 내 영어 사용자들의 급진적 투
쟁을 효과적으로 제어하기 위해 프랑스어권 문화를 교묘한 방식으
로 강요한다. 프로스페르에 따르면, 이는 영어사용자의 정체성을
해체하려는 전략의 일환이다. 머지않아 '앵글로–색슨'의 모든 문화
가 '**프랑스**라는 신의 뜻'(강조는 인용자)으로 밈보랜드 공화국에서 흔
적도 없이 사라질 것이다. 여기에서 영어사용자들의 저항은 부정부
패가 판을 치는 밈보랜드의 현실, 특히 '프랑스'라는 이름으로 소수
자를 억압하는 지배계층의 의도를 비판하는 기능을 하고 있다. 이
들의 이정표가 '영어', 그것도 '굵은 글씨체'로 강조되어 있다는 점과
프랑스어권 지역인 '공화국'을 이탤릭체, 즉 '프랑스어'로 표기하고
있다는 사실은 이를 보여주는 예이다.

한편, 니암조 특유의 날카로운 풍자적 어조가 돋보이는 '깨진 거
울'의 신문 칼럼도 이와 관련하여 주목할 만하다. 이 사회풍자 신문
은 난잡한 성적 스캔들을 일으킨 한 국회의원을 비꼬는 기사를 게
재했다. 아래는 그 일부이다.

우리의 과도한 쾌락주의자는 미심쩍은 자격의 정치가이다.
(중략) 그는 대부분의 사람들처럼 술 마시는 것을 좋아한다.
하지만 그 지역에서 생산한 술을 마시지 않는다. 오직 *다른*
세계(서구)의 정신이 깃든 최상의 와인만 찾는다. 이것은 위로
부터의 명령이다. 그는 서구의 노예상태가 되어 그들을 존경
한다. 이러한 그의 본능적 성향은 지역주민들을 적으로 돌린
다. (중략)

　그는 미니스커트 안에서 꿈틀거리는 모든 것을 좋아한다.
유아기 때 몰래 숨어서 부모님의 섹스 장면을 훔쳐보았다는
소문이 있다. 중학교 시절 여교사의 다리 사이를 거울로 비춰
보다 걸린 적이 두 번이나 되었다. 확실히 그는 진정한 쾌락
의 수호신이었다.(233~234쪽, 강조는 인용자)

　기자에 따르면, 이 국회의원은 오직 성적인 욕망에만 관심이 있
는 '과도한 쾌락주의자'이다. 그는 서구의 노예가 되어 지역 주민들
을 적으로 돌렸다. 이 기사는 '영어'로 쓰였으며, 특히 영어 사용권
에 광범위하게 유포되었다. 더불어 서구를 지칭하는 용어인 '다른
세계'가 프랑스어(이탤릭체)로 표기되어 있다는 사실 또한 놓치지 말
아야 할 것이다. 이렇듯, 작품 속에서 '영어'는 '프랑스'로 대표되는
지배문화의 폭압을 비꼬는 풍자와 조롱의 언어로 기능하고 있다.
　아프리카 출신 작가들의 정체성은 모호하다. 그들은 조국을 떠
나 서구의 여러 나라들과 아프리카를 떠돌며 문화적 혼종성을 체현
하고 있는 경계인들이다. 아프리카 작가들은 제국의 언어로 생산된

자신들의 작품이 아프리카인들의 생생한 목소리를 제대로 담지 못한다는 사실을 잘 알고 있다. 하지만 아프리카 민중들을 위해 글을 쓰고 있다는 소명의식 또한 잊지 않고 있다. 이들은 지배자의 언어와 아프리카 민중들 사이를 끊임없이 오가며 정체성을 증명해야 하는 모순적이고 역설적인 운명을 지녔다. 카메룬과 영국, 프랑스, 남아공을 가로지르며 활발하게 작품 활동을 하고 있는 니암조 역시 이러한 운명과 맞닿아 있다. 그 또한 식민 지배자의 언어인 '영어'로 작품을 쓰고 있기 때문이다. 하지만 그는 이 제국의 언어(영어)를 소수자의 목소리로 전용함으로써 '프랑스령 흑아프리카'라는 신식민주의적 동일성 담론에 미세한 균열을 내고 있다. 이렇듯, 『프랑쎄파의 향기』는 서구 열강의 아프리카 침략에 대한 고발과 더불어 식민이후 카메룬에서 벌어지고 있는 언어주도권 싸움을 생생하게 포착하고 있는 작품이다. 서구도 아프리카에도 속하지 않는 한국의 독자들이 이에 공감하고 따뜻한 연대의 손길을 내미는 것은 서구중심주의 담론을 넘어 비서구 문학의 새로운 가능성을 여는 첫걸음이 될 것으로 기대된다. 『프랑쎄파의 향기』가 한국의 독자들에게 던지는 메시지는 바로 이것이 아닐까 싶다.

지은이

프랜시스 B. 니암조 Francis B. Nyamnjoh

프랜시스 B. 니암조(1961년~)는 카메룬 북서부 주(카메룬의 10개 주 중
남서부 주와 너불어 영어권 지역에 속하는 주이다.) 범(Bum)에서 태어나 카메
룬의 야운데 대학에서 학사, 석사 학위를 받고 영국으로 건너가
레스터 대학에서 박사학위(1990)를 받았다. 저명한 인류학자이자
소설가이다. 2003년부터 2009년까지 아프리카 사회과학연구개
발협의회(CODESRIA) 출판국장을 역임했다. 2009년 케이프타운 대
학 사회인류학 교수로 부임하면서 남아공에 정착하였다.

그는 카메룬과 보츠와나의 대학에서 사회학, 인류학, 언론정보학
등을 가르치며 연구했으며, 2003년 '올해의 시니어 예술 연구자
상'을 수상했다. 2012년에는 케이프타운 대학이 수여하는 '탁월한
인문학 교수상'을 받았으며, 미국 오하이오 대학교의 아프리카학
생연합(AU)이 매년 수여하는 '2013 아프리카 영웅'으로 선정되기
도 했다. 2014년에는 아프리카의 권위 있는 문학상의 하나인 에
코(Eko) 문학상을 받았다. 『#로즈는 무너져야 한다: 남아공의 끈
질긴 식민주의를 넘어서』(2016)로 영국의 아프리카 연구 협회가
수여하는 '2018 Fage & Oliver 연구상'을 수상했다.

저서로는 『아프리카의 미디어, 민주주의 그리고 정치』(2005), 『내
부자와 외부자: 현대 남아공의 시민권과 제노포비아』(2006), 『우주
의 조롱박에 담아 마시다: 아모스 투투올라는 우리의 마음을 어
떻게 바꿀 수 있는가』(2017), 『먹는 것과 먹히는 것: 사상으로서의
음식, 카니발리즘』(2018), 『합리적 소비자: 자연과 문화의 교차로

에 선 민주주의』(2018) 등이 있다.

니암조는 연구서와 더불어 소설도 꾸준히 발표했다. 그의 첫 소설 『마음 찾기』(1991)는 카메룬의 현실에 대한 신랄한 풍자를 담고 있다. 두 번째 소설 『환멸의 아프리카인』(1995)은 동시대 아프리카 대륙이 처한 곤경과 딜레마를 형상화한 작품이다. 이후 『잃어버린 영혼들』(2008), 『결혼했지만 사용가능한』(2009), 『친밀한 이방인』(2010) 등의 소설을 잇달아 발표했다.

니암조는 자신의 조국 카메룬이 처한 구체적 현실과 아프리카 대륙의 정체성과 방향성에 대한 탐색을 동시에 진행하고 있다. 구체성과 보편성, 소설과 인류학, 영어와 불어, 카메룬(아프리카)과 유럽, 비서구와 서구 사이의 경계에 선 지식인이라 할 수 있다. 특히 프랑스령 흑아프리카 지역 출신이면서 영어로 작품 활동을 하고 있다는 점은 주목을 요한다. 그는 식민 지배자의 언어인 '영어'를 소수자의 목소리로 전용함으로써 제국의 이데올로기에 미세한 균열을 내고 있는 작가이다.

옮긴이

고인환 Ko In Hwan

고인환은 경희대 국문과 및 동 대학원을 졸업했다. 2001년 〈중앙 일보〉 신인문학상 평론부분을 통해 등단하였다. 한국문학평론 가협회에서 수여하는 제7회 젊은평론가상(2006)을 받았다. 제8회 김달진문학상 젊은평론가상(2014)을 수상하기도 하였다. 저서로 『결핍, 글쓰기의 기원』(2003), 『말의 매혹: 일상의 빛을 찾다』(2005), 『공감과 곤혹 사이』(2007), 『한국 근대문학의 주름』(2009), 『정공법 의 문학』(2014), 『문학, 경계를 넘다』(2015), 『문학의 숨결』(2016) 등 이 있다. 경희대 후마니타스 칼리지 교수로 재직하면서 구미 중 심의 담론을 벗어나는 학문적 풍토를 마련하기 위해 아시아·아프 리카·라틴아메리카 등 비서구 세계의 문화 담론을 공부하고 있 다. 2015년 2월 말 '경희대학교 범-아프리카문화연구센터'를 개소 하여 센터장을 맡아 비서구 세계의 소통과 연대를 위해 노력하고 있다. 2017년 남아공 케이프타운 대학 아프리카연구센터의 초청 으로 한 해를 방문교수로 지내며 연구했다.

글누림비서구문학전집 12
프랑쎄파의 향기(원제 : A Nose For Money)

초판 1쇄 발행 2019년 4월 10일
초판 2쇄 발행 2020년 5월 20일

지은이 프랜시스 B. 니암조
옮긴이 고인환
펴낸이 최종숙
펴낸곳 글누림출판사

편 집 이태곤 문선희 권분옥 백초혜
디자인 안혜진 최선주 김주화
마케팅 박태훈 안현진

주 소 서울시 서초구 동광로46길 6-6(반포4동 577-25) 문창빌딩 2층(06589)
전 화 02-3409-2055(대표), 2058(영업), 2060(편집)
팩 스 02-3409-2059
전자메일 nurim3888@hanmail.net
홈페이지 www.geulnurim.co.kr
블로그 blog.naver.com/geulnurim
북트레블러 post.naver.com/geulnurim
등록번호 제303-2005-000038호.(2005.10.5.)

정가는 뒤표지에 있습니다.
ISBN 978-89-6327-550-5 04890
       978-89-6327-098-2(세트)

* 이 도서의 국립중앙도서관 출판시도서목록(CIP)은 서지정보유통지원시스템 홈페이지(http://seoji.nl.go.kr)와
  국가자료공동목록시스템(http://www.nl.go.kr/kolisnet)에서 이용하실 수 있습니다. (CIP제어번호: CIP2019010849)

이 책은 2016년 대한민국 교육부와 한국연구재단의 지원을 받아 수행된 연구임(NRF-2016S1A5A2A03926423).